STEFAN WETTKE

Omagua

Fährte des Grauens

Bibliografische Information der Deutschen Nationalbibliothek:
Die Deutsche Nationalbibliothek verzeichnet diese Publikation in der Deutschen Nationalbibliografie; detaillierte bibliografische Daten sind im Internet über dnb.d-nb.de abrufbar.

TWENTYSIX
Eine Marke der Books on Demand GmbH

© 2022 Stefan Wettke
Covergrafik: pixabay: Alan Frijns

Satz, Umschlaggestaltung, Herstellung und Verlag:
BoD – Books on Demand, Norderstedt

ISBN: 978-3-7407-0865-8

Prolog

Das Rascheln im Dschungel hinter ihm kam bedrohlich schnell näher.

Er keuchte.

Er musste schneller rennen. Er musste hier raus. Sonst würde er die Nacht nicht überleben.

Er hörte ein Schnauben hinter sich. Dann das Brechen von Ästen. Scheiße, sie kamen.

Mit einer beängstigenden Zielstrebigkeit.

Der Metallzaun tauchte vor ihm auf. Plötzlich. Er erschien wie ein Geschenk des Himmels. Er schluchzte vor Glück.

Er packte den Maschendraht und wuchtete sich darüber, leichtfüßig durch die Angst.

Im nächsten Moment erschütterte ein gewaltiger Schlag den Zaun. Es schepperte. Rasselnd rang er nach Atem.

Hinter ihm raschelte der Dschungel wieder, als sich das Schnauben und Stampfen wieder zurückzog.

Lima, Peru

Wieso hatte er sich nur darauf eingelassen?

Diese Frage war Ransom in den letzten Stunden bereits mehrmals durch den Kopf geschossen.

Er sah sich zuerst argwöhnisch um. Dann konsultierte er seine Armbanduhr. Es ging auf Mitternacht zu. Nur noch wenige Menschen waren zu dieser Uhrzeit auf den Straßen unterwegs.

Das Viertel, in dem er sich befand, lag nahe am Meer.

Miraflores.

Nur wenige Straßenzüge von ihm entfernt fiel die Steilküste fast senkrecht zum Meer hin ab.

Nach einem weiteren wachsamen Scan seiner Umgebung überquerte er die Straße. Eine Mauer aus Naturstein tauchte vor ihm auf, die an einigen Stellen mit Efeu überrankt war. Dahinter befand sich irgendwo das, was er suchte.

Beziehungsweise nicht er, sondern das, was sein Auftraggeber haben wollte.

Er vergewisserte sich noch einmal, dass er allein war. Dann packte er mit den Händen zwei Steinvorsprünge und begann zu klettern.

Die Mauer lag schnell hinter ihm und er landete behände auf der Rasenfläche dahinter. Ein kleiner Innenhof öffnete sich vor ihm.

Ein beeindruckend angelegter Garten, vereinzelt ein paar Sitzgelegenheiten und ein plätschernder Springbrunnen in der Mitte. Fast eine kleine Oase inmitten der Stadt, dachte er.

Im nächsten Moment registrierte er auf der gegenüberliegenden Seite über einer großen Glastür das rote Blinklicht einer Überwachungskamera.

Wenn seine Informationen stimmten, war es jedoch die einzige, die das kleine private Museum, das sich hier befand, schützte. Keine weitere Alarmanlage oder andere Sicherheitsvorkehrungen. Das Ganze war ein Witz und ging beinahe zu leicht, bedachte man, wie wertvoll die hier ausgestellten Stücke waren.

Er beobachtete einige Zeit die Schwenkbewegungen der Kamera. Welche Bereiche sie abdeckte, wie lange sie für einen Durchlauf benötigte.

Dann sprintete er in einem geeigneten Moment los. Auch das Schloss der großen Glastür stellte ein vergleichsweise geringes Hindernis dar und so fand er sich bereits ein paar Augenblicke später im ersten Ausstellungsraum des Museums wieder.

Er knipste eine winzige Taschenlampe an und begann die Regalreihen abzusuchen. Schon im nächsten Raum wurde er fündig. Es war alles genauso, wie sein Auftraggeber gesagt hatte.

Das Objekt, das er stehlen sollte, war ein kleiner Krug aus Ton.

Er runzelte skeptisch die Stirn.

Auf der Oberfläche befanden sich einige Figurendarstellungen, die ganz hübsch waren. Ansonsten war das Ding aber mehr als gewöhnlich. Es gab etliche Ausstellungsstücke, die weit mehr wert waren. Aber man hatte ihm eingeschärft, nur dieses Objekt mitzunehmen.

Es war Zeit, wieder zu verschwinden.

Und das alles ging immer noch viel zu leicht und gab ihm, wie so einiges an dieser Geschichte, Rätsel auf.

Ecuador, ein paar Tage früher

Nathan Grant bestieg die zweimotorige Maschine und landete keine zwei Stunden später auf einem kleinen unscheinbaren Flughafen in Ecuador. Nachdem er festgestellt hatte, dass sich die Schwüle kaum von der an seinem Abflugort unterschied, steuerte er auf den niedrigen Hangar am Ende des Rollfeldes zu.

Der Pilot der Privatmaschine winkte ihm zum Abschied zu und rückte die Sonnenbrille auf seiner Nase umständlich zurecht. Ein komischer Kauz fand Grant, als er sich wieder umwandte. Der vom Regen nasse Asphalt der Landebahn schimmerte vor ihm im Tageslicht.

Der Pilot war ein dünner, hoch gewachsener Kerl, der zwei Mal zu ihnen in die Passagierkabine gekommen war. Wohl nur, um sich vorzustellen und einen kleinen Plausch mit ihnen zu führen, aber der Mann war unsympathisch und beherrschte auch die Kunst des gepflegten Smalltalks nicht.

Idiot, dachte Grant bei sich, als er die Tür zum Hangar öffnete, in dem auch die Zollkontrolle stattfinden würde. Und damit meinte er weniger den Piloten als sich selbst. Was zur Hölle tat er hier? Als hätten ihm die Ereignisse, die ihn schon einmal vor ein paar Jahren nach Südamerika geführt hatten, nicht gereicht.

Er würde Milton gehörig den Kopf waschen, wenn er ihn in die Finger bekam. Er hatte nicht beabsichtigt, so schnell wieder einen Fuß auf diesen Teil des Kontinents zu setzen. Über dem Eingang zum Hangar rauschten die Kronen von zwei Palmen im Wind.

Wenn nicht dieser merkwürdige Unterton in Miltons Stimme gelegen hätte, als er ihn angerufen hatte. Er wäre gar nicht erst aus dem Haus gegangen. Aber irgendetwas hatte mit Milton nicht gestimmt.

Grant ließ die Zollprozedur über sich ergehen. Über die Schulter hielt er Ausschau nach dem anderen Fluggast, eine attraktive Frau mittleren Alters und aufwendig frisierten Haaren. Aber offenbar befand sie sich noch in der Maschine.

»Nora Wallup«, hatte sie sich ihm vorgestellt. Eine Stimme süß wie Honig, die nicht zu dem etwas plump klingenden Nachnamen passte. Sie waren während des kurzen Fluges ein paar Mal ins Gespräch gekommen. Eine Geschäftsfrau durch und durch, die während des Fluges mehrere Stapel Papiere durchgelesen hatte.

»Das sind Bodenproben und Daten von Versuchsbohrungen«, hatte sie lapidar gesagt. »Alles ziemlich uninteressant für einen Laien.« Dabei hatte sie ihm zugezwinkert.

»Ach ja?«

»Glauben Sie mir, so interessant sich meine Tätigkeit auch anhört. Es ist bei Weitem nicht so spannend, wie es klingt.«

Bei Weitem nicht so spannend wie es klingt. Grant ließ sich die Worte noch einmal durch den Kopf gehen.

Die Frau war Geologin, so viel wusste er, und hatte in Europa studiert. Sie hatte zwar etwas über ihre Arbeit erzählt, war aber, wie Grant gerade feststellte, sehr vage geblieben. Er zuckte mit den Achseln. Vielleicht musste sie das in diesem Geschäft. In jedem Fall war sie viel sympathischer als der Pilot. Sie hatten sich freundlich voneinander verabschiedet.

Wohin die Frau von hier aus wohl reisen mochte? Er verließ das Gebäude, nachdem die Zollkontrolle vorbei war.

»Taxi?«, fragte ihn jemand von rechts noch bevor die Tür hinter ihm zugefallen war und Grant wandte den Blick in die Richtung. Ein klein gewachsener Mann kam auf ihn zu. Im Hintergrund erblickte Grant eine Schlange wartender Fahrzeuge samt Fahrer. Er nickte.

»Wohin soll es gehen, Hombre?«, fragte der kleine Mann und zwinkerte ihm zu. Grant reichte ihm einen Zettel. Es war die Adresse, die Milton ihm gegeben hatte.

Der Mann sah sich das Stück Papier mit gerunzelter Stirn an. Dann hellten sich seine Züge auf.

»Ach ja, si si«, sagte er und griff enthusiastisch nach Grants Tasche.

»Sie wissen, wo das ist?«, fragte Grant, um sich zu vergewissern. Das Zögern hatte ihm ein wenig zu lange gedauert.

»Aber ja, si si. Nicht leicht zu finden, aber ich bringe Sie hin.«

»Was bedeutet nicht leicht zu finden?«, wollte Grant wissen, aber der Mann hörte ihm nicht zu.

»Sie zahlen in Dollar?«

Grant nickte.

»Wunderbar.« Mit diesen Worten ging er davon und warf Grants Tasche in den Kofferraum seines Taxis.

»Dann los, steigen Sie ein.« Grant gehorchte zögernd.

Der Fahrer war ein leicht übergewichtiger Typ mit speckiger Haut und zahllosen Falten im Gesicht. Sobald er eingestiegen war, setzte er sich eine verspiegelte Sonnenbrille auf und steckte sich eine Zigarre an.

»Dann mal los«, sagte er. »Wundern Sie sich nicht. Die Fahrt dauert etwas. Wir müssen zuerst einmal aus der Stadt hinaus.«

Grant hob überrascht die Brauen. Der Fahrer sah kurz in den Rückspiegel und startete dann den Wagen. Mit einem Quietschen fuhr er an und fädelte sich in den Verkehr ein. Es war noch nicht viel los auf den Straßen und Grant sah nach draußen, während er versuchte, es sich auf der durchgesessenen Rückbank bequem zu machen.

Häuser, Kreuzungen und Vorgärten voller Palmen zogen an ihm vorbei, ehe sie in die Innenstadt kamen. Offenbar mussten sie die ganze City durchqueren.

»Woher kommen Sie?«, wollte der Mann vom Fahrersitz nach ein paar Minuten wissen.

»Kanada«, antwortete Grant.

»Oh«, machte der Fahrer.

»Sie sind das erste Mal in Ecuador?«

»Ja.«

»Geschäftlich?«

»Nein.«

»Besuchen Sie Freunde?«

»Ja.«

Der Mann lächelte. »Bueno.«

Grant dachte darüber nach, ob Milton den Titel »Freund« wirklich verdiente. Sicher, sie hatten zusammen studiert, bevor Milton das Studienfach gewechselt hatte und waren in dieser Zeit sehr vertraut gewesen. Aber im Laufe der Jahre hatten sie sich mehr und mehr aus den Augen verloren.

Grants Gedanken wanderten kurz zurück in die dunklen Räume der Bibliothek, in der Milton und er oft stumme Lernorgien gefeiert hatten. Unterstützt durch ungesunde Mengen an Kaffee und Erfrischungsgetränken. Er musste innerlich schmunzeln. Die Zeiten waren damals um einiges sorgloser gewesen. Belustigt dachte er daran, wie er Miltons oft wirren Theorien gelauscht hatte. Die eine verrückter als die andere. Aber nun waren sie beide erwachsen geworden. Was also steckte hinter Miltons merkwürdigem Telefonanruf vor ein paar Tagen?

Ein tiefes Schlagloch riss ihn aus seinen Gedanken. Der Fahrer entschuldigte sich sofort mit beschwichtigender Stimme.

»Die Straßen in diesem Viertel sind sehr schlecht. Es tut mir leid.«

Grant antwortete nicht.

Die Fahrt ging weiter durch enge Straßen, ehe die Bebauung weniger und das Grün des Dschungels dichter wurde. Vereinzelt folgten noch ein paar Farmen und dann nichts mehr. Die Straße verwandelte sich erst in eine Schotterpiste, dann in einen staubigen Pfad, während der Dschungel mit jedem Meter undurchdringlicher wurde.

»Sind wir hier auch richtig?«, fragte Grant nach ein paar Minuten.

Der Fahrer paffte eine große Rauchwolke.

»Si, Senor. Aber seien Sie unbesorgt. Wir haben die Hälfte des Weges schon hinter uns.«

Grant lehnte sich wieder zurück, als der Wagen erneut heftig durchgeschüttelt wurde. Worauf hatte er sich nur eingelassen?

Nach ein paar weiteren Kilometern rumpelte das Taxi über eine schmale

Brücke. Grant sah aus dem Fenster und konnte das brausende Wasser eines reißenden Baches sehen. Dann umfing sie wieder der Urwald.

Kein Wunder, dachte Grant, dass der Fahrer beim Anblick der Adresse gezögert hatte. Das hier war eine Tortur für Mensch und Maschine.

Die Straße wurde nun, falls das überhaupt möglich war, noch schmaler und führte in engen Windungen einen Hügel hinauf. Der Fahrer sah konzentriert nach vorne und Grant fragte sich gerade, ob der Mann nicht mehr wusste, wo sie waren. Dann jedoch trat er abrupt auf die Bremse.

»Da sind wir Senor«, sagte er über die Schulter und deutete dann auf die Taxi-Uhr. »Ich runde es für Sie ab, da wir nicht ganz genau am Ziel sind.«

Grant griff zögerlich nach seiner Brieftasche.

»Wo zur Hölle sind wir?«

»Bei Ihrer Adresse, Senor«, antwortete der Kerl grinsend. Grant kramte den Zettel aus seiner Tasche.

»Das kann nicht sein«, sagte er mit einem Blick auf das verknitterte Stück Papier.

»Si«, sagte sein neuer Bekannter enthusiastisch und freute sich sichtlich über Grants Verwirrung.

»Die Station liegt weiter im Dschungel.« Er deutete schräg nach vorne aus dem Fenster. »Unmöglich mit dem Auto zu erreichen. Ab hier müssen Sie zu Fuß weiter.«

»Zu Fuß?«, fragte Grant.

Der Fahrer reckte einen Daumen in die Höhe.

»Und wie weit?«

»15 Minuten den Pfad entlang.«

Grant sah sich suchend um. Außer der grünen Wand des Dschungels war da nichts. Nicht einmal etwas, das entfernt an einen Pfad erinnerte.

»Dort vorne, Senor«, sagte der Fahrer. »Aber seien Sie vorsichtig, der Weg ist tückisch.«

Grant folgte dem ausgestreckten Arm des Mannes mit den Augen und entdeckte schließlich eine kleine Lücke im dichten Grün. Es war kaum mehr als ein schmaler Trampelpfad, der sich da vor ihm auftat.

»Das soll ein Witz sein, oder?«, fragte er.

Sein Gegenüber schüttelte den Kopf. »Nein, Senor.«

»Was denn für eine Station?«

»Forschung für irgendetwas. Keine Ahnung, was genau«, antwortete der kleine Mann hinter dem Steuer.

»Forschung?«

»Si.«

Grant zögerte noch und bemerkte, dass sein Gesprächspartner ungeduldig auf sein Lenkrad zu trommeln begann. Der Kerl hatte es offenbar eilig, wieder zu verschwinden.

»Hm.« Er seufzte. »Meinetwegen.«

Mit der Miene eines Mannes, der sich in sein Schicksal fügt, gab er dem Fahrer ein paar Dollarscheine.

»Gracias Senor«, bedankte sich der und stieg aus. Grant folgte seinem Beispiel. Er lud Grants Rucksacktasche aus. Dann kramte er in seiner Brusttasche und streckte ihm eine Visitenkarte zu.

»Rufen Sie mich an, wenn Sie wieder abgeholt werden möchten.«

»Abgeholt?«, wiederholte Grant fragend.

»Ja, Si, abgeholt«, der Mann drehte sich um. »Sie glauben doch nicht, dass hierher ein Bus fährt.« Er lachte laut auf. »Sie sind wirklich komisch.«

Über den eigenen Witz lachend, stieg er wieder in das Taxi und knallte die Tür zu.

»Adios Senor und bis bald.« Mit diesen Worten fuhr er an und wendete auf der staubigen Piste. Grant wandte den Kopf von der aufgewirbelten Staubwolke ab. Nachdem sie sich verzogen hatte, sah er dem sich entfernenden Wagen hinterher. Bald wurde es um ihn herum still.

Ein paar Zikaden zirpten im Urwald. Ansonsten hörte er nichts.

Ecuador

Das also war das Ziel seiner Reise. Grant drehte sich noch einmal in alle Richtungen um. Eine Straße im Nirgendwo. Und um ihn herum nur dichter grüner Dschungel. Wieso nur hatte Milton ihn hierher gerufen?

Er warf einen Blick zu dem Pfad hinüber.

Ja, er würde Milton gehörig den Kopf waschen. Wenn er ihn denn fand. Das hier sah so gar nicht nach dem Mann aus, den er vor vielen Jahren zum letzten Mal gesehen hatte. Dem Mann, den er im Geiste immer mit den Herrenhäusern seiner Familie in England und schicken Räumen in Country Clubs verband.

Das Zirpen der Zikaden um ihn herum wurde ein wenig lauter. Offenbar hatten sich die Tiere von dem Lärm des Autos erholt. Er zögerte noch einen kurzen Moment, dann zuckte er mit den Achseln.

Er würde nie herausfinden, was los war, wenn er einfach nur hier stehen blieb. Er seufzte einmal leise, dann schulterte er seine Tasche und ging los.

Und der Pfad erwies sich genau als das, wonach er ausgesehen hatte. Der Weg war kaum mehr als ein ausgetretener Wildwechsel. Schon auf den ersten Metern musste er mehrere dichte Zweige beiseite drücken, um seine Route überhaupt fortsetzen zu können. Das hier konnte unmöglich der offizielle Zugang zu der Station sein, von der der Taxifahrer gesprochen hatte.

Außerdem schien der Weg zumindest in letzter Zeit wenig benutzt worden zu sein.

Nein, das Ganze hier war merkwürdig.

Die Strecke ging weiter die Anhöhe hinauf, wobei die schmale Piste immer wieder leichte Kurven beschrieb. Einmal blieb Grant stehen, weil er glaubte, aus dem dichten Grün irgendwelche Stimmen zu hören. Aber offenbar hatte ihm sein Verstand einen Streich gespielt.

Schließlich wurde der Dschungel nach ein paar hundert Metern etwas lichter. Die großen Urwaldbäume wichen zurück und machten dichtem

Unterholz Platz, das aber mehr Sonne bis zum Boden durch ließ. Grant setzte seinen Weg fort und blieb nach einer weiteren Kurve plötzlich stehen.

Er traute seinen Augen nicht.

Der gerade noch dichte Dschungel ging in einiger Entfernung in perfekt gestutzte Rasenflächen über. Er konnte darüber hinaus etliche Blumenbeete und sogar zwei Männer in Gärtnerkleidung sehen, die sich an einem der Beete unter einem großen Baum zu schaffen machten.

Ungläubig starrte Grant auf die Szene vor sich.

Das hier war auch nicht ungewöhnlicher, als ein Schwimmbad mitten in der Sahara zu finden.

Er sah, dass die beiden Gärtner ihm den Blick zuwandten. Er setzte sich wieder in Bewegung und ging auf sie zu. Dort angekommen streckte er dem Kleineren der beiden die Hand hin.

»Guten Tag«, sagte er in schlechtem Spanisch, worauf ihm der Gärtner gleich auf Englisch antwortete.

»Ich glaube, ich weiß, wer Sie sind«, sagte er sofort und ergriff Grants Hand.

Der andere Mann sah ihn misstrauisch an.

»Sie heißen Nathan, nicht wahr?«

Grant nickte verblüfft.

»Ähm, ja, so ist es.«

Jetzt hellte sich auch die Miene des anderen Gärtners auf. Die wachen Augen unter den dichten Brauen musterten Grant aber weiterhin.

»Dann wollen Sie zu Senor Bingham«, sagte der erste Gärtner.

Wieder nickte Grant.

»Stimmt auch. Sie kennen mich?«, fragte er unsicher.

Der Gärtner lachte, wobei sein beeindruckender Bauch in Vibrationen geriet.

»Nein, nein«, sagte er. »Aber Senor Bingham hat Ihren Besuch angekündigt.« Er schwieg für einen Moment.

»Dabei fällt mir auf, dass er in letzter Zeit sehr oft von Ihnen spricht.« Er kratzte sich am Kinn und überlegte.

»Sie haben zusammen studiert«, sagte er.

»Richtig.«

»Na dann komme Sie. Er wird sich freuen, dass Sie schon da sind. Ich bin sicher, er hat noch nicht so schnell mit Ihnen gerechnet.« Er drehte sich um, aber dann fiel ihm noch etwas ein.

Zu seinem Partner sagte er: »Juan, wenn du hier fertig bist, bereite alles für die Fütterung in den Außengehegen vor. Aber sei vorsichtig. Du weißt, was letztes Mal passiert ist.«

Der andere Mann brummte etwas vor sich hin. Dann fuhr er fort, Grant zu mustern.

»Also kommen Sie«, sagte der Gärtner und setzte sich in Bewegung. »Wir müssen ein gutes Stück gehen. Der Haupttrakt liegt am anderen Ende des Geländes.«

»Der Haupttrakt?«, fragte Grant.

»Ich erkläre Ihnen alles auf dem Weg«, sagte der Gärtner gut gelaunt. Er gab seinem Partner ein Zeichen, dann ging er los und winkte Grant, ihm zu folgen.

»Kommen Sie, hier müssen wir lang.«

Grant wollte sich von dem zweiten Mann verabschieden, aber der drehte sich wortlos um und widmete sich wieder dem Blumenbeet.

»Na dann«, sagte er zu sich selbst und setzte sich in Bewegung. Der kleine Gärtner war schon ein gutes Stück vor ihm. Er schloss mit ein paar schnellen Schritten zu ihm auf.

Gemeinsam gingen sie über die große Rasenfläche. Grant erblickte noch mehr Blumenbeete und am Rand des Waldes eine Hütte aus dunklem Holz. Vermutlich eine Art Geräteschuppen. Das ganze Areal war eingerahmt von dichtem Dschungel und wirkte wie eine Paradiesinsel in einem grünen Ozean.

Sie kamen an einem Springbrunnen vorbei, ehe die Rasenfläche sich zu einem schmalen Durchgang zwischen einigen Büschen verengte. Dahinter konnte Grant die Mauern eines Gebäudes sehen. Sie passierten die Engstelle und Grant erkannte, dass es sich nicht nur um ein Gebäude, sondern gleich um mehrere handelte.

Die Bauten, die er erblickte, waren gedrungene, weiße Würfel mit beeindruckend großen Fenstern und sahen abweisend und nichtssagend aus. Er zählte rasch. Insgesamt sieben Würfel, die fast gleich groß waren, reihten sich auf einem weiteren riesigen Rasen aneinander. Alle waren verbunden durch ein Spinnennetz an Laufwegen. Dazwischen konnte man ein paar Büsche und noch mehr Blumenbeete vor einem kleinen Teich ausmachen. Grant war verwirrt. Mit den Bänken und Stühlen, die an mehreren Orten herumstanden, machte das Ganze den Eindruck eines Sanatoriums.

Vielleicht so etwas wie eine Kur-Klinik für Superreiche, dachte er bei sich, ehe er wieder die Stimme des Gärtners neben sich wahrnahm. Der Mann deutete über die Fläche, die die Ausmaße von zwei Fußballfeldern hatte.

»Alles Laborgebäude«, sagte er. »Der Haupttrakt liegt weiter hinten. Wir müssen noch ein Stück gehen.«

»Wie viele Menschen arbeiten hier?«, fragte Grant. Er war beeindruckt von der Größe der Anlage. Niemals konnte der Weg, den er genommen hatte, der einzige Zugang sein. Der Taxifahrer musste sich irren.

Der Gärtner wog abschätzend den Kopf hin und her.

»Ganz genau weiß ich es nicht«, antwortete er. »Vielleicht 100, vielleicht 200. Ihr Freund wird es wissen.« Er zwinkerte Grant zu. »Ich bin nur ein kleines Licht hier, verstehen Sie? Ich tue, was man mir sagt und stelle keine Fragen.«

Grant sah sich suchend um.

»Was für Tiere halten Sie hier?« Er beobachtete die Miene des kleinen Mannes neben ihm, die sich kaum merklich verdüsterte.

»Wie kommen Sie darauf?«

»Sie haben vorhin etwas von Außengehegen gesagt.«

»Habe ich das?« Grant schwieg.

»Vielleicht ist es besser, Sie fragen auch das Ihren Freund. Wie gesagt, ich bin nur ein kleines Licht. Vielleicht ist es nicht gut, wenn ich mit Ihnen über so etwas rede.« Er machte eine kurze Pause.

»Aber sehen Sie, wir sind schon fast da.«

Sie ließen die weißen Würfel hinter sich und gingen durch ein kleines Waldstück. Die Temperatur sank in dem Schatten der Bäume sofort.

Grant genoss die erdig riechende Luft und sah auf der anderen Seite des Waldstücks die nächste große Rasenfläche auftauchen.

Es gab wieder ein paar schmale Fußwege, aber Straßen für Fahrzeuge waren nicht vorhanden. Auch Autos hatte er bisher nirgendwo gesehen.

»Wie kommen die Leute, die hier arbeiten hierher?«, wollte er wissen. »Es scheint keine Straßen oder Fahrzeuge zu geben.«

»Auf der anderen Seite der Anlage gibt es ein paar Wege«, antwortete der Gärtner knapp. »Aber die meisten Leute kommen und gehen mit dem Helikopter.«

Grant runzelte verwirrt die Stirn. Sie kamen an einem weiteren Gebäude vorbei, das von einem großen Baum überschattet wurde.

»Das ist der Wohntrakt«, erklärte der kleine Mann neben ihm.

»Und dort vorne ist das Hauptgebäude. Wir gehen am besten durch den Vordereingang. Dann sehen Sie ein wenig mehr davon.«

Hinter dem Wohntrakt tauchte nun ein weiteres Bauwerk auf, das um einiges größer als die übrigen war. Außerdem war es nicht weiß, sondern in einem unauffälligen Grauton gestrichen.

»Da sind wir«, sagte der Gärtner und machte eine ausladende Armbewegung. Sie gingen an der linken Gebäudeseite entlang. Die Fenster des Baus waren verspiegelt und Grant registrierte, dass er bis auf die zwei Gärtner bisher keinen einzigen Menschen gesehen hatte. Er blickte sich noch einmal nach allen Seiten um. Dann betraten sie das Gebäude.

Der Eingang bestand aus einer Drehtür aus Glas. Dahinter schloss sich eine große, helle Eingangshalle mit bunten Bildern an allen Wänden an. Vor der rechten erblickte Grant einen Empfangstresen, hinter dem ein Typ in schwarzem Anzug saß.

Der Gärtner ging ohne ein weiteres Wort auf den Mann zu und wechselte ein paar kaum hörbare Sätze auf Spanisch mit ihm. Der Kerl in Schwarz schaute verdrießlich drein. Dann drehte er sich um und verschwand in einem der Gänge, die von der Eingangshalle abzweigten. Grant lauschte dem Geräusch seiner leiser werdenden Schritte. Anschließend wandte er sich wieder dem Gärtner zu.

»Alles in Ordnung«, sagte der Mann.

»Man sagt Ihrem Freund Bescheid.« Er streckte sich selbstzufrieden. »Und ich verschwinde wieder, die Arbeit erledigt sich schließlich nicht von selbst.«

Mit diesen Worten drehte er sich um und verschwand durch die Eingangstür.

»Vielen Dank«, sagte Grant noch zum Abschied, aber er wandte sich nicht mehr um. Die Eingangstür quietschte leise, als der Gärtner das Gebäude verließ. Dann senkte sich wieder Stille über den Raum.

Grant schlenderte hinüber zur linken Wand. Eine Miniaturausgabe des Komplexes war hier unter einer Glasscheibe zu sehen. Er studierte ein paar Augenblicke konzentriert die kleine Version der Anlage, ehe er näher kommende Schritte hörte.

Der missmutige Kerl vom Empfang kam zurück. Suchend sah er sich in der Halle um. »Bitte kommen Sie.«

Grant warf noch einen Blick auf die Miniaturausgabe der Anlage und bemerkte hinter den Gebäuden eine schraffierte Fläche mit der Aufschrift »Sektion B«. Mehr war dort nicht zu lesen.

Möglicherweise ein geplanter Anbau des Komplexes. Er riss sich von dem Anblick los und ging zu dem Mann hinüber, der ihn abschätzend ansah.

»Ich habe Senor Bingham Bescheid gesagt, dass Sie eingetroffen sind«, sagte er.

»Bitte folgen Sie mir, ich bringe Sie zu ihm.« Mit diesen Worten drehte er sich um. Grant rückte die Reisetasche auf seinen Schultern zurecht und folgte dem Mann den Gang hinunter, aus dem er gekommen war. Auch hier hingen überall bunte Bilder an den schneeweißen Wänden.

Er kam sich beinahe wie in einer Galerie vor.

Sie folgten dem Flur ein gutes Stück und Grant bemerkte in regelmäßigen Abständen angebrachte Überwachungskameras. Hier und da zweigten ebenfalls in weiß gestrichene Türen ab, die alle mit Zahlenschlössern gesichert waren.

Einen Moment lang überlegte er, den Kerl im schwarzen Anzug danach zu fragen, entschied sich dann aber dagegen. Typen wie dieser beantworteten seiner Erfahrung nach keine neugierigen Fragen.

Der Mann hatte die Figur eines Schwergewichtsboxers und einen unruhigen, nervösen Gesichtsausdruck. Grant legte keinen gesteigerten Wert darauf, mit dem Mann ins Gespräch zu kommen.

Offenbar beruhte das auf Gegenseitigkeit und so legten sie fast die ganze Strecke schweigend zurück. Das Geräusch ihrer Schuhe auf dem glänzenden Boden war der einzige Laut, der sie begleitete.

Es ging durch ein paar Türen mit Sicherheitscodes und einen weiteren Flur entlang, ehe der Mann Grant einen großen Raum öffnete.

»Bitte warten Sie hier«, sagte der Kerl in Schwarz. »Senor Bingham kommt gleich.«

Grant sah ihn einen Moment lang an. Dann betrat er den Raum und beobachtete, wie der Mann die Tür sorgfältig hinter ihm schloss. Ein ploppendes Geräusch war zu hören, als sie zu fiel.

»Ihnen auch noch einen schönen Tag«, murmelte er sarkastisch, während er sich in dem lichtdurchfluteten Zimmer umsah. Einige Ledersofas und Pflanzen standen herum, daneben ein Kühlschrank mit Erfrischungsgetränken.

Das Gefühl von Befremdung wuchs angesichts des sterilen Zimmers noch in ihm. Ja, er würde Milton einige Fragen stellen müssen.

Ecuador

Nach gut einer Viertelstunde erschien endlich die Person, wegen der er hier war.

Eine der Türen schwang auf und ein groß gewachsener Mann mit Hakennase und Brille trat ein. Um seine Hüften wehte wie ein Segel ein weißer Laborkittel und die schwarzen, teilweise bereits grauen Haare waren akkurat gescheitelt.

»Nathan du alter Taugenichts«, polterte er los, als er ihn erspähte und ein breites Grinsen breitete sich in seinem Gesicht aus. Grant trat mit einem Lachen auf ihn zu und die beiden Männer umarmten sich vor einem der riesigen Fenster.

»Ach herrje, wie lange ist das her?«, versuchte sich Grants Gegenüber zu erinnern. Bingham legte die Stirn in Falten und dachte angestrengt nach.

»Über 15 Jahre«, half ihm Grant auf die Sprünge.

Der Mann packte ihn bei den Schultern und schüttelte ihn voll ehrlicher Freude.

»Wahnsinn. Ich glaube nicht, dass du hier bist.« Er machte eine kurze Pause.

»Du hier bei mir im Dschungel. Wer hätte sich das damals zu Studiumszeiten träumen lassen?« Er schüttelte lachend den Kopf.

»Hattest du eine angenehme Reise? Ich weiß, ich habe dir einiges zugemutet. Danke, dass du überhaupt gekommen bist. Ich muss sagen, ich war mir nicht ganz sicher.«

»Wenn ich zusage, dann komme ich auch«, antwortete Grant.

»Sicher, sicher«, beschwichtigte Bingham schnell. »Ich dachte nur, dass …«, er überlegte einen Moment.

»Aber dafür ist später ja noch genug Zeit.« Er deutete auf Grants Tasche.

»Soll ich dir dein Zimmer zeigen? Dann kannst du dich nach der anstrengenden Reise erst einmal erholen. Wie lange warst du unterwegs?«

Grant überlegte.

»Mit Zwischenaufenthalten etwa 14 Stunden.«

»Oh Mann«, Bingham schaute betrübt drein.

»Tut mir wirklich leid, dass du das mitmachen musst.«

»Schon okay«, antwortete Grant. »Es war ja schließlich meine Entscheidung.«

Bingham nickte langsam.

»Aber es lohnt sich, das verspreche ich dir.« Er sah ihn forschend an.

»Aber nun genug, ich bringe dich zu deinem Zimmer. Du kannst duschen und ein bisschen schlafen und später zeige ich dir dann alles.«

Er wollte sich umdrehen.

»Ich glaube vieles kenne ich schon«, sagte Grant und hob seine Tasche vom Boden auf.

»Einer der Gärtner hat mich fast über die gesamte Anlage geführt.« Bingham hielt in der Bewegung inne.

»Hast du den alten Trampelpfad von der Straße aus genommen?«

»Ja.«

Bingham winkte ab.

»Dann gibt es noch viel für dich zu sehen, glaube mir alter Freund.« Und kurz darauf ergänzte er: »Aber nun komm, verschaffen wir dir erst einmal ein bisschen Erholung. Alles andere können wir später besprechen. Ich glaube es immer noch nicht, dass du hier bei mir im Urwald bist.« Er lachte vergnügt.

Bevor Grant noch etwas sagen konnte, drehte sich Bingham um und marschierte los.

Sie verließen das Gebäude, ohne dass Grant noch weitere Personen zu Gesicht bekam.

»Wo sind denn die ganzen Mitarbeiter?«, wollte er schließlich wissen, als sie in die Sonne des Nachmittags hinaus traten.

»Was meinst du?«

Grant blickte sich um.

»Nun ja, bisher habe ich auf dem ganzen Areal nur vier Menschen gesehen. Dich eingeschlossen.«

Bingham zögerte, bevor er antwortete.

»Weißt du die ganzen Laboreinheiten sind untereinander ziemlich abgeschottet. Du kannst es dir ein bisschen wie Inseln vorstellen.« Er überlegte, aber dann sagte er: »Ja, ich glaube das trifft es am besten.«

»Aber Kontakt untereinander haben die Leute schon?«

Sein alter Freund sah ihn ein bisschen gekränkt an.

»Natürlich. Obwohl die einzelnen Teams meistens unter sich bleiben. Das ergibt sich wahrscheinlich automatisch so.«

»Und was ist deine Aufgabe hier?«, fragte Grant. Sie bogen um eine Ecke und steuerten auf den Wohntrakt zu.

»Nur Geduld mein Freund«, sagte Bingham mit beruhigender Stimme. »Das erzähle ich dir alles später. Jetzt zeige ich dir erst einmal dein Quartier für heute Nacht.« Er deutete nach oben. »Ich habe dafür gesorgt, dass du das Beste von allem bekommst. Dachterrasse, Whirlpool. Diesen Luxus genießen sonst nur die ganz hohen Tiere, wenn sie zu Besuch kommen. Du darfst dich also geschmeichelt fühlen.«

»Aha«, erwiderte Grant.

Bingham machte ein von Vorfreude gezeichnetes Gesicht.

»Komm, hier lang.«

Sie betraten den länglichen Bau, den Grant schon auf dem Weg gesehen hatte. Der große Baum neben dem Gebäude spendete für alle Wohneinheiten angenehmen Schatten.

Im Inneren nahmen sie einen Aufzug und fuhren in die dritte Etage. Am Ende eines kurzen Flures befand sich eine einzige Tür.

»Da wären wir«, sagte Bingham. Er reichte Grant den Schlüssel.

»Ich hole dich um 18 Uhr ab und führe dich über die Anlage. Dann können wir alles Weitere besprechen.«

Grant sah den großen Mann an. Milton hatte immer noch mit keiner Silbe erwähnt, warum er so dringend hatte herkommen sollen. Auch von der nervösen Stimmung während ihres Telefonats war nichts zu spüren.

Die Situation war eigenartig. Aber Grant entschloss sich, erst einmal mitzuspielen. So wie er seinen alten Kameraden kannte, würde er schon noch mit der Sprache herausrücken. Aber es war nicht Miltons Art mit der Tür ins Haus zu fallen. Grant sah nach oben. Im Gang und über der Tür sah er wieder zwei Überwachungskameras.

Man kam sich hier wie in einem Hochsicherheitstrakt vor.

»Na gut, dann also bis nachher«, sagte Bingham noch einmal. »Richte dich ein und hau dich eine Runde aufs Ohr. Wir sehen uns dann später.«

Er wandte sich zum Gehen.

»Richte dich ein?«, wiederholte Grant fragend. »Soll ich etwa länger hier bleiben?«

Bingham sah ihn irritiert an.

»Ach, das sagt man doch nur so«, antwortete er und drehte sich um. »Erhol dich gut.«

Mit diesen Worten schritt er den Gang hinunter und stieg in den Fahrstuhl.

Grant sah ihm noch einen Augenblick nach, ehe er die Tür aufschloss und das Zimmer betrat. Bingham hatte nicht übertrieben. Der Raum, oder besser gesagt die Wohnung war vom Feinsten. Es gab gleich mehrere Zimmer.

Die Einrichtung war geschmackvoll gehalten. Überall dunkles Holz und teure Möbel. Über eine kleine Treppe gelangte man auf die Terrasse, wo auch der großzügige Whirlpool stand. Grant stellte seine Tasche auf das Bett und ging sofort hinaus.

Ein Großteil der Anlage breitete sich vor ihm aus. Er sah die würfelartigen Laborgebäude und weiter hinten die Rasenfläche, wo er die beiden Gärtner getroffen hatte. Auf der anderen Seite erblickte er den Haupttrakt und weiter hinten, von Bäumen verdeckt, weitere graue Gebäude, die er bisher noch nicht gesehen hatte. Das Gelände war wahrhaft riesig. Grant fuhr sich mit der Hand über den Mund. Die Ausdehnung war noch weit größer, als er erwartet hatte.

Einen Moment dachte er zurück an das Miniaturmodell und versuchte, sich zu orientieren.

Wenn er sich richtig erinnerte, musste die Fläche der Sektion B auf der linken Seite irgendwo im Dschungel liegen. Er starrte konzentriert in die Richtung, konnte aber nichts erkennen. Nur das im leichten Wind wogende Blätterdach. Möglicherweise handelte es sich um einen Bauabschnitt, der noch in Planung war. Er erinnerte sich an die Worte des Gärtners. Oder die Gehege befanden sich dort. Noch einmal sah er zu der Stelle hinüber. Dann wandte er sich ab. Und wenn schon. Falls es etwas zu sehen gab, würde Milton ihn schon ins Bild setzen. Er ging ins Schlafzimmer und legte sich angezogen auf die weiche Matratze. Der Jetlag tat sein Übriges dazu und bald war er fest eingeschlafen.

Ecuador

Bingham erschien wie verabredet um 18 Uhr.

»Du alter Streber«, begrüßte ihn Grant mit einer Überprüfung seiner Armbanduhr. »Es hat sich nichts geändert.«

Bingham hob in entschuldigender Geste die Hände.

»Du weißt, ich stehe zu meinem Wort«, lachte er. »Und die Pünktlichkeit liegt meiner Familie schließlich im Blut. Das kennst du ja.«

Grant verzog belustigt die Mundwinkel.

Und wie er das kannte. Binghams Schwester und auch seine Eltern waren ein wahres Muster an Pünktlichkeit und Zuverlässigkeit. Er hatte sie nur bei wenigen Gelegenheiten gesehen, aber das hatte gereicht, um den gemeinsamen Charakterzug der Familie kennen zu lernen. Er hatte immer gescherzt, dass sie ein bisschen wie Roboter waren.

»Wie geht es deiner Schwester übrigens?«, fragte er. »Wenn wir schon von deiner Familie sprechen.«

»Gut, gut«, sagte Bingham und zog die Zimmertür hinter ihnen zu. Die offizielle Führung begann.

»Ich erzähle dir alles auf dem Weg. Aber sie arbeitet momentan auf einer Farm in Kolumbien. Die forschen da irgendetwas am Saatgut von Maispflanzen oder so was.« Er dachte kurz nach. »Oder war es Weizen?« Die Lösung fiel ihm nicht ein. »Keine Ahnung. Ich habe nicht so genau zugehört. Jedenfalls wird die Forschung von einem großen Privatunternehmen bezahlt. Frag mich aber bitte nicht nach dem Namen. Das Einzige, was ich dir sagen kann ist, dass sie damit einen Haufen Geld verdient.« Er seufzte in gespielter Enttäuschung.

»Weit mehr als ich jedenfalls. Und das will schon was heißen. Schließlich kann ich mich nicht beschweren.« Grant dachte über die Worte nach, während sie mit dem Fahrstuhl nach unten fuhren und den Wohntrakt verließen.

»Und wer bezahlt in deinem Fall diese ganze Sache hier?«, fragte er.

Sein alter Freund machte ein bekümmertes Gesicht.

»Das kann ich dir leider auch nicht sagen. Streng vertraulich.« Er fuhr sich mit der Zunge über die Lippen. »Wie so einiges hier.«

Grant runzelte die Stirn.

»Was kannst du mir denn sagen?«

Binghams Miene hellte sich auf.

»Oh auch so einiges, du wirst schon sehen.«

Nachdem sie das Gebäude verlassen hatten, führte Bingham Grant zunächst über den Teil der Anlage, den er bereits kannte.

»Das da vorne sind die…«

»Die Laborgebäude, ich weiß«, sagte Grant, als sie an den weißen Würfeln vorbei kamen. Bingham stutzte einen Moment.

»Über 250 Menschen arbeiten in dem ganzen Komplex, natürlich inklusive Verwaltung, Techniker, Gärtner usw.« Grant musterte sein Gegenüber aus den Augenwinkeln. Bingham klang wie ein Fremdenführer. Er fragte sich, ob der große Mann immer die Aufgabe hatte, Neuankömmlinge die Anlage zu zeigen. Die Begeisterung in seiner Stimme verriet Stolz und Zufriedenheit.

»Und welche Aufgabe hast du in dem ganzen Laden?«, fragte er, als sie an dem kleinen Teich vorbeikamen.

Bingham breitete die Arme aus.

»Ich leite die gesamte Einrichtung. Vom Personal bis zum Kontakt mit den Behörden. Letzten Endes obliegt immer mir die finale Entscheidung.« Er kniff die Augen zusammen. »Nach Abstimmung mit den Bossen natürlich.«

»Und wer sind die Bosse?«

»Wie gesagt, streng vertraulich. Tut mir leid alter Junge.«

»Schon gut.«

Sie gingen weiter. Bingham führte sie von den Laborgebäuden weg auf den Dschungel zu. Sie überquerten einen abschüssigen Rasen und nahmen einen Pfad in den Wald hinein. Grant versuchte, sich zu orientieren. Wenn er es richtig sah, dann bewegten sie sich nun wieder Richtung Wohnkomplex, allerdings in einem weiten Bogen um die Anlage herum. Er warf einen Blick zurück. Die Sonne stand schon ziemlich tief und das Tageslicht ging hier unter dem Blätterdach in ein schummriges Zwielicht über. Auch die Luft wurde merklich kühler. Der Pfad wurde so eng, dass sie nicht mehr nebeneinander gehen konnten. Nach ein paar Minuten kamen sie an einen hohen Draht-Zaun.

»Wo sind wir denn jetzt gelandet?«, fragte Grant erstaunt, als er ein Warnschild mit der Aufschrift »Vorsicht Hochspannung« an dem Zaun las und bemerkte, dass die Barriere weit über zwei Meter hoch war.

»Das hier sind die Außengehege«, sagte Bingham und tippte einen Zugangscode in das Tastenfeld neben der Tür aus Maschendraht ein. Grant versuchte, ihm über die Schulter zu sehen.

1358… Die letzte Zahl konnte er nicht mehr erkennen. Ein fünfstelliger Code.

Das Schloss klickte.

»Sesam öffne dich«, sagte Bingham und die Tür glitt surrend auf. »Dann wollen wir mal.«

Grant begutachtete irritiert den Zaun als er hindurch ging.

»Was für Tiere haltet ihr in euren Außengehegen? Velociraptoren?«

Bingham lachte. Allerdings eine Spur zu übertrieben wie Grant fand.

»Das war kein Witz. Wozu braucht ihr solche Sicherheitsvorkehrungen?«

Bingham sah sich um. Wie als wolle er sich vergewissern, dass ihnen niemand zuhörte. Er packte ihn vertraulich am Arm.

»Was die Tiere angeht, gibt es hier nichts Besonderes. Das, was du siehst, dient viel mehr dazu, niemanden hineinzulassen. Du kannst dir nicht vorstellen, wie wir auf Geheimhaltung angewiesen sind. Die Sicherheitsvorkehrungen in den Laborgebäuden sind sogar noch strenger. Du wirst es später sehen.«

Grant erinnerte sich an den Satz des Gärtners. »Sei vorsichtig. Du weißt, was beim letzten Mal passiert ist.«

»Ach ja?«, sagte er nur und ging weiter.

Bingham blieb stumm.

Der Pfad führte nach links und im Grün des Dschungels sah Grant die Dächer von ein paar niedrigen Gebäuden. Eine Abzweigung tauchte vor ihnen auf.

»Können wir uns die Gehege ansehen?«, fragte er. Bingham zögerte.

»Wenn du willst«, antwortete er, aber Grant merkte sofort, dass es ihm eigentlich nicht passte. Er nutzte die Gelegenheit:

»Warum bin ich eigentlich hier, Milton?«

Bingham warf ihm über die Schulter einen Blick zu. Er sah wie ein ertappter Sünder aus.

»Können wir damit noch etwas warten? Ich weiß, du wunderst dich über meine Bitte, dass du herkommen sollst.«

Der Dschungel um sie herum wisperte leise.

»Ich erkläre dir alles. Später. Im Moment würde es sich für dich nur wie Unsinn anhören. Ich muss dir noch ein paar Dinge zeigen. Einverstanden?«

Grant zögerte. Dann aber nickte er. Sie nahmen den Abzweig zu den Gehegen. Kurze Zeit später kam ihnen auf dem Weg ein Mann entgegen. Der Kerl trug braune Arbeitskleidung und wechselte ein paar aufgeregte Worte mit Bingham, wobei er wild gestikulierte. Grant verstand kaum etwas. Schweiß perlte auf der Stirn des Mannes. Er warf einen Blick auf das Namensschild, das der Kerl trug. Carlos Eskalante. Dann drehte sich Bingham mit zerknirschter Miene zu ihm um.

»Wir können nur den Weg um die Gehege herum nehmen«, sagte er. »Wartungsarbeiten.« Grant taxierte den Uniformierten.

Seine Augen tanzten nervös von links nach rechts. Außerdem glaubte er, eine gewisse Anspannung zwischen den beiden Männern zu bemerken.

»Von mir aus«, sagte er.

»Kannst du ihm nicht sagen, dass sie kurz Pause machen sollen? Immerhin bist du doch der Boss, oder?«

»Nun ja«, antwortete Bingham. »Schon, aber wir sollten nicht zu viel Unruhe in den Betrieb bringen. Wir können uns ja alles auch später noch ansehen. Außerdem kommen wir auch auf dem anderen Weg an ein paar Gehegen vorbei.«

Mit diesen Worten schob er Grant sanft den Weg zurück, den sie gekommen waren.

Und er hatte nicht gelogen. Nur etwa 50 Meter weiter stießen sie bereits auf das Außengatter eines Geheges. Enger Maschendraht trennte sie vom Inneren. Grant sah ein paar leere Futternäpfe. Dahinter eine platt getrampelte Stelle um ein kleines Wasserloch.

Die Ausmaße des Paddocks waren gigantisch. Zu seiner Linken konnte er nicht einmal das Ende sehen. Dafür erblickte er ganz in der Nähe einen Mast mit einer Kamera auf der Spitze, die auf das Innere des Gatters gerichtet war.

»Welche Tiere haltet ihr hier, die ein so großes Areal brauchen?«, fragte er überrascht. Er sah zu Bingham, der sich am Kopf kratzte.

»Genau weiß ich es nicht«, sagte er, »wenn ich mich nicht irre, müsste es das Tapir-Gehege sein.«

»Tapire?«, fragte Grant überrascht. »Ich habe noch nie gehört, dass die zu Forschungszwecken genutzt werden.«

Bingham warf ihm einen vielsagenden Blick zu. Grant verstand schon.

»Ich weiß, ich weiß«, sagte er, »lass mich raten, darüber darfst du nicht sprechen.«

»Bingo.«

»Na dann eben nicht.«

»Lass uns weitergehen«, sagte Bingham.

Sie setzten ihren Weg durch den Wald fort. Im Abstand von ein paar Minuten kamen sie noch an zwei weiteren Gehegen vorbei. Aber auch hier ließen sich keine Tiere blicken. Bingham war noch schweigsamer als zuvor und Grant fragte sich, ob die vorgeschobenen Wartungsarbeiten tatsächlich stattfanden. Er wurde immer ungeduldiger. Was sollte er denn nun hier?

Nach einem weiteren kurzen Fußmarsch verließen sie das Gelände wieder. Auf der anderen Seite des Hochspannungszauns schien sich Bingham sichtlich zu entspannen.

»Wenn du willst, zeige ich dir jetzt die Labors«, sagte er gut gelaunt. Grant überlegte einen Moment. Es war wohl das Beste, wenn er die Führung einfach über sich ergehen ließ und seinen alten Freund später mit Fragen löcherte.

»In Ordnung.«

Sie sahen sich in den nächsten 20 Minuten zwei der weißen Würfel von innen an. Grant wurde ein paar hochrangigen Mitarbeitern vorgestellt und schüttelte artig alle ihm hingestreckten Hände.

Sie waren schon wieder auf dem Weg zum Haupttrakt, als Bingham plötzlich etwas einzufallen schien.

»Weißt du was, lass uns zum Hubschrauberlandeplatz gehen.« Er deutete nach rechts in den Dschungel. Wir haben noch genug Tageslicht und mit dem nächsten Helikopter landet jemand, den ich dir unbedingt vorstellen will.«

Grant war es egal. Auf einen Wissenschaftler mehr oder weniger kam es schließlich auch nicht mehr an. Hauptsache er hörte bald einen Grund dafür, warum er hier war.

»In Ordnung.«

»Fantastisch.«

Bingham wirkte aufgekratzt wie ein Schuljunge. Sie schlenderten wieder über den Rasen. Dieses Mal näherten sie sich einem Bereich, den Grant noch nicht gesehen hatte.

Der Tag verblasste zusehends. Grant bemerkte, dass an mehreren Stellen des Geländes bereits Scheinwerfer für die Nachtbeleuchtung eingeschaltet waren. Ein wenig müde vom Jetlag versuchte er, sich zu orientieren. Wenn sie die momentane Richtung beibehielten, so musste der Landeplatz ganz in der Nähe der Außengehege liegen. Kurz dachte er zurück an das Miniaturmodell des Komplexes und an die schraffierte Fläche.

»Milton?«, fragte er beiläufig.

»Was ist?«

»Was ist Sektion B?«

Der große Mann blieb fast sofort stehen und wandte sich zu ihm um. Grant konnte Überraschung und Verwirrung in seinem Blick lesen. Aber nur für einen Sekundenbruchteil. Dann hatte er sich wieder im Griff.

»Woher weißt du davon?«, fragte er so lapidar wie möglich. Aber Grant bemerkte sofort den nervösen Unterton in seiner Stimme.

»Ich habe das Modell in der Empfangshalle gesehen.«

»Das was?« Dann begriff Bingham.

»Ach so, ich verstehe. Für einen kurzen Moment war ich verwirrt.«

»Habe ich gemerkt«, antwortete Grant.

»Das ist ein geplanter Bauabschnitt.«

»Noch mehr Labors?«

»So zu sagen.«

»So zu sagen?«

»Es ist ein bisschen kompliziert.«

»Das ist es meistens.«

»Interessanter Zufall«, fuhr Bingham fort, bemüht, die Gesprächsrichtung zu wechseln. »Der Mann, der gleich ankommt, ist genau wegen diesem Bauvorhaben hier. Es gibt ein kleines Problem mit den Behörden. Wir brauchen ein Gutachten über den Boden an dieser Stelle.«

Mit diesen Worten wandte er sich wieder um und ging los.

Grant folgte ihm. Der Wortwechsel war für Bingham offenbar beendet. Sie nahmen einen etwas breiteren Pfad und tauchten wieder in den Wald ein. Nach ein paar Minuten durchschnitten Scheinwerfer die Dämmerung. Der Pfad kreuzte eine schmale, asphaltierte Straße und ein großer Jeep rumpelte dröhnend vor ihnen vorbei in die Dunkelheit. Der Wagen hatte kein Verdeck. Grant konnte ein paar Arbeiter mit finsteren Mienen auf den Sitzen sehen. Wahrscheinlich war ihre Schicht für heute zu Ende. Er sah dem Fahrzeug nach, das um eine Biegung herum verschwand. Interessant, offenbar gab es hier doch so etwas wie Straßen.

Bingham führte ihn weiter durchs Unterholz, bis sie im Dickicht auf eine große Asphaltfläche mit blinkenden Lichtern stießen. Der Helikopterlandeplatz.

Die meisten Mitarbeiter kommen und gehen mit dem Hubschrauber hatte der Gärtner gesagt. Sicher war das im Dschungel die angenehmste Art zu reisen.

Bingham wandte sich zu ihm um und öffnete den Mund, aber in diesem Moment hörten sie schon das Dröhnen des Helikopters. Das Geräusch näherte sich schnell. Grant versuchte, etwas zu erkennen. Er sah die Silhouette der nahen Berge vor dem Hintergrund des dunklen Himmels. Dann erblickte er den Hubschrauber. Er näherte sich knapp über den Wipfeln der Bäume.

Mit erstaunlicher Geschwindigkeit beschrieb er über ihnen eine Kurve und ging dann tiefer. Staub wirbelte ihnen entgegen und Grant hob schützend die Hand. Die Maschine landete sanft. Kurze Zeit später wurde die Passagiertür geöffnet und eine Gestalt in dunklem Anzug kletterte ins Freie. Sie hatte sich keine 20 Meter entfernt, als der Pilot die Motordrehzahl schon wieder nach oben jagte und abhob. Das Manöver hatte kaum eine Minute gedauert.

»Willkommen zurück«, rief Bingham dem Neuankömmling durch den Rotorenlärm zu. Der Helikopter gewann schnell an Höhe. Als der Mann bei ihnen ankam, war er bereits höher als die Baumkronen und beschrieb eine sanfte Rechtskurve. Dann entfernte er sich in die Richtung, aus der er gekommen war. Sie sahen dem Hubschrauber ein paar Augenblicke nach, bis das Motorengeräusch leiser wurde. Dann wandte sich Bingham dem Neuankömmling zu.

»Dr. Wadford, es freut mich, Sie wieder zu sehen.« In diesem Moment wurden einige Lampen um sie herum eingeschaltet. Sie tauchten den Platz in milchiges Licht. Offenbar waren für die Nacht noch mehr Landungen geplant.

»Vielen Dank«, antwortete der Mann. »Es ist schön wieder hier zu sein.« Grant sah ihn skeptisch an. Er sah nicht so aus, als ob er sich wirklich freute.

»Darf ich Ihnen einen alten Freund von mir vorstellen, Nathan Grant.« Bingham legte Grant eine Hand auf die Schulter.

»Wir haben gemeinsam studiert. Nathan, das ist unser Geologe Dr. Wadford. Er wird das Bodengutachten für den geplanten Bauabschnitt erstellen.«

»Angenehm«, sagte der Mann. Er schüttelte Grants Hand. Anschließend gähnte er laut.

»Wenn es Ihnen nichts ausmacht, würde ich mich gerne zurückziehen. Ich bin hundemüde. Lassen Sie uns morgen über alles Weitere sprechen, einverstanden?«

Bingham nickte.

»Natürlich.« Er überreichte Wadford einen Schlüssel.

»Sie haben ihr Büro vom letzten Mal. Im Wohntrakt ist außerdem ein Zimmer für Sie vorbereitet. Soll ich Sie hinbringen lassen?« Er sah sich suchend um.

»Danke, das wird nicht nötig sein«, erwiderte Wadford mit einem erneuten Gähnen.

»Ich kenne den Weg inzwischen gut.« Mit diesen Worten schulterte er die mitgebrachte große Tasche.

»Gute Nacht meine Herren.« Er drehte sich um und marschierte davon. Grant sah dem Mann nach. Wadford war von untersetzter Statur und verfügte über ein kantiges Gesicht, in das die schulterlangen Haare spielerisch hinein fielen.

Er überlegte, ob er ihn mochte und entschied sich eindeutig dagegen. Der Mann wirkte arrogant und eingebildet. Auch wenn der erste Eindruck ja bekanntlich täuschen konnte.

»Wollen wir uns auch ein bisschen Schlaf gönnen?«, schlug Bingham neben ihm vor. Grant wandte sich seinem alten Freund zu.

»Wenn es geht, würde ich mir noch gerne das Gelände für den neuen Bauabschnitt ansehen. Sektion B kann nicht weit von hier sein«, widersprach er. Er sah abwartend in Binghams Gesicht.

»Wenn ich das Modell richtig im Kopf habe, ist es dort hinter dem Hubschrauberlandeplatz.« Er deutete in den Dschungel. Bingham machte ein unglückliches Gesicht.

»Wirklich Nathan?«, fragte er. Dann sah er zum Himmel.

»Es ist schon ziemlich dunkel. Und die Nacht bricht hier schnell herein. Lass uns das morgen erledigen. Wir frühstücken zusammen und dann zeige ich dir den Rest, okay?« Grant schwieg, schließlich fügte er sich in sein Schicksal.

»Wenn du meinst.«

Ecuador

Grant erwachte aus einem unruhigen Schlaf. Er strampelte die Decke von sich und rollte auf die andere Seite des Bettes. Der Wecker auf dem Nachttisch zeigte kurz nach 1 Uhr morgens an. Mit müden Augen blinzelte er gegen das grelle Licht. Dann erlosch die Anzeige wieder.

Für einen Moment hatte er Schwierigkeiten, sich zu orientieren. Aber dann fiel ihm alles wieder ein. Der Flug, die Taxifahrt, die Anlage im Dschungel. Und er mittendrin. Er war hier mitten im Nirgendwo. Vergessen von der Welt, so wie es ihm vorkam.

Nach ein paar Augenblicken gewöhnte er sich wieder an das Dunkel. Durch die Scheiben links von ihm fiel der helle Mondschein ins Zimmer und malte ein mattes Quadrat auf den Boden. Er hatte die mit einem Fliegengitter gesicherte Tür zu der Terrasse einen Spalt offen gelassen und kühle Luft strömte ins Zimmer und an ihm vorbei.

Er versuchte wieder einzuschlafen. Draußen konnte man die Geräusche des Waldes hören. Das laute Zirpen der Zikaden wurde nur hin und wieder durch den Ruf irgendeines Vogels unterbrochen und die Bäume raschelten sacht.

Er verlagerte seine Position, nach ein paar Minuten erneut. Als der Schlaf sich aber auch nach einiger Zeit nicht wieder einstellen wollte, stand er auf.

Er konnte im Mondlicht die Konturen der Möbel und die Fenster sehen. Mit fahrigen Bewegungen ging er zu der Glastür und trat auf die Terrasse hinaus. Sofort wurde die Luft merklich kühler. Ein Windhauch fuhr in sein Haar und das Zirpen der Zikaden und das Rauschen des Waldes wurden sofort lauter.

Er ging bis zum Geländer und rieb sich schlaftrunken die Augen. Dann gähnte er ausgiebig und warf einen Blick über die Anlage.

Alles lag verlassen da. Vereinzelt brannten ein paar starke Lampen in dem grünen Meer und tauchten den Komplex in Inseln aus Licht. An ein paar Stellen konnte Grant Bodennebel und feucht schimmerndes Gras sehen.

Im Bereich des Hubschrauberlandeplatzes brannten ebenfalls einige helle Scheinwerfer. Auch daneben, dort, wo die Außengehege sein mussten, waren mehrere Lampen eingeschaltet. Er lauschte in die Nacht. Alles wirkte friedlich und ruhig. Er sah noch ein paar Augenblicke in die Richtung der Gehege.

1358… Er musste innerlich grinsen.

Vielleicht hätte Milton sich einen etwas weniger auffälligen Code aussuchen sollen.

Auch wenn er die letzte Zahl des fünfstelligen Codes nicht gesehen hatte, so war ihm doch sofort an den ersten vier aufgefallen, dass Milton einfach sein Geburtsdatum verwendet hatte.

Der 13.5.1981. Grant schüttelte den Kopf.

»Sehr leichtsinnig Mister Bingham«, murmelte er amüsiert vor sich hin. Wirklich sehr leichtsinnig. Einfacher konnte man es potenziellen Eindringlingen kaum machen. Dann dachte er erneut ein paar Stunden zurück.

Milton hatte während der gesamten Zeit im Areal der Außengehege angespannt gewirkt.

Er legte die Stirn in Falten.

Und dann diese merkwürdige Konversation mit dem Mann in brauner Uniform. Wartungsarbeiten, von wegen. Es kam ihm eher so vor, als wollte der Kerl sie vertreiben. Aber warum?

Er kniff die Augen zusammen und starrte wieder in die Richtung der Außengehege. Die dort brennenden Scheinwerfer waren nur trübe Punkte in dem grünen Dickicht und wurden zusätzlich vom Nebel verschluckt. Eigenartig, dachte er, wirklich eigenartig. Aber es ging ihn nun einmal nichts an. Milton würde ihm morgen schon sagen, wieso er hier war. Er ging wieder in die Wohnung zurück und legte sich auf das Bett.

Eigentlich ein sinnloses Unterfangen. Er kannte seinen Körper. In den nächsten ein bis zwei Stunden würde er keinen Schlaf mehr finden. Dafür war er zu wach. Und die kühle Nachtluft tat ihr Übriges. Die Nachtluft, dachte er. Vielleicht war es das Beste, wenn er einfach einen kleinen Spaziergang über die Anlage machte. Vielleicht tat es seinem vom Jetlag geplagten Körper ja gut und würde ihm helfen, wieder zur Ruhe zu kommen.

Er schälte sich aus dem Bett und schlüpfte in Jacke und Schuhe. Gegen die Idee war nichts einzuwenden. Und er störte ja auch niemanden damit. Er verließ das Zimmer und fuhr mit dem Fahrstuhl nach unten. Vor dem Gebäude angekommen, warf er einen Blick die Fassade hinauf. Alle Zimmer lagen im Dunkeln.

Dann schlenderte er los in Richtung Labors. Die weißen Würfel tauchten langsam vor ihm auf. Einer nach dem anderen. Rechts von ihm in der Nähe des Dschungels brannte ein einzelner, starker Scheinwerfer. Auch hier waberte Bodennebel über den Rasen.

Grant sog genießerisch die frische Nachtluft ein. In keinem der Labors brannte Licht. Nur über den Eingängen zu den Gebäuden waren einzelne Glühbirnen eingeschaltet. Große und kleine Fliegen und Motten surrten darum herum. Er ging weiter, kam an dem kleinen See und an etlichen Blumenbeeten vorbei. Der Pfad ging auf einem kurzen Stück in eine Schotterpiste über. Das Knirschen der Steine unter seinen Sohlen kam Grant unglaublich laut vor. Keine Menschenseele war um diese Uhrzeit hier draußen.

Er dachte an die vielen Kameras, die er am Nachmittag gesehen hatte. Ob es hier einen Wachdienst gab? Mit Sicherheit. Die viel interessantere Frage war, ob er auf den Monitoren schon aufgetaucht war. Ob die Anlage mit Infrarot-Überwachung ausgerüstet war? Er wusste es nicht.

Dunkel, fast schwarz erhob sich der Dschungel vor ihm. Er versuchte, sich zu orientieren. Irgendwo dort hinter der dunklen Wand musste der Hubschrauberlandeplatz liegen. Er durchquerte eine Wolke aus Nebel. Dann zog er sein Handy aus der Tasche und schaltete die Lampe daran ein. Weißes Licht flutete durch den Dschungel und enthüllte den Boden vor ihm. Es war ein ausgetretener Pfad aus fester Erde. Rechts und links rankten sich Pflanzen und Farne in den Weg. Er musste bald an der Stelle sein, die sie am Nachmittag passiert hatten. Plötzlich blieb er stehen.

Mit einer Fingerbewegung schaltete er die Lampe aus. Er hatte etwas gehört. Regungslos blieb er stehen. Sein Atem ging flach. Um sich herum hörte er das Konzert der Insekten. Aber das war es nicht, was ihn hatte stutzen lassen. Er hatte geglaubt Schritte auf dem Urwaldboden zu hören. Oder kamen sie von dem Pfad vor ihm? Ein Mann vom Personal? Ein Tier? Er hielt den Atem an. Gab es in diesem Dschungel Großkatzen? Die Anlage war nicht komplett umzäunt. Es war durchaus möglich, dass Jaguare oder andere Räuber der Nacht ihren Weg bis hierher fanden. Oder fantasierte er sich etwas zusammen?

Vielleicht war es doch keine so gute Idee gewesen, einen Spaziergang zu unternehmen. Aber das Geräusch wiederholte sich nicht. Alles um ihn herum blieb ruhig. Vermutlich Einbildung. Die Ausgeburt seiner Fantasie.

Keine zehn Meter weiter tauchte der Drahtzaun vor ihm auf. Grant leuchtete das Gebilde mit dem Handy ab. Dann tippte er Binghams Geburtsdatum in das Tastenfeld des elektronischen Schlosses ein. Einen Augenblick lang passierte nichts. Dann vernahm er das Klicken, das er schon am Nachmittag gehört hatte. Die Tür öffnete sich und er schlüpfte hindurch. Auf der anderen Seite blieb er stehen und lauschte noch einmal. Nichts.

Er war jetzt im Areal der Außengehege. Wenn er sich richtig erinnerte, dann würde bald eine Weggabelung vor ihm auftauchen.

Noch wachsamer als zuvor lauerte er auf jedes verdächtige Geräusch.

Dann kam er an die Weggabelung und nahm den rechten Abzweig, der sanft einen Hang hinunter führte. Hier war ihnen am Nachmittag der Uniformierte begegnet. Durch das Dickicht konnte Grant bald eine Insel aus Licht ausmachen.

Er stellte fest, dass es sich um eine weitere Glühbirne handelte.

Dahinter zeichnete sich die Silhouette eines niedrigen Gebäudes ab. Er fragte sich, ob man ihm wohl glauben würde, dass er nur spazieren gehen wollte, wenn man ihn hier erwischte. Aber schließlich tat er ja nichts

Schlimmes. Er schrak zusammen und fuhr herum, als er plötzlich einen metallischen Laut hinter sich hörte. Die Tür im Drahtzaun musste wieder ins Schloss gefallen sein.

Er wandte sich wieder dem Gebäude zu. Es handelte sich um eine krude Hütte aus braunem Spritzbeton. Er legte eine Hand auf den schwarzen Türknauf und drehte daran. Dann zog er. Die Tür war verschlossen. Er ging um die Hütte herum, bis er auf einen weiteren Drahtzaun stieß. Offenbar war das eines der Gatter.

Mit der Lampe leuchtete er von links nach rechts. Aber außer ein paar kleinen Tierknochen, die offenbar von einer Fütterung stammten, sah er nichts. Nur dichten Dschungel und ein paar platt getrampelte Stellen auf dem Boden. Was für Tiere waren wohl im Inneren? Er hatte sich schon gewundert, als Bingham ihm etwas über Tapire erzählt hatte. Er hatte noch nie gehört, dass diese Tiere in der medizinischen Forschung eingesetzt wurden. Aber möglich war schließlich alles.

Er folgte dem Pfad weiter, bis er wieder auf eine niedrige Hütte aus Beton stieß. Auch hier schloss sich dahinter ein hoher Drahtzaun an. Wieder ein Gehege.

Langsam ließ sich ein Muster erkennen.

Wieder drehte er vorsichtig am Riegel der Tür zum Gebäude.

Zu seiner Überraschung sprang sie diesmal klickend auf. Er zögerte kurz. Dann huschte er hinein. Eine Lampe an einer der Wände verströmte schwaches, grünes Licht.

Der Raum lag im Halbdunkel. Auf der gegenüberliegenden Seite sah Grant etliche Gitterstäbe. Ein Teil des Geheges war offenbar mit der Hütte verbunden. Ein widerlicher Aasgeruch lag in der Luft. Grant stieg der Duft nach Verwesung beißend in die Nase. Fürchterlich, und mit der abgestandenen Luft mischte sich das Ganze zu einer Kombination, die ihn beinahe würgen ließ.

Links waren zwei Videomonitore aufgebaut.

Auf ihnen liefen Infrarotaufnahmen. Offenbar zeigten sie das umliegende Gatter, denn auf einem konnte er einen Teil der Hütte sehen. Plötzlich stutzte er. Dann kniff er die Augen zusammen und starrte konzentriert auf den linken Bildschirm. Ein großer Körper näherte sich dem Zaun entlang der Hütte. Er sah, wie er spielend leicht große Palmwedel und Sträucher beiseite schob. Was zum Teufel war das? Das Ding musste sich am Zaun direkt neben der Hütte befinden.

Er verließ den Bau so leise er konnte.

Mit den Händen schirmte er das Licht der Lampe ab. Draußen angekommen, umrundete er die Hütte auf Zehenspitzen, bis er am Zaun ankam. Er blieb stehen. Kein Laut drang an sein Ohr.

Hatte ihn das Tier gewittert und war wieder im Dickicht verschwunden? Er versuchte, sich die Aufnahmen auf dem Monitor ins Gedächtnis zu rufen.

Wenn er die Proportionen des Zauns als Maßstab nahm, hatte das Tier die Ausmaße eines Pferdes gehabt. Aber es hatte sich so eigenartig bewegt. Beinahe schlängelnd.

Er wollte gerade die Hand von der Lampe des Handys nehmen und in das Gehege hineinleuchten, als er auf einmal erstarrte.

Direkt vor sich hörte er ein Grunzen. Es war fast ein Knurren. Die Haare in seinem Nacken richteten sich auf. Im nächsten Moment warf sich etwas von innen gegen den Zaun. Der Aufprall war so heftig, dass Grant zurückgeschleudert wurde. Hart schlug er auf dem Boden auf.

Das Handy fiel ihm aus der Hand.

Der Zaun schepperte laut und vibrierte. Grant hörte wieder das Knurren. Dann schnell trappelnde Schritte, die sich entfernten. Das raschelnd von Blättern. Dann folgte Stille.

Völlig perplex von dem, was gerade passiert war, lag er noch einen Moment reglos auf dem Boden. Das Handy lag neben ihm und beleuchtete gespenstisch eine kleine Palme.

Was zur Hölle war das? Irgendetwas in dem Gehege hatte ihn angegriffen. Mit beängstigender Kälte und Zielstrebigkeit. Die Wucht des Aufpralls war gewaltig gewesen.

Das Ding hatte regelrecht auf ihn gelauert. Wie als wüsste es, dass er es über die Kameras sehen konnte und an den Zaun kommen würde. Er rieb sich den Hinterkopf.

Er musste Milton ein paar Fragen stellen. Und dieses Mal würde er sich nicht um Antworten herumdrücken können. Er tastete nach seinem Handy. Wenn er…

In diesem Moment hörte er mehrere Stimmen.

Es waren aufgeregte Rufe.

Schnell näherten sie sich von beiden Seiten. Es waren Worte auf Spanisch.

Dann sah er mehrere Taschenlampen im Dschungel aufblitzen. Offenbar hatte man ihn entdeckt.

Es erklangen weitere aufgeregte Befehle. Dann erfassten ihn mehrere Lichtkegel. Hände packten ihn und zogen ihn auf die Beine.

Ecuador

Das Café lag an einer wenig frequentierten Kreuzung. Der Mann im dunkelblauen Anzug konnte auf der gegenüberliegenden Straßenseite gerade eine Gruppe Kinder auf dem Weg in die Schule beobachten.

Das Viertel erwachte langsam zum Leben.

Überall sah er Rollläden, die geöffnet wurden und Menschen, die in den Tag starteten. In einem Busch in der Nähe zwitscherten ein paar Vögel. Es war eine friedliche Stimmung. Er scante seine Umgebung.

Nur wenige Leute außer ihm saßen in dem Café.

An einem der Tische erblickte er einen alten Mann. Ein paar Meter weiter erspähte er eine hübsche Frau, die sich gerade zwei Becher zum Mitnehmen auflud.

Er seufzte und nippte an der Tasse in seiner Hand. Der Kaffee war schwarz und stark. Genau so, wie er ihn brauchte. Gerade heute.

Er hatte nicht gut geschlafen und war erst um drei Uhr nachts ins Bett gegangen. Er warf einen Blick auf seine Uhr.

Aber der Mann wollte sich unbedingt gleich früh morgens mit ihm treffen. Es war jetzt fünf Minuten nach sieben.

Er suchte die Gassen mit den Blicken ab. Die Dächer der schönen alten Häuser wurden schon von der Morgensonne angestrahlt. Aber hier unten herrschte noch kühler Schatten. Es war eine angenehme Atmosphäre. Zu dumm, dass er noch hundemüde war und sie nicht richtig genießen konnte.

Er wollte einen weiteren Schluck Kaffee nehmen, als er eine Hand auf seiner Schulter spürte. Hinter ihm stand ein groß gewachsener Mann mit Sonnenbrille.

»Guten Morgen Ransom«, begrüßte ihn der Neuling.

»Die Brille ist etwas übertrieben, finden Sie nicht?«, antwortete Ransom gelangweilt und stellte die Tasse wieder ab.

Der Mann zuckte mit den Schultern.

»Und wenn schon«, sagte er.

»Sind Sie jetzt bei der CIA? Oder was soll die Verkleidung?«

»Sehr witzig.«

»Finde ich schon.« Er grinste und sah sich um. Der Kellner kam herbei und sah den Neuankömmling fragend an.

»Danke, ich möchte nichts«, sagte der und setzte sich neben Ransom an den Tisch.

»Hier.« Er schob Ransom einen kleinen Zettel über den Tisch.

»Was soll das sein?«

»Das, worüber wir am Telefon gesprochen haben.«

»Was Sie nicht sagen.« Ransom griff nach dem Zettel und las den Text darauf. Er kannte den Mann mit der dunklen Sonnenbrille schon seit Jahren. Es war nicht der erste Auftrag, den er von ihm bekam. Und er wusste, dass der Mann nicht leiden konnte, wenn man seinen Deck-Namen nannte.

»Das könnte ziemlich kostspielig werden«, sagte er deshalb nur und legte das Stück Papier auf den Tisch zurück.

»Und es ist ein etwas merkwürdiger Auftrag. Ich bräuchte ein paar mehr Informationen.«

»Die Hintergründe tun nichts zur Sache«, antwortete das Gesicht hinter der Brille. »Übernehmen Sie die Sache?«

Ransom dachte einen Moment lang nach. Dann nickte er.

»Schön.«

Der Mann schob ihm einen Umschlag über den Tisch.

»Darin ist alles, was Sie brauchen. Das Geld ist mehr als genug. Das Doppelte der üblichen Summe. Sie werden ja auch etwas mehr Zeit brauchen. Und es könnte Schwierigkeiten geben.«

»Was denn für Schwierigkeiten?«, fragte Ransom und zog die Augenbrauen hoch.

»Keine, die sich nicht lösen lassen«, antwortete sein Gesprächspartner lakonisch. Mit einer schnellen Bewegung stand er auf.

»Ich verlasse mich auf Sie. Kontaktieren Sie mich, sobald Sie mit Ergebnissen aufwarten können.« Mit diesen Worten drehte er sich um und hastete davon. Nach ein paar Augenblicken war er in einer der Gassen verschwunden.

»Immer schön, Sie zu sehen«, murmelte Ransom vor sich hin. Dann griff er wieder zu seiner Tasse.

Ecuador

Auch noch am Frühstückstisch bedachte Milton ihn mit tadelnden Blicken. Grant sah auf die Uhr. Es war 9:30 Uhr hier mitten im Herzen des Dschungels und sie saßen auf einer sonnenverwöhnten Terrasse vor einem kleinen Springbrunnen. Man kam sich fast wie in einem Hotel in der Nebensaison vor. Ein paar Meter von ihnen entfernt stand eine große Palme und spendete ihnen Schatten. Das Frühstück auf dem Tisch sah verlockend aus. Alles schien perfekt. Bis auf zwei Tatsachen.

Zum einen durften sie noch nicht mit dem Essen beginnen, weil sie auf Wadford warten mussten. Milton hatte den Geologen eingeladen, sich zu ihnen zu gesellen. Zum anderen war die Stimmung zwischen ihnen wegen Grants Ausflug in der letzten Nacht angespannt.

Er war vom Sicherheitsdienst aufgegriffen worden und man hatte ihn für ein paar Stunden in einen kahlen Raum gesperrt. So lange, bis Milton am Morgen von seinem Missgeschick erfahren und ihn dort herausgeholt hatte.

Natürlich hatte er sich eine Standpauke anhören müssen. Ob er noch ganz richtig im Kopf sei. Was denn in ihm vorgehen würde. Der Dschungel sei bei Nacht extrem gefährlich. Außerdem hätte er als Besucher in den Gehegen nichts verloren. Alles nachvollziehbare Argumente.

Und nun saßen sie hier im strahlenden Morgenlicht herum und warteten auf den Geologen.

Grant hielt seinen letzten Gedanken fest und sagte zu Bingham:

»Du hast gesagt, ich habe als Besucher nichts in den Gehegen zu suchen.« Bingham wandte sich ihm zu.

»Aber wofür bin ich denn nun eigentlich hier?« Er sah forschend in Binghams Gesicht.

»Du bist mir immer noch eine Erklärung schuldig, alter Freund. Immer, wenn ich dich danach fragte, antwortest du ausweichend.« Eine Pause entstand. »Was also soll ich hier?«

Grant sah in Binghams verkniffene Miene. Sein Freund schien mit sich selbst zu ringen. Schließlich sagte er:

»Nach dem Frühstück werde ich dir alles erklären. Einverstanden? Bitte gedulde dich noch so lange. Ich habe noch etwas im Büro zu erledigen. Dann hole ich dich in deinem Zimmer ab. Wir werden einen kleinen Ausflug machen.«

Grant lehnte sich skeptisch zurück.

»Einen Ausflug?«

»Ja.«

»Wohin?«

»Wirst du schon sehen. Wir haben auch einen kurzen Marsch vor uns, als zieh dir bitte geeignetes Schuhwerk an.« Grant riss langsam der Geduldsfaden. Schon wieder so ein geheimnisvolles Getue.

»Hör zu Milton, ich…« Aber in diesem Moment kam der Geologe um die Ecke.

»Gentleman«, begrüßte sie Wadford in aufgeräumter Stimmung. Seine Laune war bedeutend besser als am Abend zuvor. Mit einem Grinsen breitete er die Arme aus. Es war eine etwas übertriebene Geste. Der Mann kam Grant völlig verwandelt vor. Was so ein bisschen Schlaf doch ausrichten konnte. Trotzdem änderte das nichts an seiner Einschätzung des Mannes. Er mochte ihn immer noch nicht. Vielleicht sah er gerade den echten Wadford vor sich und nicht den schlecht gelaunten, übermüdeten Geologen von gestern Abend. Aber irgendwie kamen ihm das Verhalten und die gute Laune zu aufgesetzt vor.

Der dröhnende Bariton des Mannes erklang erneut:

»Na, gut geschlafen? Irgendwie sehen Sie müde aus Bingham. Und Sie auch.« Er deutete auf Grant. Ja, definitiv. Er mochte diesen Typen nicht.

Wadford setzte sich zu ihnen und nahm einen Schluck von dem Orangensaft vor sich.

»Ah, fantastisch«, sagte er. »Ich finde es immer wieder faszinierend, dass man erst in den tiefsten Urwald fliegen muss, um das beste Frühstück seines Lebens zu bekommen. Ihre Küche ist wirklich fantastisch Milton.« Er klopfte Bingham auf die Schulter. »Essen Sie nichts?«

»Offenbar hat Ihnen die Nacht hier gut getan«, stellte Bingham fest, ohne auf die Frage einzugehen. Er nahm sich eine Scheibe Toast. Offenbar war das Buffet eröffnet.

»Oh, der Dschungel ist wunderbar mein lieber Freund, wunderbar«, schwärmte Wadford und sah nach links und rechts.

»Jedes Mal, wenn ich hier bin, schlafe ich wie ein Baby. Es ist fast so etwas wie ein Lebenselixier für mich.« Er griff nach einer Schale Marmelade.

»Wenn Sie jemals entscheiden, die Anlage hier zu schließen, dann sagen Sie mir Bescheid. Ich kaufe das Ding und mache ein Hotel oder ein Sanatorium daraus.«

Er lachte.

»Die Leute werden mir den Laden einrennen.«

Bingham lachte ebenfalls, obwohl Grant nicht wusste, ob er es nur aus Höflichkeit tat.

»Das Gutachten dürfte ich jedenfalls in ein paar Tagen fertig haben«, fuhr Wadford bestens gelaunt fort. »Ich nehme an, dieser Punkt interessiert sie mehr als meine Zukunftspläne.«

Bingham nickte zufrieden.

»Schön«, sagte er.

»Ich nehme heute direkt Proben und mache morgen die Versuchsbohrung. Wenn die Analyse abgeschlossen ist, können wir sie gemeinsam besprechen. Die allgemeine Tektonik wurde ja schon in einem früheren Gutachten geprüft.«

Wieder nickte Bingham.

»Das klingt fantastisch«, sagte er.

»Glauben Sie mir, Ihre Probleme mit der Baufreigabe gehören schon bald der Vergangenheit an.«

»Was sind das denn für Probleme?«, mischte sich Grant in die Unterhaltung ein.

Der Geologe tauschte einen kurzen Blick mit Bingham.

»Ach, nur eine Lappalie, glauben Sie mir«, wiegelte er ab. »Die Behörden sind manchmal ein bisschen übervorsichtig.«

»Ach ja?«

Wadford beeilte sich, das Thema zu wechseln.

»Ich hatte gehofft, dass ich wieder Ihre wunderbaren Rühreier kosten könnte, Bingham. Leider sehe ich sie nirgends.«

Er blickte sich suchend auf dem Tisch um.

Die Angelegenheit war für ihn damit offenbar beendet.

Ecuador

Ransom lenkte das Auto um eine scharfe Kurve. Die Straße führte durch dichten Urwald einen Hang entlang. Nicht mehr lange, dann würde sie nach links abknicken und in ein abgelegenes Tal führen. Er wusste das. Er wusste es deshalb, weil er schon ein Dutzend Male hier gewesen war. Er sah konzentriert auf die mit Schlaglöchern gespickte Fahrbahn. Der Weg war an mehreren Stellen von Schlingpflanzen bedeckt. Man erkannte sofort, dass nicht oft Autos auf dieser Piste fuhren.

Vermutlich waren er und die Frau, zu der er unterwegs war, sogar die Einzigen, die das taten.

Er trat auf die Bremse und schaltete einen Gang zurück. Der Weg wurde abschüssig. Steil führte er nach unten in das Tal. Ransom sah durch eine Lücke im Grün die gegenüberliegende Hangseite. Auch sie war dicht bewaldet. Bald würde er an den Bachlauf kommen. Eigentlich war die Bezeichnung aber falsch. Es war kein Bach. Mehr ein kleines Rinnsal, das von den Bergen hinab floss. Er kratzte sich am Kinn.

Allerdings konnte es bei starken Regenfällen zu beträchtlicher Größe anschwellen.

Nach gut einer Minute war er am Bachbett angekommen und folgte dem Verlauf weiter in das Tal hinein. Er tat es so lange, bis sich die Bäume lichteten und eine etwa fußballfeldgroße Fläche vor ihm auftauchte. Man hatte hier radikal den Urwald gerodet. Am Ende der Lichtung erblickte er das Haus.

Es war weiß gestrichen und ungefähr so passend für den Dschungel wie ein rosa Zebra. Ein herrschaftliches Anwesen. Übertrieben in seiner Ausdehnung und Ausstattung. Eine Zuflucht vor der Welt, wie er einmal zu seiner Bewohnerin gesagt hatte. Auf der Veranda befand sich ein kleiner Außenpool und das Haus war umgeben von dicht stehenden Bananenbäumen.

Er hielt an und bereits, als er den Motor abstellte, ging die Vordertür auf.

Eine Frau mit kurzen, grauen Haaren trat aus dem Palast hinaus. Sie sah ihm beim Aussteigen zu. Dann sagte sie:

»Ich habe mich schon über deinen Anruf gewundert.« Sie fixierte ihn mit den Augen.

»Das letzte Mal warst du vor einem halben Jahr hier.«

»Ich dachte, ich rufe besser vorher an«, antwortete Ransom und ging die Stufen zur Veranda hinauf.

»Da hast du richtig gedacht.«

»Schön, dich zu sehen Linda.«

Die Frau machte eine wegwerfende Handbewegung.

»Spar dir die falschen Komplimente«, sagte sie zwinkernd und drehte sich um.

»Komm mit, dir wird sicher gefallen, was ich für dich habe.« Sie stapfte ins Haus zurück und Ransom folgte ihr. Sie durchquerten ein paar geschmackvoll eingerichtete Räume mit hellen Möbeln. Dann betraten sie ein Büro mit einem breiten Schreibtisch. An der linken Wand befand sich ein großes Fenster. Es war geöffnet. Daneben lehnte ein Gewehr mit Zielfernrohr.

Ransom deutete in Richtung der Waffe.

»Machst du jetzt Jagd auf Großkatzen altes Mädchen? Du weißt hoffentlich, dass das illegal ist?« Er grinste.

»Ach halt doch die Klappe. Sieh es dir ruhig an.«

Sie ließ ihn an die Waffe herantreten. Ransom nahm sie in die Hand und überprüfte das Magazin.

»Das größere, wie gewünscht«, fuhr die Frau namens Linda fort. »Und das Zielfernrohr, das du wolltest. Allerdings wird die Sache etwas teurer. Ich musste jemanden beim Zoll bestechen. Aber ich nehme an, dein Auftraggeber zahlt gut.«

Ransom sah nicht von der Waffe auf.

»Ja.«

»Wieviel?«

»Das Doppelte der üblichen Summe.«

»Wer ist der Kerl? Du sprichst nie über ihn.«

Ransom begutachtete weiter das Gewehr. Wieso sollte er auch?

»Wieso sollte ich das auch tun?«, antwortete er. »Es tut nichts zur Sache. Er bezahlt, ich liefere Ergebnisse.«

»Und was ist diesmal der Auftrag?«

»Sage ich dir, wenn er abgeschlossen ist.«

Er lud das Magazin durch und hob das Zielfernrohr an die Augen. Innerlich musste er schmunzeln. Jedes Mal, wenn er bei Linda ein Gewehr bestellte, baute sie für eine Demonstration die gleiche Anordnung auf. Auch jetzt sah er auf der anderen Bachseite auf einem extra dafür aufgestellten Tisch die runde Form einer Wassermelone liegen. Sie befand sich schon im Fadenkreuz.

»Ist das Ding schon eingeschossen?«, fragte er, obwohl er die Antwort kannte.

»Willst du jetzt frech werden?«, fragte Linda statt einer Antwort.

Natürlich hatte er es gewusst.

»Ich habe nichts anderes von dir erwartet«, sagte er konzentriert. Dann drückte er ab.

Einen Wimpernschlag später zerplatzte die Melone auf der anderen Bachseite. Der Knall der Waffe wurde durch einen Schalldämpfer zu einem Ploppen reduziert. Ransom sah noch kurz durch das Zielfernrohr. Dann setzte er das Gewehr ab.

»Nicht übel«, sagte er und wog es in der Hand. »Du hast nicht zu viel versprochen.«

Linda trat einen Schritt näher.

»Hast du vielleicht etwas anderes von mir erwartet?«

»Und der Rest?«

»Nur Geduld«, sagte sie und hob die Hände. »Komm mit.«

Sie gingen zu einer Kommode in einer dunklen Ecke des Zimmers.

Linda schaltete eine Leselampe ein. Auf der Kommode lagen zwei große Kartenausschnitte halb übereinander.

»Das sind die Gebiete, die du wolltest. Genau der richtige Maßstab, wenn du es nachprüfen willst.«

Ransom überflog die Karten.

»Danke Linda.«

Ecuador

Grant sah zu, wie Bingham das Garagentor auf schob. Das Gebilde quietschte und ratterte. Dahinter kam ein dunkler Raum zum Vorschein. Werkzeuge und Kanister mit Benzin befanden sich an beiden Wänden und direkt vor ihnen stand ein großer Geländewagen.

»Steig ein«, sagte Bingham und entriegelte das Fahrzeug mit der Fernbedienung.

Grant blickte ihn zweifelnd an.

Das Ding vor ihnen hatte seine besten Zeiten schon lange hinter sich. Es sah aus wie ein alter Safari Jeep, der bald auseinander fiel. Die Lackierung hatte die Farbe von beigem Wüstensand und überall konnte man deutliche Rostspuren erkennen.

»Also eigentlich dachte ich, ihr könntet euch bei dem ganzen Geld hier ein besseres Auto leisten, um Gäste herum zu fahren.«

Bingham verzog das Gesicht.

»Hör auf zu nörgeln du alter Mistkerl.« Er tätschelte die Motorhaube des Geländewagens. »Das Baby hat mich nie im Stich gelassen. Für den Dschungel gibt es nichts Besseres.« Er machte eine auffordernde Handbewegung.

»Und nun schwing deinen Hintern auf den Beifahrersitz.«

»Jawohl Sir.« Grant gehorchte und Bingham nahm auf dem Fahrersitz Platz. Er startete den Jeep.

Der Motor erwachte jaulend zum Leben. Dann ging das Geräusch in ein tiefes Brummen über. Zufrieden tippte Bingham ein paar Mal auf das Gaspedal und steuerte das Fahrzeug anschließend aus der Garage hinaus in den Dschungel.

Sie folgten ein paar Minuten einer einspurigen asphaltierten Straße. Grant sah an einigen Stellen links von ihnen durch den grünen Vorhang die Labors vorbeiziehen.

Dann verließen sie das Gelände der Anlage und sofort wurde der Weg holpriger. Sie bogen zweimal an Kreuzungen rechts ab und kamen dann auf eine breite, staubige Piste durch den Wald. Grant fragte sich, warum der Taxifahrer damals nicht diesen Weg genommen hatte. So ging es gut eine halbe Stunde weiter. Der Geländewagen um sie herum klapperte und niemand von ihnen sagte ein Wort. Schließlich brach Bingham das Schweigen.

»Wir sind in einer halben Stunde da. Wie du dir ja bestimmt schon gedacht hast, habe ich dich nicht nur hierher gebracht, um dir unsere Labors zu zeigen und mit dir alte Lagerfeuergeschichten auszutauschen.«

»Ach nein?«, tat Grant gespielt überrascht.

Bingham warf ihm einen tadelnden Blick zu. Endlich rückte sein alter Freund mit der Sprache heraus.

»Es ist etwas, bei dem ich dringend die Hilfe von jemandem brauche, dem ich vertraue. So eigenartig das klingt.«

Grant kniff die Augen zusammen. Die Worte von Milton klangen in der Tat unlogisch.

Sicher, sein alter Freund war noch nie besonders gesellig gewesen. Auch während des Studiums hatte er ein ziemliches Eigenbrötlerdasein geführt. Aber er kannte doch bestimmt Leute, denen er mehr vertraute als seinem Kommilitonen aus Studienzeiten.

»Wenn du jemanden suchst, dem du vertraust, wieso hast du dann nicht deine Schwester um Hilfe gebeten?«, fragte er.

»Das hätte ich.«

»Und wieso hast du es nicht?«

Bingham lenkte den Jeep um einen Ast auf der Straße herum.

»Aus zwei Gründen. Erstens kann ich sie nicht von ihrer Arbeit abhalten. Sie steht momentan unter großem Druck.«

»Aber bei mir hattest du damit keine Probleme«, entgegnete Grant.

Bingham ging nicht auf die Bemerkung ein.

»Und zweitens...«, er zögerte kurz, »ist die Sache möglicherweise nicht ganz ungefährlich.« Er schaltete einen Gang nach unten. Der Motor röhrte.

»Ach so«, sagte Grant. Jetzt wurde die Sache langsam deutlicher.

»Hör zu Milton, wenn du hier mit mir irgendetwas Illegales vorhast, kannst du den Jeep auch sofort wieder wenden und mich in die Stadt zurückfahren.«

Bingham hob beschwichtigend die Hand.

»Nein, nein, nur keine Aufregung«, versuchte er die Wogen zu glätten. »Das, worum ich dich bitte, ist streng legal«, er machte eine kurze Pause. Mit gerunzelter Stirn suchte er nach den richtigen Worten. »Allerdings könnte es sein, dass ich, wie sage ich es am besten, Konkurrenz in der Sache habe.«

»Konkurrenz? In welcher Sache?«, fragte Grant. »Geht es vielleicht noch etwas unpräziser?«

Bingham warf einen Blick in den Rückspiegel.

Er verlangsamte das Auto. Mit konzentrierten Augen suchte er die linke Straßenseite ab. Dann fand er offenbar, wonach er gesucht hatte. Er bog nach links ab und fuhr in den Dschungel hinein. Nur ein paar Meter, sodass man das Fahrzeug von der Straße aus nicht mehr sehen konnte. Anschließend stellte er den Motor ab.

Grant sah sich mit ironischer Begeisterung um.

»Nett hier Milton«, sagte er.

»Komm mit«, sagte der und stieg aus. »Ich habe ja gesagt, wir müssen ein Stück zu Fuß gehen.« Grant seufzte. Sie schulterten beide je einen Rucksack mit Wasser und etwas Verpflegung, die Milton für sie organisiert hatte. Danach zückte sein alter Freund eine große Machete und deutete in nördlicher Richtung auf den Wald. Das Gelände stieg steil an.

»Dort müssen wir hinauf«, sagte er.

»Hinauf?«, fragte Grant.

»Die Stelle liegt kurz unterhalb der Hügelspitze. Von hier aus brauchen wir gut 20 Minuten.«

»Was denn für eine Stelle?«

»Es ist besser, wenn ich dir das vor Ort erzähle«, sagte Bingham und stapfte los. Grant fluchte in sich hinein.

»Ich würde es aber gerne jetzt wissen«, sagte er. »Am Ende ist die Sache so absurd, dass ich mir den Marsch durch das Dickicht ja sparen kann.« Er hob die Hände.

»Du wirst nicht enttäuscht sein«, sagte Bingham überzeugt. »Ich bin zufällig bei einer Wandertour mit Wadford auf die Stelle gestoßen. Zum Glück hat er sich nicht sonderlich dafür interessiert. Glaub mir, der Weg lohnt sich.«

Er machte ein paar Schläge mit der Machete und zwei große Palmwedel fielen vor ihm zu Boden. Grant schüttelte den Kopf. Dann folgte er ihm. In den nächsten zehn Minuten arbeiteten sie sich durch das Dickicht den Hang hinauf. Grant genoss die klare Luft. Sie roch nach frisch gefallenem Regen. In den Bäumen über ihnen kreischten einige bunte Vögel und Grant entdeckte eine große Eidechse, die sich auf der Flucht vor ihnen einen Stamm hinauf schlängelte. Hin und wieder erspähte er auf dem Boden Fußabdrücke. Aber das hier war kein Pfad. Ob Bingham des öfteren diesen Weg nahm?

Schließlich blieb er stehen.

»Dort«, sagte er und deutete mit der Machete nach oben. Grant sah eine Lichtung im Blätterdach und erblickte die Spitze des Hügels. Eine Art Zeltdach war dort aufgespannt.

»Was ist das?«, fragte er.

»Komm, wir sind gleich da«, sagte Bingham enthusiastisch und ging weiter. Der Hang wurde jetzt noch steiler. Sie mussten über ein paar große Felsbrocken weiter nach oben klettern. Grant sah ein paar davon huschende große Insekten und bekam ein mulmiges Gefühl. Er hatte keine große Lust in eine Felsspalte zu greifen und von irgendeiner Spinne gebissen zu werden. Aber nichts passierte.

Nach weiteren Metern traten sie plötzlich auf eine kleine Lichtung hinaus. Grant sah sich um. Die Stämme der meisten Bäume waren mit einer Axt gefällt worden. Nur ein großer Baum in der Mitte hatte das Massaker überlebt. Sie waren nun fast am Gipfel. Und dort, nur fünf Meter entfernt sah er die Zeltplane. Sie war hellbraun und an ein paar Ästen befestigt. Darunter erkannte er ein Stück Felswand. Das Gestein war fast schwarz. Ein paar Koffer mit Ausrüstungsgegenständen standen auf dem Boden davor.

Verwirrt sah er zu Bingham.

»Wo sind wir hier Milton?«, fragte er.

In diesem Moment vernahm er ein Geräusch.

Eine Gestalt löste sich aus dem Schatten des Zeltes. Grant glaubte seinen Augen nicht zu trauen. Es war die Frau aus dem Flugzeug. Mit einem erfreuten Lachen trat sie auf Bingham zu und umarmte ihn. Dann sah sie zu Grant. Als sie auch ihn wieder erkannte, breitete sich ein erstaunter Ausdruck in ihrem Gesicht aus.

»Na wenn das kein Zufall ist«, sagte sie belustigt. »Ich hatte nicht damit gerechnet sie jemals wieder zu sehen.« Sie breitete die Arme aus. »Schon gar nicht hier.« Eine Sekunde herrschte Schweigen. »Dann sind Sie also der geheimnisvolle Besuch, von dem Milton schon die ganze Zeit spricht.«

»Offenbar«, sagte Grant perplex. Er schüttelte der Frau die Hand.

»Also was ist hier eigentlich los?«, wollte er wissen. Er war zu überrascht, um ein Lächeln zu Stande zu bringen. Er musste eine jämmerliche Figur abgeben. Der Einzige, der nicht Bescheid wusste.

Die Frau mit dem Namen Nora Wallup sah zu Bingham.

»Soll das etwa heißen, du schleppst deinen armen Freund die ganze Strecke hierher und sagst ihm nicht wieso?«, fragte sie entrüstet.

»Ich konnte nicht«, rechtfertigte sich Bingham.

»Du weißt, ich muss vorsichtig sein.«

»Aber er ist dein Freund.«

Sie wandte sich wieder an Grant.

»Tut mir leid, dass er sie so schäbig behandelt. Von mir wären Sie längst informiert worden.« Sie überlegte einen Moment. Dann drehte sie sich um. »Dann holen wir das jetzt nach.«

Sie warf Bingham einen Seitenblick zu.

»Ist das für dich okay, Milton? Oder willst du weiter den Geheimniskrämer spielen?« Bingham hob hilflos die Hand. Die Frau beachtete ihn nicht weiter.

»Darf ich euch einen Tee anbieten?«, fragte sie. Sie ging Richtung Zeltplane. Grant und Bingham folgten ihr. »Bei nichts redet es sich besser als bei einer Tasse Tee.«

Ecuador

Wenige Minuten später saßen sie um einen Tisch unter der Plane herum. Vor Grant dampfte ein Becher mit grünem Tee. Es hatte nicht viel gebracht zu betonen, dass er eigentlich lieber Kaffee trank.

»Papperlapapp«, hatte ihm die Frau namens Nora das Wort abgeschnitten. »Mit einem grünen Tee macht man nie etwas falsch.«

Sie hatte die Flüssigkeit über einer winzigen Feuerstelle zubereitet. Die Kanne mit dampfendem Wasser stand jetzt noch daneben. Grant beobachtete die Flammen.

»Ich habe euch nicht so früh erwartet«, sagte sie an Bingham gewandt. »Hast du erreicht, was du wolltest?«

Bingham nickte.

»Ja.«

»Gut.«

»Was ist mit dir?«, fragte er.

Sie zuckte die Achseln.

»Keine nennenswerten Fortschritte. Aber Francis Vermutung hat sich bestätigt. Ich habe die Ergebnisse der Laboranalysen. Natürlich musste ich ihn ein bisschen unter Druck setzen, damit er die Füße still hält. Aber die Werte sind fantastisch.« Sie sah sich nach allen Seiten um. Es machte den Eindruck, als hätte sie Angst jemand könnte sie belauschen.

»Weißt du, was da für ein Zündstoff drinsteckt?«, fragte sie verschwörerisch.

»Ich kenne Leute, die für eine solche Entdeckung jemanden umbringen würden.«

Wieder nickte Bingham.

»Ich weiß. Deswegen müssen wir ja so vorsichtig sein.«

Grant sah mal den einen, mal den anderen der beiden an. Er kam sich mehr als veralbert vor. Wollte die Frau ihn nicht eigentlich einweihen?

»Wollten Sie mich nicht eigentlich einweihen?«, platzte es aus ihm heraus. Bingham und Nora wandten sich ihm zu. Er zog die Augenbrauen hoch.

Bingham runzelte die Stirn, während Nora anfing zu lachen. »Oh es tut mir leid, natürlich. Aber ich finde, das ist Miltons Aufgabe.« Bingham verzog den Mund.

»Du hast recht.«

Grant sah ihn aufmerksam an. Für einen Moment war das Zirpen der Zikaden das einzige Geräusch, das er hörte. Dann stellte sein alter Freund seine Tasse ab und begann.

»Es geht um Omagua«, sagte er.

Grant verstand bereits jetzt nichts mehr.

»Um was?«

»Es geht um El Dorado. Omagua und Manoa sind andere Namen dafür.« Bingham machte eine kurze Pause. »Die Stadt aus purem Gold. Die Stadt, die die Konquistadores vergeblich suchten. Der Mythos, der Generationen fasziniert.«

Um Grants Mundwinkel zuckte ein Lachen. Er konnte nicht glauben, was er hörte. Bingham registrierte es sofort.

»Du glaubst mir nicht, richtig?«, fragte er.

»Wie kommst du nur darauf?«, antwortete Grant ironisch. »Du könntest mir auch sagen, du fliegst in zwei Tagen zum Mond. Was ich dir übrigens ebenso wenig abkaufen würde.«

»Aber es stimmt.«

»Blödsinn.«

»Na schön«, Bingham seufzte resigniert.

An Nora gewandt sagte er: »Zeig ihm den Stein. Ich wusste, dass er mir nicht glaubt.«

Grant warf einen Blick nach hinten. Die schwarze Felswand unter dem

Zeltdach war übersät mit Schriftzeichen. Sie waren in den Stein gemeißelt und wirkten älter als das Gestein selbst. Er hatte sich schon gefragt, was es damit auf sich hatte. Er schüttelte den Kopf.

»Du brauchst mir auch nichts von irgendwelchen Hinweisen oder Zeichen zu erzählen«, begann er, »ich werde nicht…« Aber dann schwieg er.

Zum einen, weil Bingham plötzlich aufstand. Zum anderen, weil er sich ein paar Jahre zurückerinnerte. Die Sache auf Dunn Island war ihm noch lebhaft im Gedächtnis. Damals hatte es ähnlich angefangen.

Und zum Schluss waren sie in dieser mystischen Höhle in Peru gelandet. Er hatte sich damals geschworen, nicht mehr so skeptisch zu sein. Manche Dinge existierten einfach, auch ohne, dass er daran glaubte. Darum sagte er nichts mehr und schwieg. Er beobachtete Bingham, der nach hinten zur Felswand ging. Einen Augenblick später war er wieder zurück. In der Hand hielt er einen kleinen Lederbeutel.

»Um ehrlich zu sein, will ich dieser kolumbianischen Legende aus einem anderen Grund nachjagen.«

Grant hob überrascht die Brauen.

»Eine Stadt im Dschungel aus purem Gold ist für dich nicht schon Grund genug?«

Bingham machte ein abfälliges Gesicht.

»Mich interessiert etwas anderes mehr. Aber dafür muss ich die Stadt finden.«

»Außerdem gibt es eine Sache, die merkwürdig ist«, mischte sich Nora in das Gespräch ein. Sie deutete nach hinten zur Felswand. »Es gibt etliche Hinweise auf El Dorado. Aber einige Passagen des Textes scheinen jünger als der Rest zu sein.« Sie überlegte kurz. »Sogar erheblich jünger.« Sie sah Bingham an. »Eine Kirche in Lima wird erwähnt. Sie wird sogar detailliert beschrieben. Genauer gesagt sogar ein bestimmter Raum darin.

Ich denke ich weiß, welches Gebäude gemeint ist. Das Problem dabei ist nur, dass die Kirche erst viel später gebaut wurde. Was natürlich eine Schlussfolgerung zulässt.« Sie machte eine Pause.

»Die Legende der Stadt aus Gold im südamerikanischen Dschungel könnte lebendigerer Teil der Gegenwart sein als wir denken. Es könnte sein, dass sie wirklich existiert.«

Grant sah irritiert von einem zum andern.

»Etliche Menschen haben mit der erfolglosen Jagd nach dieser Stadt ihr Leben vertan. Wollt ihr euch wirklich in diese Schlange einreihen?«, fragte er. Und als ihm weder Nora noch Bingham antworteten, fügte er hinzu:

»Und was ist dieser andere Grund, aus dem du die Stadt finden willst?«

Bingham reichte ihm den kleinen Lederbeutel. Grant nahm das Ding entgegen. Es wog nur ein paar Gramm. Im Inneren schien sich nichts zu befinden.

»Mach es auf«, sagte Bingham. »Aber sei bitte vorsichtig. Der Inhalt ist sehr wertvoll.«

»Noch mehr Steine?«, fragte Grant und grinste. Er zog langsam die Lasche des Beutels auf. Bingham antwortete nicht. Im Inneren kamen ein paar Gräser zum Vorschein. Es waren dünne Halme. Grant erinnerten sie irgendwie an Schilfgras. Die Fasern waren getrocknet und wirkten brüchig. Auf dem Boden des Beutels waren bereits einige zerbröselte Reste zu sehen.

»Bevor du fragen musst«, sagte Bingham, »das Zeug haben wir in einer Vertiefung im Stein gefunden. Sie scheint extra dafür in den Fels gemeißelt worden zu sein. Wie eine Art kleine Opferkammer. Sie war mit einem flachen Stein verschlossen. Siehst du, hier kannst du es erkennen.« Er deutete nach hinten zum Felsen. Ein etwa faustgroßes Loch war genau in der Mitte zu sehen.

Grant griff in den Beutel und rieb ein paar der Halme zwischen den Fingern. In der Tat erinnerte die Konsistenz ein wenig an Schilfgras.

»Du meinst, es wurde absichtlich dort platziert?«

»Davon gehen wir aus.«

»Ich dachte, Sie sind Geologin?«, sagte Grant an Nora gewandt. »Woher kommt es, dass sie das entziffern können?«

»Konnte ich nicht«, antwortete Nora. »Zumindest nicht komplett. Ich musste einen Freund um Rat fragen.«

Grant presste die Lippen aufeinander.

»Und was ist das für ein Zeug?« Er zog einen der Stängel aus dem Beutel und betrachtete ihn im Licht. »Scheint mir ein ganz gewöhnliches Grasbündel zu sein.«

Bingham hielt die Luft an. Er wirkte besorgt, wie als könnte der Halm in Grants Hand sofort zu Staub zerfallen.

»Das«, sagte er bedächtig, »ist vielleicht die Büchse der Pandora.«

Grant hob den Blick.

»Eigentlich ist es etwas Gutes«, fuhr Bingham fort. »Aber selbst das Beste wird in den Händen der Menschen oft ins Gegenteil verkehrt.« Er zögerte einen Moment. »Es ist im Grund genommen das, was die Menschheit retten, sie aber auch ins Verderben stürzen kann. Ich glaube eher an Letzteres.« Er sah gedankenverloren in den Dschungel. Das Zirpen der Zikaden klang in der Stille unnatürlich laut.

Grant wartete noch einen Moment. Dann sagte er ungeduldig: »Jetzt mach es nicht so spannend.«

Ecuador

»Es ist die Zusammensetzung der Fasern«, sagte Bingham langsam. »Und die besondere Struktur der Zellen, eine Essenz aus Neuronen, ein spezieller, wie sage ich es am einfachsten, Supersauerstoff.«

»Und das bedeutet?«

Bingham sah ihn an wie ein begriffsstutziges Kind.

»Das bedeutet, tränkt man Zellen, beispielsweise in Form von Spritzen mit dieser konzentrierten Essenz, ergibt sich ein dramatischer Effekt.«

Grant verstand noch immer nicht.

»Was für ein Effekt?«

»Er scheint sich auf Zellkern, Zellwand, Mitochondrien in hohem Maße konservierend auszuwirken, ja sogar regenerierend. Weißt du, was das bedeutet?«

Grant begriff langsam.

»Die Zelle wird…«

»Unsterblich.« Es entstand eine weitere Pause. »Zumindest für einen gewissen Zeitraum. Der Effekt hält nicht endlos an.«

»Was ist das für eine Pflanze?«, wollte Grant wissen. Bingham kratzte sich geistesabwesend am Kopf.

»Das ist es ja, wir wissen es nicht. Jede freie Stunde breche ich zu Untersuchungen in den Dschungel auf. Aber nirgends scheint diese Pflanze hier zu wachsen. Sie muss von anderswo kommen. Ich habe einem Botaniker die Stängel vorgelegt. Er glaubt, es handelt sich um eine völlig neue Gattung.«

»Wolltet ihr die Sache nicht geheim halten?«, fragte Grant. »Und wieso seid ihr überhaupt auf den Gedanken gekommen, dass die Pflanze so eine Wirkung haben könnte? Man analysiert doch nicht aufs Geratewohl jede Pflanze, die man am Wegesrand findet.«

»Die Wirkung wird auf dem Felsen beschrieben«, meldete sich Nora wieder zu Wort.

»Zwar nur sehr grob und naiv, aber es hat gereicht, um uns neugierig zu machen. Und die Untersuchung der Fasern konnten wir schließlich nicht selbst durchführen. Dazu sind weder Milton noch ich in der Lage. Es ging nicht anders.«

»Das heißt, es wissen nun schon mindestens fünf Personen davon.«

»Wir haben natürlich nicht gesagt, woher wir die Pflanze haben.«

»Wer sind diese Leute?«, wollte Grant wissen. »Dieser Botaniker meine ich. Und vorhin habe ich den Namen Francis gehört.«

»Francis ist der Botaniker«, antwortete Nora. »Der Freund, der mir bei der Entzifferung geholfen hat, ist ein alter Kollege. Er heißt Chester Medson.«

»Sonst noch jemand?«, fragte Grant. »Was ist mit Wadford? Du hast gesagt, dass er bei der Entdeckung des Steins dabei war.«

Bingham lachte.

»Du hast ihn doch kennengelernt. Der interessiert sich für so etwas nicht«, sagte er spöttisch. »Er hat dem Stein keine zwei Sekunden Aufmerksamkeit geschenkt.«

Bingham wurde wieder ernst.

»Allerdings gibt es ein anderes Problem.«

»Und welches?«

Bingham sah zu einem großen Baum hinüber.

»Jemand ist uns bereits auf der Fährte.« Grant musterte ihn.

»Wie kommst du darauf?« Bingham schwieg.

»Und noch eine andere Frage: Wie soll es jetzt weitergehen? Hast du mich deshalb hierher geholt? Nur, um mir das zu zeigen?«

Bingham zögerte einen Augenblick. Dann schüttelte er den Kopf.

»Nein, natürlich nicht.«

»Und wie soll es jetzt weitergehen?«

Wieder eine kurze Phase der Stille. Dann sagte Milton:

»Ich will, dass ihr beide die Stadt findet.« Grant hörte den Dschungel um sie herum flüstern. Er wusste nicht, was er sagen sollte.

»Wenn ich die Sache richtig sehe und der Text stimmt«, fuhr Bingham fort, »dann kommt die Pflanze von dort.«

»Sie haben mich angelogen«, sagte Grant und wandte sich Nora zu. »Weshalb Sie hier sind, meine ich.« Nora zuckte gleichgültig die Achseln.

»Und wie stellst du dir das vor?«, fragte er Bingham. »Meinst du, wir machen es besser als alle Leute, die die Stadt vorher gesucht haben?«

Bingham lächelte bejahend.

»Und wieso?«

»Wir haben das«, sagte er und zeigte auf den Stein. Grant hob die Brauen. »Ach ja?«, fragte er verwundert. »Bisher kann ich nicht erkennen, wie uns das helfen soll. Alles, was ich mitbekommen habe, war irgendetwas von einer Kirche in Lima. Aber ich habe noch nichts von einer Stadt aus Gold gehört.«

»Das wird uns…«

»Ihr macht die gleichen Fehler wie alle anderen auch«, sagte Grant.

Plötzlich erhob sich sein alter Freund. »Ich möchte dir etwas zeigen«, sagte er in gebieterischem Ton. »Und dich an Calundra erinnern.«

Grants Augen weiteten sich.

»Nicht Calundra«, sagte er. »Soweit würdest du gehen?«

Bingham starrte ihn nur an.

Ecuador

Auf der Rückfahrt zu den Labors wanderten Grants Gedanken in der Zeit zurück. So lange, bis sie an einem Punkt vor etlichen Jahren ankamen. An einem Ort, der vor der Welt versteckt war. Das Sommerhaus der Familie Bingham. Es war ein wenig ironisch, weil es mitten in den kanadischen Rockies lag. Fast das ganze Jahr über lag dort Schnee.

Er musste innerlich grinsen. Den Namen Sommerhaus verdiente das Anwesen wirklich nicht. Kurze Zeit später schweiften seine Gedanken weiter zu langen Spaziergängen durch die Bergwelt und gemütlichen Abenden vor dem Kaminfeuer. Die Familie Bingham waren leidenschaftliche Schach-Spieler. Auch Milton war da keine Ausnahme.

Und dann war da dieser Tag am 23. Mai gewesen. Grant erinnerte sich noch genau an die über ihm zusammenschlagenden Wassermassen. Er erinnerte sich an das eisige Gefühl an seinem Körper. Es war, als würde er von tausend Nadeln gleichzeitig gestochen. Das Eis des Sees war unter den wärmeren Frühlingstemperaturen brüchig geworden.

Er erinnerte sich, wie ihn die Kräfte verlassen hatten.

Er erinnerte sich, wie er gegen das eiskalte Wasser angekämpft hatte. Aber auch daran, wie er verloren hatte und ihm schwarz vor Augen geworden war. Und dann das letzte, woran er sich erinnerte: Miltons Hand, die durch die Schwärze nach ihm gegriffen und ihn nach oben gezogen hatte.

Er wusste noch, wie er am Ufer des Sees wieder zu sich gekommen war. Und wie man ihn im Haus vor dem Kaminfeuer gewärmt hatte. Der See dort hatte eine eigenartige Form. Sie sah aus wie eine Banane und hatte eine Insel in der Mitte. Noch eigenartiger war der Name: Calundra.

Der Ort, an dem Milton ihm das Leben gerettet hatte. Vor so langer Zeit.

Er warf einen Blick nach links. Bingham saß am Steuer des Jeeps und starrte durch die Windschutzscheibe. Interessant, dass er diese Karte jetzt spielte. Das Ganze musste ihm ungeheuer wichtig sein.

Nach einer Weile rumpelte der Jeep wieder auf das Gelände der Labors. Milton parkte ihn in der Garage und sie gingen über den kurzen Rasen zum Hauptgebäude.

»Was willst du mir zeigen?«, fragte Grant, als sie das Foyer betraten. Bingham machte eine beschwichtigende Handbewegung.

»Du wirst es gleich sehen. Warte hier einen kurzen Moment.« Mit diesen Worten ging er zum Empfangstresen hinüber und wechselte ein paar Worte mit dem Mann, der dort saß. Dann kam er wieder zurück. Er deutete einen der Gänge hinunter.

»Komm, hier müssen wir lang.« Grant sah sich noch einmal um. Er beobachtete, wie der Mann hinter dem Tresen den Telefonhörer abnahm und eine Nummer wählte. Gedämpft vernahm er einen kurzen Satz: »Macht bitte mal 15 Minuten Pause Leute.« Und nach der Antwort seines Gesprächspartners fügte er hinzu: »Stell keine dummen Fragen, mach es einfach.« Anschließend legte er wieder auf und Grant blieb mit einem eigenartigen Gefühl zurück.

»Kommst du jetzt?«, hörte er Binghams Stimme hinter sich. »Oder muss ich dir eine Extra-Einladung schicken?«

Sein alter Freund führte ihn durch ein Labyrinth aus Gängen und Türen. Schließlich stoppten sie vor einer großen Stahltür. Bingham tippte ein paar Zahlen in das Tastenfeld daneben. Ein leises Summen ertönte und eine kleine Lampe wechselte von rotem zu grünem Licht.

»Da wären wir«, sagte er und schob die Tür auf.

Im Inneren des dahinter liegenden Raumes kamen etliche Videomonitore zum Vorschein. Die Wand aus Bildschirmen war beeindruckend. Grant sah von einem Monitor zum anderen. Auf einigen wurden die Außenanlagen gefilmt, andere zeigten Labors und Gänge. Auf einem Bildschirm ganz rechts sah er die beiden Gärtner beim Wässern eines Beetes. Daneben erblickte er einen Techniker im Laborkittel.

»Was ist das?«, fragte er. Aber er kannte die Antwort schon.

»Die Sicherheitszentrale«, sagte Bingham. Er deutete auf einen Stuhl vor einem Bedienpult mit etlichen Knöpfen und Schaltern.

»Nimm Platz. Ich bin gleich bei dir.«

Grant nahm die Wärme wahr, die von den Geräten abstrahlte. Die Luft in dem Raum war stickig. Außerdem umgab sie ein leichter Zigarettengeruch.

Er beobachtete Bingham, wie er an einem anderen Bedienpult herumhantierte.

Dann kam er wieder zurück. Er setzte sich in den Sessel links neben Grant.

Anschließend gab er einen Befehl in die Tastatur vor ihnen ein.

Die Bildschirme erloschen.

Plötzlich wurde der größte in der Mitte wieder hell. Grant sah die körnige Schwarz-Weiß-Aufnahme auf dem Bildschirm flimmern. Das Bild zeigte einen Ausschnitt vor dem Gebäude.

»Warum ist die Aufnahme so schlecht?«, fragte er. Eine Sekunde später kam er selbst auf die Antwort. Die Anzeige oben am Bildschirm zeigte die Uhrzeit an. 01:32 Uhr.

»Es ist das Video einer Überwachungskamera an der Gebäuderückseite«, erklärte Bingham. »Die Aufnahme ist vier Tage alt. Sie ist so schlecht, weil du hier Infrarotbilder siehst. Sie stammen mitten aus der Nacht.«

Grant lehnte sich nach vorne und sah genauer hin. Der Kamerawinkel umfasste einen Teil der Gebäudewand, den Rasen und einen Teil des Dschungels dahinter. Er sah die Palmen und Bäume leicht im Wind wogen.

Im unteren Drittel des Bildes entdeckte er auf dem Rasen eine eigenartige Form. Sie war viereckig und hatte ein Loch in der Mitte.

»Was ist das?«, wollte er wissen.

»Einer der Abluftschächte der Klimaanlage.«

Grant kratzte sich am Kinn.

»Und warum sehen wir uns das an?«

»Wirst du gleich merken. Mit dem Abluftschacht hat es auf jeden Fall zu tun.«

Grant schürzte die Lippen. Das konnte ja interessant werden.

Er beobachtete, wie Bingham einen Knopf drückte. Sofort lief das Band vorwärts. Dann drückte er wieder eine Taste. Das Bild fror ein bei einer Uhrzeit von 01:47 Uhr.

»Jetzt müssten wir es gleich sehen«, sagte er leise. Grant betrachtete abwechselnd konzentriert den Bildschirm und seinen alten Freund. Was sollte er sehen? Auf der Aufnahme passierte nichts. Grant registrierte die verstreichenden Sekunden.

»Da«, sagte Bingham unvermittelt. Grant sah einen Schatten durch das Infrarotbild huschen. Er zog einen kaum wahrnehmbaren Schweif hinter sich her. Er erkannte, was es war.

»Ach, das ist nur ein Kaninchen«, sagte er. »Willst du mir jetzt Tierdokus zeigen oder was?«

Bingham warf ihm einen irritierten Seitenblick zu.

»Doch nicht das«, sagte er. »Das Tier wurde aufgescheucht. Sieh dir den Busch mal genauer an, aus dem es gekommen ist.«

Grant konzentrierte sich auf das Dickicht. Aber er erkannte nichts. Nur dunkle Umrisse und Blattwerk. Plötzlich aber stutzte er. Ein Schatten löste sich langsam aus dem Gebüsch. Fast so schnell wie das Kaninchen huschte er gebückt über die Rasenfläche. Es war die Gestalt eines Menschen. Das Bild auf dem Monitor flimmerte, als Grant dem Schatten mit den Augen folgte. Er bewegte sich jetzt auf den viereckigen Abluftschacht zu. Kurz kniete er sich daneben auf den Boden. Ein paar rasche Bewegungen waren zu sehen. Anschließend hob die Gestalt ein Gitter an und kletterte hinunter in den Schacht. Das Ganze dauerte nur Sekunden.

Das Phantom zog das Gitter wieder hinter sich zu und verschwand in dem Loch. Dann war wieder alles wie vorher. Der Rasen und der Wald lagen verlassen da. Bingham stoppte die Aufnahme.

»Wie gesagt, das war vor vier Tagen. Allerdings ist erst vorgestern einer der Gärtner darauf aufmerksam geworden. Er hat bemerkt, dass das Gitter locker sitzt und hat uns informiert. Daraufhin haben wir das Videomaterial gesichtet. Alles hier wird für einige Wochen archiviert.«

Grant nickte.

»Ich verstehe dein Problem. Du hast eine Sicherheitslücke. Aber was hat das mit der Geschichte zu tun, wegen der du mich geholt hast?«

Bingham legte die Finger wie ein Zelt aneinander.

»Das werde ich dir gleich zeigen.«

Er stand auf.

»Komm«, sagte er und deutete auf die Tür. »Wir müssen in den Keller.«

»Wohin?«

»Dorthin, wo der Abluftschacht endet.«

Der Weg in den Keller führte sie über zwei Ebenen nach unten. Grant sah nur nackte Betonwände in dem engen Treppenhaus. Von irgendwoher hörte er ein leises Surren.

»Das ist der Generator der Klimaanlage«, erklärte Bingham, wie als habe er seine Gedanken gelesen. Grant lauschte. Das Geräusch wurde immer lauter, bis sie an dem Raum vorbeikamen. Grant nahm ihre Umgebung in sich auf. Der Keller schien riesige Ausmaße zu haben. An gefühlt jeder Stelle zweigten Tunnel in mehrere Richtungen ab.

»Das hier ist ein riesiges Netz«, bestätigte Bingham seinen Eindruck. »Alle Labors und auch die Anlagen der Außengehege sind unterirdisch miteinander verbunden.«

Er deutete einen Gang hinunter. »Dorthin müssen wir. Es ist nicht mehr weit.« Sie bogen nach rechts ab und folgten dem Tunnel. Nach etwa 50 Metern blieb Bingham vor einer Tür auf der linken Seite stehen. Er zog einen Schlüsselbund hervor und schloss sie auf.

»Hier sind wir«, sagte er und schob den Riegel zurück.

Dahinter kam ein großer Raum mit hoher Decke zum Vorschein. An der rechten Wand stand ein etwa zwei Meter großer Stahlkasten mit leuchtenden Anzeigen. Grant kam er wie ein Stromverteilerkasten vor. Die Lampen warfen ein diffuses Licht in den Raum.

»Dort«, sagte Bingham. Er holte eine kleine Taschenlampe hervor und knipste sie an. Grant fragte sich, warum er nicht einfach das Deckenlicht einschaltete.

Im hinteren Teil des Raumes erkannte er ein viereckiges Gebilde, das in etwa dem Abluftschacht auf dem Video ähnelte. Auf der einen Seite war ein Ventilator zu sehen.

Ein Rohr mit etwa einem Meter Durchmesser endete daneben. Es war mit einem Draht vergittert.

»Das hier ist das Ende des Lüftungsschachts, in dem die Gestalt auf dem Video verschwunden ist«, sagte Bingham. Er beleuchtete das Gebilde. Staub trieb im Lichtkegel durch die Luft.

»Der Schacht führt in einem 45-Grad Winkel von der Gebäuderückseite genau hierher. Das Gitter ist jetzt wieder an seinem Platz. Aber die Gestalt hat es in der Nacht eingedrückt und sich so Zutritt zum Gebäude verschafft.«

Grant überdachte die Information.

»Aber was wollte sie hier unten?« Er sah zur Decke. »Sie konnte doch nicht nach oben. Alle Türen sind doch mit dem Alarmsystem gekoppelt, oder?«

Bingham schnaubte.

»Es war ein recht plumper Versuch«, gab er zu.

»Aber ich nehme an, dass die Gestalt nach den Pflanzenfasern gesucht hat. Sie hat wohl geglaubt, ich hätte welche hierher gebracht.«

Grant kam diese Vermutung recht vage vor.

»Sicher, dass es sich nicht um einen Zufall handelt?«

Bingham schüttelte den Kopf.

»Wir hatten hier noch nie einen solchen Fall. Und ausgerechnet ein paar Tage, nachdem ich auf etwas gestoßen bin, das die moderne Medizin aus den Angeln heben könnte? Das wäre ein zu großer Zufall.«

Grant schwieg. Dann sagte er: »Wen hast du im Verdacht? Es wissen nur ein paar Leute von der Sache?«

Bingham lachte.

»Die Pharmaindustrie ist so mächtig, dass du es dir nicht vorstellen kannst.« Er sah ausdruckslos vor sich hin. »Die habe ich im Verdacht.

Egal, wie sie davon erfahren haben. Weißt du, was diese Entdeckung wert ist? Und weißt du, wer alles um seine Existenz fürchten muss, wenn sie publik wird.« Er grübelte eine Sekunde lang vor sich hin.

»Besser wäre es gewesen, wir hätten den Stein und die Fasern nie gefunden. Aber dafür ist es jetzt zu spät. Ich weiß nicht, wie viel diese Leute schon wissen. Auf jeden Fall können wir uns jetzt nicht mehr die Frage stellen, ob wir jemandem davon erzählen wollen. Es ist jetzt zu einem Wettlauf geworden. Und deshalb müssen wir die Stadt und die Fasern vor diesen Menschen finden.«

Grant sah Milton skeptisch an.

»Bist du sicher, dass du dir da nicht irgendetwas zusammen fantasierst?«
Bingham schüttelte den Kopf.

»Ja.« Und nach einer kurzen Stille fügte er hinzu:

»Ich habe lange darüber nachgedacht. Es ist ein Wettlauf und wir können nur eines tun. Als Erste die Pflanze finden und sie zerstören. Die Menschheit würde sonst daran zugrunde gehen. Nora und du müsst als Erste dort sein und das tun. Ich weiß, wir können es schaffen. Ich kann euch nicht begleiten. Bestimmt stehe ich schon unter Beobachtung.«

Grant taxierte Bingham lange. Dem schien auf einmal etwas einzufallen.

»Bevor ich es vergesse. Das hier haben wir in dem Abluftschacht gefunden. Es war zwischen die Ritzen von zwei Blechen geklemmt. Es kann also nicht zufällig dorthin gekommen sein. Der Eindringling hat es für uns zurückgelassen.«

Er zog aus seiner Tasche einen Fetzen Stoff und hielt ihn Grant hin. Das Ding sah aus wie das Stück eines Jute-Sackes. Es war braun und von grober Struktur. Grant erinnerte es an eine alte Papyrusrolle.

Verschiedene Figuren waren darauf zu sehen. Zum Teil standen sie auf zwei Beinen. Zum anderen lagen sie auf dem Boden oder krabbelten auf vier Beinen herum. Dazwischen erkannte er mehrere Darstellungen der Pflanze. Ein paar Zeichen waren darunter zu sehen, die wie Hieroglyphen aussahen.

Grant riss sich schließlich von dem Fetzen los. Er starrte erst den Abluftschacht, dann Bingham lange an, dachte zurück an Calundra und musterte das Gesicht seines alten Freundes. Dann fragte er:

»Okay, wie stellst du dir das Ganze vor?«

Ecuador

Ransom beobachtete das Tor schon eine ganze Weile. Die Sicherheitsvorkehrungen für den Komplex waren so, wie er es erwartet hatte. Es gab zwar keinen Zaun um das ganze Gelände. Aber alles war mit Kameras überwacht und der Wachdienst patrouillierte regelmäßig über das Areal.

Auch jetzt gerade kamen zwei Männer in dunkler Uniform die Straße herauf. Er lag unter einem niedrigen Busch am Beginn der Rasenfläche. Vor ihm breitete sich das Gelände aus. Die weißen Würfel der Labors. Weiter hinten das Hauptgebäude und der Wohntrakt.

Er verglich die Anordnung der Bauten mit der Skizze in seiner Hand. Die Zeichnung war erstaunlich detailliert. Alles war genau an seinem Platz. Sogar die Größenverhältnisse und die Abstände stimmten. Er warf einen Blick nach oben.

Durch die Farnwedel des Busches konnte er die Sonne kaum sehen. Der Boden unter ihm war feucht. Es war ein ideales Versteck. Er konnte alles überblicken, aber er tauchte auf keinem Kamerabildschirm auf. Unten, zwischen den weißen Würfeln sah er zwei Männer in weißen Laborkitteln in Richtung des kleinen Sees laufen. Er griff nach dem Gewehr neben sich und späte durch das Zielfernrohr. Die beiden Gestalten tauchten im Fadenkreuz auf.

Ein etwas dickerer und ein hagerer Mann. Beide trugen eine Brille auf der Nase und ihr Haar war bereits ergraut. Ransom schätzte ihr Alter auf Anfang 50.

Aber es waren nicht die Leute, nach denen er suchte. Die waren vor einer halben Stunde mit einem klapprigen Jeep die Straße entlanggefahren.

Woher sie kamen, wusste er nicht. Aber das war auch unwichtig. Sie waren im Hauptgebäude verschwunden. Ransom warf einen Blick hinüber zu der Garage, in der der Jeep stand. Er wusste genau, was er zu tun hatte. Die Anweisungen seines Auftraggebers waren eindeutig.

Ecuador

Das Flugzeug auf dem etwa 20 Zentimeter großen Monitor bewegte sich ein Stück. Die winzige Silhouette befand sich auf der Landkarte über Cuenca und steuerte auf die peruanische Grenze im Süden zu. Grant konnte bereits Lima auf der elektronischen Karte auftauchen sehen.

Er lehnte sich in seinem Sitz zurück und ließ seinen Blick durch das Flugzeug schweifen. Es war Nacht. Die Beleuchtung war herunter geregelt. Es herrschte ein angenehmes Halbdunkel. Wie in einer gemütlichen Höhle. Eine der Stewardessen lief bedächtig den Gang entlang.

Sie ging in den Crewbereich und zog den Vorhang wieder hinter sich zu. Alles um ihn herum war leise. Das beruhigende Geräusch der Triebwerke war das Einzige, was er hörte. Das ganze Flugzeug schien zu schlafen. Und seit ihrem Abflug vor gut einer Stunde war der Flug sehr ruhig verlaufen.

Er wandte den Kopf nach rechts als er die Stimme von Nora neben sich hörte.

»Das hier ist wirklich interessant«, flüsterte sie, um niemanden zu wecken.

Sie blätterte seit einer halben Stunde in dem Reiseführer über Peru und wurde nicht müde, ihm immer wieder neue Dinge zu zeigen und zu erklären.

Grants Gedanken schweiften ein paar Stunden zurück. Es war eine Zeit hektischer Vorbereitungen gewesen, in denen Milton ihnen Verschiedenes erklärt hatte. Er hatte ihnen eingeschärft, auf was sie achten mussten. Er hatte betont, welche Sicherheitsvorkehrungen sie einhalten mussten. Und er hatte noch einmal darauf hingewiesen, wie wichtig ihre Unternehmung war.

»Am besten ihr fliegt mit einer Linienmaschine. Wenn ich euch den Firmenjet gebe, ist das zu auffällig.«

Zu guter Letzt hatte er Nora zwei Ampullen in die Hand gedrückt. Sie enthielten eine farblose Flüssigkeit.

»Was ist das?«, hatte Grant gefragt. Aber keiner der beiden hatte ihm geantwortet. Nora hatte die beiden Zylinder schnell in ihrer Tasche verschwinden lassen.

Grant lehnte sich zu ihr herüber. Sie blätterte gerade eine weitere Seite des Reiseführers um.

»Was ist in den Behältern, die Milton Ihnen gegeben hat?«, fragte er.

Nora riss sich von dem Reiseführer los. Sie sah ihn aus ihren dunklen Augen für einen Moment lang an.

»Ein starkes Herbizid.« Sie dachte kurz nach. »Ein extrem starkes Herbizid sogar. Ein echtes Teufelszeug. Milton hat mir die Funktionsweise erklärt.« Sie schien einen Augenblick zu überlegen.

»Mit ein paar Tropfen sind Sie in der Lage, ganze Landstriche zu verwüsten.«

Grant schürzte die Lippen. Bingham schien an alles gedacht zu haben. Er lauschte auf das stetige Rauschen der Triebwerke.

»Woher kennen Sie sich eigentlich?«, fragte er.

Nora hatte sich bereits wieder in den Reiseführer vertieft. Sie sah zu ihm auf und klappte das kleine Buch zu.

»Ich habe ein Gutachten für einen Teil eines Bauprojekts gemacht. Wir verstanden uns auf Anhieb. Wann war das?« Sie überlegte.

»Das dürfte vor gut zweieinhalb Jahren gewesen sein. Seitdem halten wir regelmäßig Kontakt. Milton war mich auch schon in Adelaide, wo ein Teil meiner Familie wohnt, besuchen. Er ist ein richtig netter Kerl.«

Grant legte den Kopf schief.

»Das stimmt wohl«, sagte er.

»Sie sind verheiratet?«, fragte er dann. »Ist bestimmt nicht leicht, so einen Job, der einen in der ganzen Welt herum führt und eine Beziehung unter einen Hut zu bekommen.« Er zögerte und versuchte Noras Mimik einzuschätzen.

»Es tut mir leid, wenn Ihnen die Frage zu persönlich ist. Entschuldigen Sie, wir kennen uns schließlich kaum. Ist mir nur gerade so durch den Kopf geschossen.«

Nora schwieg für ein paar Sekunden. Dann sagte sie: »Ich war einmal verheiratet. Vor einer Ewigkeit, wie es mir inzwischen vorkommt. Mit einem Mann, den ich seit dem Studium kannte.« Ihre Augen nahmen einen harten Ausdruck an. »Wir wollten einfach von Anfang an verschiedene Dinge von unserem Leben. Keine Ahnung, was ich mir damals gedacht habe. Vermutlich nichts. Es musste schief gehen. Seitdem habe ich mehr oder weniger mit dem Thema abgeschlossen. Ist vielleicht ein bisschen simpel und ich mache es mir zu einfach. So ein bisschen nach dem Motto, wer nicht liebt, kann nicht verletzt werden.« Dann zuckte sie lapidar mit den Mundwinkeln.

»Aber wer weiß schließlich, was noch passiert. Wer weiß, was in der nächsten Sekunde, der nächsten Minute passiert. Schließlich führen wir ein Leben voller Unwägbarkeiten. Wir wiegen uns in falschen Sicherheiten und denken, wir hätten Kontrolle über das Unkontrollierbare. In einer Welt, in der der Tod oder das Unbekannte hinter der nächsten Ecke steht. Ich denke, wir versuchen einfach das Beste daraus zu machen.«

Grant sah sie nur an. Er sagte nichts.

»Entschuldigen Sie«, lachte Nora mit einem Mal. »Das war so ein bisschen meine Lebens-Laien-Psychologie für jeden, der es hören will.« Sie grinste. »Beziehungsweise für jeden, der nicht schnell genug flüchtet. Was ist mit Ihnen?«

Grant sah auf den zugeklappten Reiseführer in ihrer Hand.

»Verheiratet?«

»Nein.«

»Geschieden?«

»Auch nicht.«

»Überzeugter Junggeselle?«

Grant lachte leise.

»Nein, auch das nicht. Tut mir leid, dass ich lache. Das Thema ist eigentlich alles andere als komisch.« Er zögerte, dann sagte er: »Nein, meine Frau ist vor über zehn Jahren gestorben.«

»Oh.« Nora machte ein ehrlich bekümmertes Gesicht.
»Das tut mir wirklich leid.«
»Danke.«
»Woran ist sie gestorben?«
»Ein Autounfall.« Er musterte gedankenverloren das Bild auf dem Titel des Reiseführers. »Ich saß mit im Auto. Ich habe auf dem Beifahrersitz geschlafen. Vermutlich war auch das der Grund für den Unfall. Sie muss irgendwann aus Übermüdung eingeschlafen sein. Ich mache mir bis heute deswegen Vorwürfe.«

Das Flugzeug neigte sich leicht bei einer minimalen Kurskorrektur.

»Jedenfalls schloss ich im Wagen die Augen und schlug sie im Krankenhaus wieder auf. Von dem Unfall selbst habe ich nichts mitbekommen. Wir sind eine Böschung hinuntergestürzt und haben uns mehrmals überschlagen. Ich muss wohl sofort bewusstlos geworden sein.« Er bemerkte Noras mitfühlenden Gesichtsausdruck.

»Jedenfalls bin ich mit lediglich ein paar Kratzern davongekommen, während mir der Arzt beibringen musste, dass ich in wenigen Tagen den Mensch beerdigen müsste, den ich über alles geliebt habe.«

Er presste die Lippen zusammen. Die Erinnerung schnürte ihm auch nach so vielen Jahren noch die Kehle zu.

»Seitdem habe ich wohl nie wieder jemanden an mich heran gelassen.«

Er schwieg, ein wenig verwundert darüber, wie offen er mit Nora über dieses Thema sprach. Es gab nicht viele Leute, mit denen er so redete.

Eine Stewardess zog einen der Vorhänge vor ihnen auf und rollte einen Container den Flur entlang. Es war wohl Zeit für einen Snack, bevor sie landeten. Grant warf einen Blick auf seine Uhr.

Dann beobachtete er geistesabwesend die Bewegungen der Frau. Sie bereitete mit geübten Griffen die Speisen zu. Einer nach dem anderen erwachten die Passagiere aus ihrer Trance. Einige rieben sich verschlafen die Augen, andere gähnten ausgiebig und streckten sich.

Es war eine Atmosphäre des gemütlichen Aufbruchs. Grant liebte diese Momente, wenn das Essen oder die Getränke ein wenig Abwechslung in die Monotonie eines Fluges brachten.

Er war jedes Mal erfreut und gespannt, was es zu essen und zu trinken gab. Auch wenn die Qualität oft enttäuschend war. Irgendwie ging es mehr um das Erlebnis an sich als um die Qualität. Zufrieden streckte er sich und bestellte bei der Stewardess, als sie bei ihm anlangte, einen schwarzen Kaffee.

Ecuador

Bingham öffnete die Tür zu dem Schuppen. Das Gebilde knarrte, als er es aufzog. Dahinter herrschte Finsternis. Genauso, wie um ihn herum Finsternis herrschte. Es war kurz vor Mitternacht und der Dschungel wisperte geheimnisvoll.

Er war am richtigen Platz. Er drückte einen Schalter und eine einzelne Glühbirne fing an zu leuchten. Es war ein schummriges Licht und die Birne war schwach, aber es reichte aus, um sich umzusehen. Er suchte die Regalreihen ab und fand schließlich, wonach er suchte. Ein matter Stahlschrank, umgeben von Regalen, auf denen etliche Kanister standen. Er zog einen Schlüssel aus seiner Tasche und schloss den Schrank auf. Währenddessen wanderte sein Blick über die Etiketten der Kanister. Überall sah er biologische Warnhinweise oder das Zeichen, das vor ätzenden Flüssigkeiten warnte.

Das Lager der Gärtner war die reinste Sammlung an feinsten Giften. Aber zu diesem Schrank hatte nur er allein einen Schlüssel. Er fragte sich, was José, der alte Gärtner, wohl von ihm dachte. Dann zuckte er die Achseln und zog den Schrank auf.

Aus seiner Tasche holte er eine kleine Flasche mit farbloser Flüssigkeit und stellte sie in das oberste Fach. Dann schloss er den Schrank wieder und verließ den Schuppen. Ja, das, was er tat, war das einzig Richtige.

Er wartete, bis seine Augen sich wieder an die Dunkelheit angepasst hatten. Dann ging er los.

Das Lager war unter den Ästen eines großen Baumes verborgen. Als er den Schatten verließ und auf den Schotterweg abbog, der zu den Labors führte, kam ihm das Knirschen der Steine unter seinen Sohlen beängstigend laut vor.

An der nächsten Abzweigung bog er nach links ab. Ein paar hundert Meter vor ihm erhob sich das Hauptgebäude. Sein Blick wanderte die Fassade hinauf. Dort oben im dritten Stock befand sich das Archiv.

Er zog wieder den Schlüssel aus der Tasche, der leise klimperte. Wenn er sich recht erinnerte, hatte er die Übersetzung der Inschrift auf dem Felsbrocken und die Ergebnisse der Pflanzenanalyse unter dem Buchstaben E wie El Dorado abgelegt. In einem unscheinbaren, grauen Ordner. Er hatte sich nicht getraut, die Informationen in seinem Zimmer oder Büro herumliegen zu lassen.

Im Gehen schweiften seine Gedanken zurück zu dem Überwachungsvideo. Das Eindringen der Gestalt durch den Lüftungsschacht war merkwürdig. Irgendetwas daran störte ihn. Es nagte an seinem Unterbewusstsein, aber er konnte nicht sagen, was es war.

Er wandte den Kopf nach rechts, als er im nahen Dschungel ein paar Zweige knacken hörte.

Ja, irgendetwas war an dem Video eigenartig. Ob er es sich noch einmal ansehen sollte?

Wieder knackte ein Ast im Dunkel. Bingham sah konzentriert in die Richtung. Dann beschleunigte er seinen Schritt. Wer wusste schon, ob er auch gerade jetzt beobachtet wurde. Er hastete weiter, bog aber an der nächsten Gabelung in Richtung Wohntrakt und nicht zum Hauptgebäude ab.

Wieder erklang ein leises Knacken von Zweigen. Dieses Mal ein bisschen weiter vor ihm. Den Ordner konnte er sich auch morgen noch ansehen. Er durfte sich nicht verdächtig verhalten. Wenn er beobachtet wurde, war es dumm, das Archiv jetzt aufzusuchen.

Er betrat das Wohngebäude und schloss die Glastür hinter sich. Dann drehte er sich um und spähte durch das Glas noch einmal nach draußen in die Nacht.

Da war nichts. Das Gelände lag still und friedlich da.

Lima, Peru

Ob es nun an dem Flug lag oder an der Tatsache, dass er schon seit ein paar Nächten nicht gut geschlafen hatte, jedenfalls fiel Grant sofort ins Bett, als er sein Hotelzimmer bezog.

Bingham hatte für sie zwei Zimmer in einem exklusiven Hotel im Stadtviertel Miraflores gebucht und alles um ihn herum in dem Raum war edel.

Er sah verschnörkelte Möbel, einen hellen Boden aus Stein und glänzende Türgriffe und Lampen. Aber eigentlich interessierte ihn nur eines, wie bequem das Bett war. Und das war sehr bequem.

Er schloss nach wenigen Sekunden die Augen und erwachte einige Stunden später wieder in eindeutig besserem Zustand. Einer der Hotelmitarbeiter hatte seine Tasche neben einem kleinen Schrank abgestellt und Grant kramte darin nach einer Flasche Shampoo, ging in das luxuriöse Bad und wusch sich ausgiebig.

Er kam sich vor wie ein neuer Mensch, als er sich mit einem der schneeweißen Handtücher abtrocknete und in saubere Kleidung schlüpfte.

Dann setzte er sich wieder auf das Bett. Aus seiner Jackentasche zog er den alten Geldbeutel, den er nun schon seit über acht Jahren besaß. Er war abgegriffen und faserig. Aber er liebte ihn.

Das Foto von Sarah in einem der Kreditkartenfächer war schon ein wenig verblichen. Aber dem Strahlen ihres Lächelns darauf tat das keinen Abbruch. Er betrachtete das Bild ein paar Sekunden und grübelte darüber nach, ob er sich seit ihrem Tod noch bedenkenloser in Situationen wie die begab, in der er nun war.

Einige Minuten vergingen, in denen er nur still da saß, das Foto ansah und überlegte.

Vermutlich war es so. Auf jeden Fall war ihm vieles einfach unwichtiger. Ja, vielleicht einiges auch egal geworden. Manchmal kam er sich vor wie ein Spieler, der absichtlich dem Schicksal eine Münze aushändigte und darum bat, über sein Leben oder Tod zu entscheiden. Wieder dachte er einige Minuten nach. Er fragte sich, ob man das, was er empfand, schon Todessehnsucht nennen konnte. Den tiefen Wunsch, wieder mit Sarah vereint zu sein. Vielleicht ein bisschen. Er schüttelte den Kopf und versuchte die Gedanken zu verscheuchen.

Dann zog er sich vollständig an und verließ das Zimmer. Draußen war der Gang mit Teppichboden ausgelegt. Grant schlurfte bedächtig über den dunklen Flur. Er liebte diese entspannte Atmosphäre in Hotels wie diesem.

Mit dem Fahrstuhl fuhr er hinunter in die Lobby. Sie war groß. Im vorderen Teil war eine kreisrunde Couch für Gäste, die gerade ein- oder auscheckten oder auf ihr Taxi warteten, aufgestellt. Weiter hinten im Herzen des Hotels gab es mehrere kleine Sitzecken um niedrige Tische herum. Hier war es ruhiger. Grant steuerte auf diesen Bereich zu und ließ sich auf einer der Couchen nieder. Der Marmorboden unter ihm glänzte.

Sie hatten sich für 17 Uhr verabredet.

»Ich würde Ihnen gerne ein bisschen das Viertel zeigen«, hatte Nora gesagt.

»Lima ist eine erstaunliche Stadt. Unsere Führung beginnt um 19 Uhr. Wir haben also genug Zeit.«

Gedankenverloren ließ Grant die Lobby auf sich wirken. Rechts von ihm hockte auf einer anderen Couch ein älterer Mann und rauchte.

Ihre Führung begann um 19 Uhr. Nora hatte es ihm erklärt. Die Inschrift auf der Steintafel wies auf die Nekropole unter einer Kirche hier in Lima hin.

»Genauer gesagt auf zwei Inschriften in zwei unterschiedlichen Räumen. Wenn ich es richtig interpretiere, handelt es sich dabei um einen großen Hauptraum und eine kleine Nebennische.«

Sie hatte recht zuversichtlich geklungen.

»Mittlerweile kann ich schon selbst einen Großteil der Sprache übersetzen. Ich lerne ziemlich schnell«, hatte sie mit einem Augenzwinkern gesagt. »Allerdings ist es wirklich interessant. Ich habe Ihnen ja gesagt, dass ein Teil der Inschrift auf dem Stein jünger zu sein scheint als der Rest. Das würde zu dem Zeitpunkt der Erbauung dieser Kirche passen. Es handelt sich um die Basilika Sankt Franziskus hier im historischen Zentrum von Lima.«

Sie hatte ihm auf ihrem Handy ein Bild von dem Bauwerk gezeigt. Danach eines von dem Beinhaus unter der Kirche. Grant hatte Bilder von Hunderten Schädeln und Knochen gesehen. Alle waren arrangiert und zu Stapeln angehäuft worden. Die braune Erde und Fels darum herum gab den Bildern eine unheimliche und drückende Ausstrahlung. Er war gespannt, wie die Realität auf ihn wirken würde.

»Die Katakomben wurden in der Kolonialzeit als Friedhof benutzt. Über 20.000 Menschen wurden hier beigesetzt«, hatte Nora erklärt.

»Ich selbst war vor ein paar Jahren das erste Mal dort. Es ist beeindruckend und angsteinflößend zugleich. Sie werden sehen.«

Und nach kurzem Nachdenken hatte sie hinzugefügt: »Es müssten zwei Steine sein, die zusammen mit den Angaben auf dem Felsen im Dschungel eine Art Wegweiser bilden. Ein paar entscheidende Details fehlen auf dem Felsen dort. Ich bin gespannt, ob unser Besuch in den Katakomben Licht ins Dunkel bringt, oder ob man die Steine bei Umbaumaßnahmen entfernt oder verlegt hat. Sehr spannend.«

Sie war aufgekratzt gewesen wie eine eifrige Studentin. Wenn sie…

»Da sind Sie ja«, hörte Grant auf einmal ihre Stimme hinter sich.

Er stand auf. Der alte Mann auf der Couch in der Nähe registrierte ebenfalls ihr Eintreffen.

Nora näherte sich mit elegantem Schritt. Sie trug beige, nüchterne Kleidung. Ein Hemd und eine leichte Leinenhose. Dazu eine dunkle Sonnenbrille und eine braune Umhängetasche.

Wie jemand, der auf Safari war.

»Ich habe Sie erst gar nicht gesehen«, sagte sie lachend. »Wollen wir? Die

Temperaturen sind sehr angenehm. Der Himmel ist zwar bedeckt, aber dafür ist es kaum stickig. Ich würde sagen, wir gehen zuerst nach unten zum Meer. Ich würde Sie gerne zum Essen einladen.«

Grant freute sich über den Vorschlag. »Sehr freundlich von Ihnen.«

»Ich kenne ein gutes Restaurant. Es befindet sich direkt an der Steilküste. Wir können aufs Meer sehen, essen und uns den Kopf über das weitere Vorgehen zerbrechen. Wie klingt das?«

»Ausgezeichnet. Ich sterbe vor Hunger«, antwortete Grant.

»Na dann los.«

Er folgte ihr durch die Lobby. Draußen vor dem Hotel wandten sie sich nach links. Das Gebäude war ein grauer Klotz und der Eingangsbereich war überbaut von einem großen Vordach.

Nachdem sie ein paar Minuten den schmalen Gassen gefolgt waren, kamen sie auf eine größere Straße mit etlichen Geschäften. Ein buntes Treiben herrschte hier. Die Straße führte an zahllosen Schaufenstern vorbei leicht abschüssig hinunter Richtung Meer.

Grant konnte bereits jetzt den salzigen, mit Seetang vermischten Geruch wahrnehmen.

Sie kamen an ein paar Hotels vorbei, ehe sie eine weitere große Straße und mehrere kleine überquerten. Läden mit Andenken für Touristen, Essensstände und Bars wechselten sich mehr oder weniger ab und prägten das Bild.

Schließlich überquerten sie eine weitere große Straße und Nora führte Grant über eine Parkanlage hin zur Steilküste. Ein ansprechend gestalteter Platz und Treppen schlossen sich hier an. Grant hielt am oberen Ende kurz an.

Was sich vor ihm ausbreitete, war beeindruckend. Er sah die graue Silhouette des Meeres, das weit unter ihnen an die Küste rollte. Die Brandung war bis zu ihnen zu hören. Er sah weiße Gischt und einen breiten Strand. Der Himmel darüber war ebenfalls grau und der salzige Duft nun noch deutlicher wahrnehmbar.

Direkt vor ihnen hatte man eine Art Einkaufspassage direkt in die Felswand gebaut. Es gab über mehrere Etagen angeordnete Schaufenster, Restaurants und Terrassen.

Grant sah Nora an und pfiff anerkennend durch die Zähne. Es war eine gelungene und schöne Anlage. Und die Aussicht war ohnehin atemberaubend.

Sie gingen über die Treppen eine Ebene nach unten, vorbei an ein paar Geschäften. Im Anschluss führte Nora Grant in ein mit dunklen Möbeln eingerichtetes Restaurant, das den Duft nach reichhaltigem Essen verströmte. Die Beleuchtung war spärlich, warm und behaglich.

Sie bestellten Steak und Bier und nippten, als die Getränke kamen, ein paar Augenblicke stumm daran herum.

»Also«, sagte Nora schließlich. Sie zog ein Blatt Papier aus der Tasche und faltete es auf. Dann breitete sie es auf dem Tisch aus. Grant erkannte, dass es sich um ein Prospekt handelte.

»Das hier ist der Eingang der Kirche. Die Ebenen darunter bestehen aus Begräbnisstätten und einem wahren Labyrinth an Gängen. Es wird nicht leicht sein, sich dort zurecht zu finden.« Sie nahm einen weiteren Schluck von ihrem Bier.

»Wenn ich mich nicht täusche, liegen die Räume, die wir untersuchen müssen, hier und hier.« Sie deutete auf zwei Punkte auf der Karte. »Der eine ist einer der Haupträume. Eine großer Schacht befindet sich darin, der mit Skeletten gefüllt ist. Jede Führung kommt daran vorbei. Der andere befindet sich etwas abseits und ist deutlich kleiner. Er ist für die Führungen nicht zugänglich.« Sie zeigte auf den zweiten Raum.

»Deswegen müssen wir uns etwas einfallen lassen.«

Ihre Kellnerin kam vorbei und stellte Besteck und Brot auf ihrem Tisch ab. Grant nahm sich eine Scheibe davon.

»Was haben Sie sich vorgestellt?«, fragte er und biss davon ab.

»Ich denke am einfachsten ist es, wir warten, bis die Führung im Hauptraum angekommen ist«, sagte Nora. »Ich habe mich erkundigt. Die Touren werden in Gruppen von 20-30 Leuten angeboten, da der Platz in den meisten Räumen nicht für mehr ausreicht. Der Vortrag des Führers in dem Hauptraum dürfte einige Minuten dauern. Wir sollten also genug Zeit haben, um uns zumindest grob umzusehen. Soweit läuft alles normal.«

Sie nahm noch einen Schluck.

»Und dann?«

»Die Führung geht anschließend durch zwei kleinere Kammern weiter. Wir sollten uns ein wenig zurückfallen lassen können, sodass niemand unser Verschwinden bemerkt. Die Räume sind sehr verwinkelt. Und die nächste Gruppe kommt erst eine halbe Stunde später dort vorbei. Genug Zeit also.« Sie strich das Papier mit der Hand noch einmal glatt. »Hoffe ich zumindest. Wenn wir in diesem Raum den richtigen Stein mit den Zeichen gefunden haben, können wir durch den Säulengang hier«, sie deutete auf einen weiteren Punkt, »relativ leicht in den anderen Bereich gelangen. Ich denke, wir sollten dabei unbehelligt bleiben. Wie gesagt, der zweite Raum ist nicht Teil der Führungen.«

Grant runzelte die Stirn.

»Ist er überhaupt zugänglich?«, fragte er.

»Ich glaube ja.«

»Sie glauben.«

Nora nickte.

»Dann hoffe ich, Sie haben recht.« Und nach einem Moment fügte er hinzu: »Wissen Sie überhaupt genau, wonach wir suchen?«

»Ich denke ich erkenne es, wenn ich es sehe.« Sie zog ihr Handy aus der Tasche und überprüfte den Akku.

»Ich werde die Stellen fotografieren. Also brauchen wir kein großes Zeitfenster. Übersetzen können wir sie zur Not auch später.«

Grant kaute auf seinem Brot herum.

»Ich hoffe das klappt alles so einfach, wie Sie sich das vorstellen.«

»Das hoffe ich auch.«

Nach ein paar Minuten kam die Kellnerin bereits mit ihren Steaks. Sie aßen und unterhielten sich die meiste Zeit über Belanglosigkeiten. Grant fragte Nora ein paar berufliche Dinge, aber als sie bei den meisten Fragen nur ausweichend antwortete, gab er es auf.

Sie bezahlten schließlich, verließen das Lokal und machten sich wieder auf den Weg.

Sie gingen hinunter zum Strand und genossen eine Viertelstunde die

Brandung und die frische Meeresluft. Dann schlenderten sie die nächste halbe Stunde durch die Straßen oberhalb der Steilküste. Nora zeigte Grant ein paar Läden und örtliches Kunsthandwerk, bis es schließlich Zeit zum Aufbruch war.

Die Kirche lag nicht weit entfernt. Sie erreichten sie in ein paar Minuten. Der Platz davor war bevölkert von Tauben. Einige Straßenhunde lagen in einer Ecke herum.

Grant sah sich auf dem großen Platz um. Er war von etlichen herrschaftlichen Bauten umgeben.

Dann warf er einen Blick auf seine Uhr. Nicht mehr lange, bis ihre Führung begann.

Nora ging zum Ticketschalter und meldete sie an. Vor dem Eingang warteten schon einige Menschen. Vermutlich war das bereits ihre Gruppe.

Sie kam mit zwei Tickets zurück.

»Alles klar«, sagte sie und reichte Grant eines davon.

»Willkommen bei der Basilika Sankt Franziskus«, begann einige Minuten später die Tour. Ein schmächtiger Mann mit Knollennase und dichtem Dreitagebart war ihr Führer. Er trug eine grüne Weste, dazu auf dem Kopf einen abgenutzten Lederhut.

»Es freut mich, dass Sie so zahlreich erschienen sind.« Er warf einen zufriedenen Blick in die Runde. Offenbar gefiel ihm sein Publikum.

»Machen Sie sich auf eine unterhaltsame Stunde gefasst. Ich werde Ihnen alles erzählen, was es zu diesem Ort zu wissen gibt und noch mehr.« Er atmete tief durch. Dann begann er mit dem Vortrag. Zunächst ließ er einige allgemeine Dinge über die Geschichte Südamerikas und Perus vom Stapel. Dann folgten Fakten über die Stadt selbst. Dann über die Kathedrale im Besonderen.

Nora und Grant hörten aufmerksam zu. Sie waren zwar aus einem anderen Grund hier. Die Geschichte war jedoch trotzdem interessant. Und ihr Guide erzählte gut. Zwar schwadronierte er hier und da ein wenig. Aber die meiste Zeit hingen alle Zuhörer an seinen Lippen.

Nach gut zehn Minuten räusperte er sich vernehmlich.

»Nun gut, so viel dazu. Lassen Sie uns nun hineingehen.« Er zwinkerte.

»Und dann nach unten in die Gruft. Ich bin mir sicher, Sie können es kaum erwarten. Aber Vorsicht. Für allzu zart besaitete ist das nichts.«

Mit diesen Worten wandte er sich um und verschwand durch die Eingangstür.

Alle folgten ihm.

Lima, Peru

Ransom sah zu, wie die Gruppe in der Kirche verschwand. Er lehnte an einer Häuserwand am Rande des Platzes. Er beobachtete, wie zuerst die Frau und dann der Mann durch die Tür in das Innere der Kirche traten.

Hinter ihnen folgten noch ein paar Leute. Dann war der Platz vor dem Eingang wieder leer.

Er hörte das Gurren der Tauben, die in einem Brunnen vor dem Gebäude badeten.

Jetzt hieß es warten. Fürs Erste zumindest.

Er zog sein Mobiltelefon aus der Hosentasche und wählte eine Nummer. Es läutete vier Mal, bis jemand abnahm. An seinem Ohr ertönte die bekannte Stimme.

Ransom hörte ein paar Sekunden zu.

»Ja, ich bin jetzt hier. Sie sind gerade hineingegangen. Ich werde heute Nacht…« Er stockte.

»Was?«, fragte er ungläubig.

»Das kann nicht Ihr Ernst sein.« Er hörte weiter zu. Eine Gruppe spielender Kinder nährte sich dem Eingang der Gasse, in der er stand.

Der Tag neigte sich langsam dem Ende. Leichter Dunst zog herauf. Wenn der Auftraggeber wirklich ernst meinte, was er ihm gerade sagte, dann durfte er keine Zeit verlieren.

Er überschlug ein paar Daten im Kopf.

»Sie wissen, dass das verrückt ist, oder?«, fragte er in das Telefon.

»Und wie kommen Sie jetzt plötzlich darauf?« Er erhielt keine Antwort.

Nur eine Aufforderung, gefälligst das zu tun, wofür er bezahlt wurde. Dann wurde die Verbindung beendet.

Ransom starrte ungläubig auf das Telefon. Schließlich drehte er sich um und ging schnell die Gasse hinunter. Er sah zum Himmel und zum langsam verblassenden Tageslicht. Er musste Vorbereitungen für die Nacht treffen.

Lima, Peru

Das Innere der Kirche war prunkvoll gestaltet. Ihr Führer erzählte ein paar Minuten über die Geschichte von einzelnen Bildern und Statuen. Einige der Teilnehmer hatten Fragen. Das Ganze dauerte gut eine Viertelstunde. Dann gingen sie hinab in die Katakomben.

Der Guide dirigierte sie durch eine schwere Holztür und über eine Steintreppe nach unten.

Grant und Nora stieg ein moderiger Geruch in die Nase. Er mischte sich mit dem feuchten Duft nach Erde, der um sie herum immer stärker wurde. Kurz darauf standen sie in dem ersten Raum, dem ersten Beinhaus. Es machte seinem Namen alle Ehre. Ihr Führer hatte nicht übertrieben.

Die Atmosphäre war drückend. In ein paar beleuchteten Nischen waren Schädel und Oberschenkelknochen zu wahren Bergen angehäuft worden.

Die niedrige Decke über ihnen verstärkte die beklemmende Atmosphäre noch. Die Beleuchtung war schummrig. Die braunen Wände, Decken und Böden wirkten wie Lehm.

Obwohl Grant nicht empfindlich war und schon einiges gesehen hatte, machte sich doch ein unbehagliches Gefühl in ihm breit. Er konnte spüren, dass es Nora neben ihm genauso ging. Dieser Raum, die Knochen, die niedrige Decke und der Geruch erschufen eine gruselige Umgebung. Er konnte noch nicht einmal sagen, an was es genau lag. Vermutlich war es eine Kombination aus allem.

»Nicht gerade ein Ort zum Wohlfühlen, was?«, griff ihr Guide die allgemeine Stimmung auf.

»Sie sind beileibe nicht die Ersten, denen es so geht. So ziemlich jeder hat so seine Schwierigkeiten. Kommen Sie.« Er wartete, bis alle in dem Raum waren und fuhr anschließend mit seinem Vortrag fort.

Grant sah sich um. Nirgendwo in dem Gewölbe konnte er einen Schacht oder Brunnen im Boden ausmachen. Nicht einmal etwas, das entfernt daran erinnerte.

Er warf Nora einen Blick zu. Sie schien zu erraten, was er dachte und schüttelte den Kopf.

»Das ist nicht der Raum«, sagte sie leise. »Es dauert noch ein bisschen.« Grant fuhr mit den Fingern über die Wand. Das Gestein war feucht und an seinen Fingern blieb etwas von der lehmigen Oberfläche kleben. Er zerrieb den braunen Stoff zwischen den Fingern.

Dann ging die Führung auch schon weiter. Der nächste Raum war lang gestreckt. Er hatte eine rechteckige Form. Auf der linken Seite waren hinter einer hüfthohen Mauer weitere Knochen angeordnet. Ober- und Unterarmknochen reihten sich aneinander. Die Gebeine waren indirekt und schummrig beleuchtet.

Man wollte das Unheimliche dieses Ortes durch die Beleuchtung offenbar noch verstärken. Und das gelang. Grant spürte, dass die Gruppe von Minute zu Minute stiller wurde.

Sie kamen durch einen Verbindungsraum mit etlichen Säulen, die die niedrige Decke abstützten. Die Pfeiler aus Ziegelsteinen sahen viel zu dünn aus für das Gewicht, das sie tragen mussten.

Das hier war wirklich kein Ort für Leute, die an Klaustrophobie litten. Durch eine Tür am Ende des Raumes sah Grant eine andere Gruppe, die offenbar entweder nach ihnen oder vor ihnen die Katakomben betreten hatte.

Er hörte gedämpfte Stimmen und das Scharren von Schritten. Nein, das hier war wirklich kein Platz für Leute mit schwachen Nerven.

Er sah sich nach Nora um. Sie begutachtete gerade eine der Wandnischen.

»Kommen Sie bitte weiter«, hörte er die Stimme ihres Führers weit vor sich. Es ging durch weitere Kammern. Mal waren sie fast quadratisch, dann wieder lang gestreckt. In jeder von ihnen blieb ihr Guide kurz stehen und sprach ein paar Sätze. Und dann kam schließlich der Raum, auf den sie gewartet hatten.

Grant erkannte ihn schon beim Eintreten. Er war deutlich größer als die vorherigen Kammern der Nekropole. An der linken Wand gähnte ein breiter, beleuchteter Schacht. Er befand sich beinahe an der Wand und war kreisrund. Fast wirkte er wie ein gigantischer Brunnen. Der Weg führte rechts daran vorbei. Als Grant in den Schacht hinunter spähte, erblickte er am Boden wieder etliche im Kreis angeordnete Gebeine. Diesmal waren es wieder hauptsächlich Schädel und Oberarmknochen. Der Schacht musste an die sechs Meter tief sein. Auch er war so zwielichtig beleuchtet wie die übrigen Wandnischen.

»Kommen Sie bitte noch weiter, sodass alle genug Platz haben«, sagte ihr Führer. Er unterstützte diese Aufforderung mit rudernden Armbewegungen.

»So ist es gut, danke.« Dann fuhr er mit seinem Vortrag fort. Grant sah, dass Nora wie er selbst bereits Wände und Decke des Raumes musterte. Ihre Augen zuckten von einer Stelle zur anderen. Aber noch schien sie nicht gefunden zu haben, was sie suchte.

»Das hier ist eine besonders interessante Stelle«, hörte er die enthusiastische Stimme ihres Guides.

Plötzlich berührte ihn etwas am Arm. Es war Nora.

»Da, sehen Sie«, sagte sie und deutete mit den Fingern auf den Schacht.

Grant spähte zu der Stelle, auf die sie zeigte. Da war nichts Auffälliges.

»Was meinen Sie?«, fragte er. »Ich sehe nichts.«

»Ich zu Anfang auch nicht«, sagte Nora und schob ihn behutsam ein bisschen nach vorne.

»Sie müssen an den Rand treten.« Grant machte ein paar Schritte nach vorn und sah in das Loch hinab. Er erkannte sofort, was sie meinte. Der Stein mit ein paar eingeritzten Symbolen befand sich genau unter ihm. Gut zwei Meter tiefer in der Wand. Kein Wunder, dass er ihn nicht gesehen hatte. Nora beugte sich vor und machte mit ihrem Handy ein paar Bilder. Zufrieden nickte sie.

»Soweit so gut.«

»Können Sie schon etwas übersetzen?«, fragte Grant. Nora schüttelte den Kopf.

»Warten wir den zweiten Raum ab. Lassen Sie uns lieber sichergehen, dass wir hier nichts übersehen.«

Sie suchten noch ein paar Minuten alles ab. Nora schaltete sogar die Lampe an ihrem Handy ein, um eine besonders dunkle Nische zu beleuchten. Aber offenbar war in dieser Kammer sonst nichts vorhanden. Schließlich wandte sie sich an Grant.

»Ich glaube, wir haben alles abgesucht«, sagte sie.

In diesem Moment erklang auch schon die Stimme des Führers.

»Lassen Sie uns weitergehen. Einige Räume gibt es noch zu entdecken, bevor ich Sie wieder ins Tageslicht entlasse.« Er grinste.

»Bitte hier lang.«

Er führte sie in einen weiteren Abschnitt der Nekropole, der nun wieder eine mehr rechteckige Form hatte.

Nora zupfte Grant am Arm.

»Jetzt«, sagte sie und trat einen Schritt zurück. Sie ließen sich hinter der Gruppe immer weiter zurückfallen. Dann nutzten sie einen unaufmerksamen Moment und schlüpften wieder zurück in den Raum mit dem Schacht. Für einen Moment blieben sie stehen und lauschten. Nora hielt den Atem an.

Aber nichts passierte. Kein Rufen ihres Guides oder von Leuten, die ihre Aktion bemerkt hätten.

Sie wandte sich um, um sich zu orientieren.

»Hier lang«, sagte sie dann. Sie deutete auf einen engen Türspalt. Sie traten hindurch und befanden sich bereits wieder in dem Säulengang.

Niemand war zu sehen. Von irgendwoher drangen gedämpfte Stimmen an ihre Ohren. Aber sie schienen weit entfernt in einem anderen Teil des Labyrinths zu sein.

»Weiter«, sagte Nora. Sie durchschritten den Säulenraum und Nora suchte die Wand vor ihnen ab.

»Da«, sagte sie nach einigen Sekunden und beschleunigte ihren Schritt.

Kurze Zeit später hielten sie vor einem Durchgang an, der kaum mehr als ein etwas größerer Riss in der Wand war. Gerade breit genug, um hindurch zu schlüpfen. Rechts davon waren Warn- und Verbotstafeln angebracht.

Eine Kordel sicherte den Eingang zudem gegen Besucher. Nora schaltete wieder die Lampe an ihrem Handy ein und stieg einfach darüber hinweg. Grant sah sich noch einmal um. Offenbar waren sie wirklich allein. Bis hierher hatte Noras Plan funktioniert.

Das Gestein knirschte unter ihren Füßen. In der Kammer selbst war der Boden wieder wie Lehm. Nora leuchtete in dem Dunkel umher. Der Raum war klein. Grant schätzte die Größe auf nicht einmal fünf Meter im Durchmesser. Die Decke war ebenso niedrig wie der Säulengang. Es dauerte keine zwei Minuten, bis Nora gefunden hatte, was sie suchten. Sie beleuchtete eine Stelle, die sich in der linken Ecke befand. Grant trat näher heran. Er konnte ihren Atem in der merklich kühlen Luft sehen. Nora schoss schnell einige Bilder. Der Blitz ihrer Handykamera tauchte die Kammer in ein kleines Gewitter. Grant hörte mit einem Mal gedämpft Stimmen. Vielleicht eine Führung, die sich durch den Säulengang näherte.

Er betrachtete die Symbole auf dem Stein, die ihm so gar nichts sagten. Dann sah er zu Nora, die die Qualität der Bilder auf ihrem Handy überprüfte.

»Können Sie das übersetzen?«, fragte er.

Nora zuckte die Achseln.

»Werden wir sehen.«

Sie leuchtete noch einmal in dem Raum umher.

»Lassen Sie uns von hier verschwinden. Wie kommen wir hier wieder raus?«

Sie traten in den Säulengang zurück. Er war leer.

»Hier lang«, sagte Grant und deutete auf einen Durchgang auf der linken Seite.

Sie verließen das Labyrinth so schnell sie konnten. Nora sah sich immer wieder um, während sie an weiteren Knochenansammlungen vorbei aus diesem Grab emporstiegen. Sie war froh, diesen makaberen Ort wieder zu verlassen.

Lima, Peru, am nächsten Morgen

Ransom begutachtete den Krug, den er in der Nacht aus dem kleinen privaten Museum im Viertel Miraflores gestohlen hatte. Er fuhr gedankenverloren mit den Fingern über die Symbole und Figuren, die sich auf dem Gefäß befanden. Es waren Darstellungen von Menschen und Pflanzen. Offenbar war es eine Art Ernte. Vermutlich ein Gefäß für ein Fruchtbarkeitsritual oder dergleichen. Er wusste es nicht. Und es war ihm auch herzlich egal. Nur den Sinn dahinter verstand er nicht.

Sein Auftrag hatte sich zunächst recht eindeutig angehört.

Dann war seinem Auftraggeber plötzlich der Diebstahl eingefallen. Er fragte sich, was das zu bedeuten hatte. Für gewöhnlich waren seine Aufträge simpler. Und nun saß er hier.

Das Hotel der Zielpersonen befand sich nicht weit entfernt. Vermutlich hätte er selbst auch ein Zimmer dort beziehen können. Aber er wollte ihnen nicht zufällig über den Weg laufen und ihnen die Chance geben, sich später an sein Gesicht zu erinnern.

Er grinste. So unvorsichtig war er nicht.

Er sah sich in dem kleinen Straßencafé um. Der Kellner kam gerade um die Ecke und brachte seinen Kaffee. Kein Frühstück. Er hatte keinen Hunger.

Er nahm einen Schluck von dem schwarzen Gebräu. Dann sah er über seine Schulter und fragte sich, von woher sein Auftraggeber diesmal auftauchen würde.

Keine zehn Minuten später setzte sich der Mann an seinen Tisch.

»Wundert mich, Sie hier zu sehen«, sagte Ransom, ohne dem Auftraggeber einen guten Morgen zu wünschen. Außer ihnen saß nur ein einziger weiterer Gast in dem Café.

Der Mann hob als Antwort nur die Augenbrauen. Ansonsten sagte er nichts.

»Haben Sie das, was ich wollte?«

Ransom nickte. »Wozu brauchen Sie das?«

Der Mann schwieg. Dann sagte er zögernd: »Es hilft mir, eine Theorie zu überprüfen.«

»Was Sie nicht sagen.«

»Mehr werden Sie auch nicht von mir hören.«

Ransom nippte gleichgültig an seiner Tasse. Er wusste, dass der Kerl ein hohes Tier in etlichen Konzernen war. Konzerne, die einen Haufen von Produkten herstellten, kleinere Subfirmen hatten und in einer Reihe von Ländern aktiv waren. Aber im Grunde war ihr Hauptgeschäft nur eines. Sie produzierten Medikamente. Und das war ein mörderisches Geschäft. Es musste eines sein, denn warum sonst müssten sie sich immer wieder seiner Dienste bedienen. Immer wieder gab es jemanden zu diskreditieren. Immer wieder gab es schmutzige Wäsche zu waschen. Und ab und zu musste auch irgendjemand irgendwo unauffällig verschwinden.

Hin und wieder fragte er sich, ob die Mitarbeiter dieses schmierigen Typen überhaupt wussten, was er so alles trieb.

»Sie kommen gut voran?«, wollte der Mann wissen.

»Ich bleibe dran. Und ich tue das, wofür ich bezahlt werde. Den Rest entscheiden Sie. Wann ich es tue, ist mir im Prinzip egal.«

Der Mann schien zu überlegen.

»Wir warten noch ein wenig. Die Sache könnte uns schließlich nützen.«

Ransom sah ihn an. Er hatte keine Ahnung, wovon der Kerl sprach. Und es kam ihm auch so vor, als kommunizierte der Mann im Moment auch eher mit sich selbst.

»Von mir aus«, sagte er gelangweilt.

Der Auftraggeber drehte sich um. Dann aber fiel ihm noch etwas ein. Er schnippte mit den Fingern. Es war eine herablassende Geste. Ransom reichte ihm mit einem Augenrollen den Krug.

»Danke.«

»Mit Vergnügen du Mistkerl«, wollte Ransom sagen. Aber er nickte stattdessen nur. Es war besser, sich mit diesen Typen nicht anzulegen.

Auf der anderen Seite wusste er gerne, mit wem er Geschäfte machte. Was der Kerl wohl dazu sagen würde, wenn er herausfand, dass Ransom seinen richtigen Namen kannte.

Lima, Peru

»Ich komme bei der Übersetzung einfach nicht weiter«, sagte Nora zerknirscht, als sie beim Frühstück saßen. Der Speisesaal war halb gefüllt. Ihr Platz lag an einem der Fenster zur Straße.

Die Atmosphäre war ruhig und angenehm.

Aber Noras Hirn arbeitete auf Hochtouren. Grant saß ihr gegenüber. Er trank einen frisch gepressten Orangensaft und genoss die verschlafene Stimmung in dem Raum. Der Saft schmeckte hervorragend, das Wetter draußen war gut. Mehr brauchte es eigentlich nicht für einen angenehmen Start in den Tag. Er sah wieder zu Nora hinüber. Aber vermutlich war sie da ganz anderer Meinung.

Um sie herum waren die Tische leer, deswegen fragte er etwas lauter:
»Wo liegt das Problem?«

»Hier«, antworte Nora gedankenverloren. Sie zeigte auf den Bildschirm ihres Handys. Seit einigen Minuten betrachtete sie verbissen die Aufnahmen aus der Kirche. Der Toast auf ihrem Teller war unangetastet. Überhaupt hatte sie bereits den gesamten gestrigen Abend mit dem Studium ihrer Handybilder verbracht. Für Grant hatte es nichts zu tun gegeben und so war er hinunter in die Hotelbar gegangen.

Der Kellner war in Plauderlaune. Grant hatte während ein paar Bier eine gratis Geschichtsstunde über Peru bekommen, die sogar noch ausführlicher war als das, was ihnen der Guide in der Kirche erzählt hatte. Anschließend war er zu Bett gegangen.

»Das hilft mir leider nicht weiter«, sagte er.

Nora schüttelte den Kopf.

»Entschuldigung, wie dumm von mir. Hier sehen Sie.«

Sie rutschte um den Tisch herum, sodass sie beide auf den Bildschirm sehen konnten.

Grant blickte sich noch einmal um. In dem dunkel gehaltenen Frühstückssaal schien niemand von ihnen Notiz zu nehmen. Die Kellner füllten noch etwas verschlafen immer wieder das Buffet auf und räumten schmutziges Geschirr von den Tischen. Andere Gäste waren in die Morgenlektüre der Zeitung vertieft.

Neben ihnen konnte er durch das große Panoramafenster nach unten auf die Straße vor dem Hoteleingang sehen. Er atmete zufrieden aus. Dann wandte er sich dem Bildschirm zu.

Aber er hätte es genauso gut bleiben lassen können.

Die Zeichen und Linien sagten ihm so viel wie ein Text in Altgriechisch.

»Was bereitet Ihnen Schwierigkeiten?«, fragte er deshalb nur.

Nora deutete verkniffen auf zwei Stellen.

»Diese beiden Textzeilen. Ich weiß nicht, was einige der Symbole bedeuten.«

»Ich verstehe.«

Grant lehnte sich wieder zurück.

»Und was jetzt?«

Ecuador

Bingham sah auf seine Uhr. Es war wenige Minuten vor 1 Uhr nachts. Er wusste, dass alle anderen Büros inzwischen längst leer waren. Die Wissenschaftler waren zu Bett gegangen. Oder sie trieben sich noch irgendwo in den Aufenthaltsräumen herum.

Einzig die Wachmänner patrouillierten nun noch durch das Gebäude. Alle zwei Stunden eine Runde. So wie es das Sicherheitskonzept vorsah. Auch auf den Außenanlagen machten sie ihre Kontrollgänge, obwohl das gesamte Areal von Kameras gefilmt wurde.

Bingham kratzte sich am Kopf. Und dennoch konnte die Gestalt, die er auf den Monitoren des Überwachungsraums gesehen hatte, unbemerkt in den Lüftungsschacht gelangen. Er schürzte die Lippen und dachte angestrengt nach. Was hatte das zu bedeuten? Und was bedeutete das für Nora, Grant und ihn selbst?

War er in Gefahr? Waren sie alle in Gefahr? Er stand auf und ging an eines der Fenster hinüber, hinter dem die mondhelle Nacht herrschte. Er konnte den Glanz des silbernen Mondlichts auf den Bäumen deutlich sehen. Wie war diese Gestalt unbemerkt durch das Sicherheitsnetz geschlüpft? Und was wollte sie dort unten im Keller?

Er schüttelte den Kopf. Alles Fragen, auf die er keine Antwort hatte.

Er wandte sich um. Und nun musste er sich um wichtigere Dinge kümmern.

Er ließ das Licht im Büro absichtlich eingeschaltet und fuhr mit dem Aufzug zwei Stockwerke nach oben. Dann verließ er den Fahrstuhl und ging einen langen Flur entlang. Er vermied es, das Licht einzuschalten und orientierte sich stattdessen am Boden. Kleine LED-Leuchtstreifen waren dort eingelassen. Sie sollten bei einem Stromausfall oder bei der Evakuierung des Gebäudes bei der Orientierung helfen. Das Licht war gerade hell genug für seine Zwecke.

Vor ihm tauchte aus dem Dunkel eine Tür auf.

Er öffnete sie mit seiner Schlüsselkarte. Ein elektronisches Klicken ertönte, als sie entriegelt wurde und aufsprang. Er schlüpfte rasch hindurch und zog sie hinter sich zu.

Dann umfing ihn erneut Dunkelheit. Dieses Mal noch eine Nuance schwärzer als zuvor. Er hatte gehofft, sich auch so orientieren zu können, aber er sah eindeutig zu wenig.

Aus der Tasche seiner Anzughose förderte er eine Taschenlampe zu Tage und schaltete sie ein. Der Strahl war schwach, kaum der Rede wert, aber er reichte aus.

Etliche Regalreihen türmten sich vor ihm auf. Allesamt voll gestopft mit Büchern sämtlicher Größen. Daneben gab es Aktenschränke und Hängeregister, die ebenso prall gefüllt waren. Die meisten waren aus demselben schwarzen Holz hergestellt. An der linken Wand standen ein paar Tische mit Leselampen darauf herum.

Der Boden unter ihm war mit einem dezent gemusterten Teppich ausgelegt, der jede seiner Bewegungen dämpfte und Geräusche nahezu komplett aufsog.

Bingham blieb einen Moment stehen und lauschte auf seinen eigenen Atem.

Das Archiv des Komplexes vor ihm sah mehr nach einer gemütlichen Bibliothek im Kolonialstil aus als nach einem nüchternen Ablageort, der er war. Er hatte beim Design penibel darauf geachtet. Auch jetzt schmunzelte er innerlich. Schließlich hatte er gewusst, dass er hier oft seine Zeit würde verbringen müssen. Davon abgesehen war es ein idealer Rückzugsort, wenn er einmal seine Ruhe haben wollte.

Zufrieden fuhr er sich mit der Hand durchs Haar.

Nur wenige Leute hatten überhaupt eine Zugangsberechtigung für den Raum und im Allgemeinen suchte ihn hier auch niemand. Es kam nicht einmal jemand auf den Gedanken. Er war des Öfteren hier, wenn ihm einmal alles ein wenig zu hektisch wurde und er einen Ort zum Nachdenken brauchte. Und das war in letzter Zeit öfter der Fall, als ihm lieb sein konnte.

Bedächtig ging er los und leuchtete dabei mit der Taschenlampe die Regale ab. An den Stirnseiten waren Messing-Schilder mit Buchstaben angebracht. Er schlich weiter, bis das Schild mit der Aufschrift Do-En im Lichtkegel auftauchte.

Dann bog er nach rechts in Richtung der Fensterreihen ab. Von draußen fiel fahl etwas Mondlicht herein. Bingham verlangsamte seinen Schritt. Dann hielt er vor einem großen Schrank an. Er zog die Türen auf und im Inneren kam ein Hängeregister zum Vorschein. Kurz hielt er inne und lauschte. Alles war ruhig. Es war fast ein wenig unheimlich, denn es war so still, dass man glauben konnte, die Stille beinahe hören zu können.

Dann gab er sich einen Ruck und zog eines der Register heraus. Mit den Fingern fuhr er suchend im Licht der Taschenlampe darüber. Er hatte die Akte über seine Nachforschungen zu El Dorado und die Testergebnisse über die Wirkung der Pflanze aus gutem Grund hier versteckt.

Wenn jemand wusste, was er auf der Spur war, und er musste davon ausgehen, dass jemand es wusste, dann war dieser Ort viel sicherer als sein Büro oder das Zimmer im Wohntrakt.

Kurz wanderten seine Gedanken zu Nora und Grant. Anschließend zu den beiden Personen, die sie hatten ins Vertrauen ziehen müssen.

Francis und diesen Chester Medson, den Nora angeschleppt hatte. Seine Finger hielten einen Moment lang inne, als seine Gedanken zurückwanderten.

Francis und er kannten sich seit langem. Es war ein glücklicher Zufall, dass gerade Francis als Botaniker und Biologe passenderweise perfekt dafür geeignet war, ihnen bei der Analyse der Pflanze zu helfen. Der Mann war jemand, dem Bingham vertraute.

Er verlagerte sein Gewicht vom einen auf das andere Bein.

Bei diesem Chester Medson, seines Zeichens Experte für mittel- und südamerikanische Geschichte und Sprache, war er sich da schon weit weniger sicher.

Klar, er kannte den Mann flüchtig von einem Treffen mit Nora. Aber ob man ihm vertrauen konnte, konnte er nicht einschätzen. Der Mann hatte ein etwas eigenartiges Gehabe und Nora hatte ihm erzählt, dass die Familie sehr reich war. Er dachte kurz nach.

Also Medson oder Francis?

Wenn er sich entscheiden müsste, durch wen die Information durchgesickert war, dann landete er im Geiste immer wieder bei Medson. Ganz einfach, weil er ihn kaum kannte und kaum vertraute. Aber Nora hatte sich für die Diskretion des Mannes verbürgt. Wenn er so darüber nachdachte, so war es eigentlich ein Spiel auf beiden Seiten.

Er musste sich auf jemanden verlassen, den Nora kannte und umgekehrt.

Auch wenn er wenig glücklich über die Situation war. Alleine wären sie nicht weiter gekommen. Sie mussten sich einfach Hilfe suchen. Und das beinhaltete nun einmal ein Risiko. Je mehr Leute davon wussten, umso schlechter.

Er kratzte sich am Kinn. Und schließlich durfte er auch Wadford nicht ganz aus der Rechnung streichen. Er konnte nicht sicher sein, dass der Geologe dem Stein im Dschungel wirklich so wenig Bedeutung beigemessen hatte, wie er vorgegeben hatte. Vielleicht war er selbst ohne Binghams Wissen noch einmal zu dem Felsen zurückgekehrt und spielte nun sein eigenes Spiel.

Er schüttelte den Kopf. Es waren einfach zu viele Variablen. Und es kam ihm so vor, als würde alles nur noch immer komplizierter. Diese Sache war etwas, das eigentlich zu groß für sie war. Dennoch war er überzeugt, richtig zu handeln. Es gab keinen anderen Weg.

Er riss sich von seinen Gedanken los und seine Finger glitten über die Rücken der Ordner. Er las kleine, mit Computer getippte Schilder. Hunderte Ordner waren hier abgehängt. Es war ein wahres Meer an Informationen.

Aber nach ein paar Augenblicken stutzte er. Seine Akte war nicht darunter. Noch einmal ging er die Beschriftungen durch, wobei sein Herzschlag unwillkürlich schneller wurde. Nein, wirklich.

Der Ordner war nicht da.

Binghams Gedanken überschlugen sich mit einem Mal. Er versuchte, sich zu beruhigen. Vergeblich. Hatte er die Akte woanders abgelegt? Aber er war sich sicher, dass er sie hier gelassen hatte.

Er schloss die Augen und zwang sich zur Ruhe. Vielleicht hatte er sie in der Eile nicht an der richtigen Stelle einsortiert. Er atmete ein paar Mal tief durch und ging dann so sorgfältig er konnte alle Beschriftungen in dem Register noch einmal durch.

Aber das Ergebnis war das Gleiche. Die Erkenntnis traf ihn wie ein Schlag. Und plötzlich dämmerte ihm, was das bedeutete. Jemand war hier gewesen. Jemand war hier gewesen und hatte die Akte mitgenommen. Hier in diesem Archiv. Seine Hand begann zu zittern.

Er lauschte in die Dunkelheit, die sich außerhalb des Lichtkegels der Taschenlampe um ihn ausbreitete.

Fieberhaft begann er im Kopf durchzugehen, wer Zugang zu diesem Archiv hatte. Oder hatte sich jemand auf andere Weise Zutritt verschafft? Er lauschte abermals.

Süd-England

Die Landschaft flog an ihnen vorbei und Nora trat auf das Gaspedal. Das Cabrio beschleunigte noch einmal. Grant genoss die Fahrt ohne Verdeck, obwohl die Luft um sie herum frisch war.

Überall rechts und links von ihnen breitete sich die englische Hügellandschaft aus. Grant sah Schafe auf Weiden, saftiges Gras und Steinmauern, die wie Adern die Landschaft durchzogen. Die Sonne stand zwar noch am Himmel. Dennoch war die Luft dunstig. Sie war kühl und trug schon eine Ahnung der bevorstehenden Nacht in sich.

Es war 18:23 Uhr.

Noch vor gut 35 Stunden hatten sie in Lima beim Frühstück zusammen gesessen.

Er dachte gerade darüber nach, welch riesige Entfernung eigentlich zwischen beiden Orten lag und wie schnell man diese in modernen Zeiten mit dem Flugzeug überwinden konnte, als Nora eine scharfe Kurve nach links nahm und jetzt an einer Mauer aus grauem Naturstein entlang fuhr.

Ein kleiner Ort tauchte vor ihnen auf und Grant sah auf der linken Seite eine Kathedrale, die aus demselben grauen Stein zu bestehen schien.

Er hatte die Fahrt von London hierher genossen.

Jede Sekunde.

Sie fuhren unter mehreren großen Bäumen hindurch, die fast eine Allee bildeten. Nora verlangsamte etwas das Tempo, als sie an den ersten Häusern vorbei kamen.

»Wir müssen Chester um Hilfe bitten«, hatte sie im Frühstückssaal des

Hotels in Lima gesagt. »Es gibt keine andere Möglichkeit. Er wird uns helfen.«

»Sind Sie da sicher?«

»Ja, wir müssen zu ihm.«

»Können Sie ihm nicht einfach ein Bild mit dem Handy schicken?«

»Nein, ich muss persönlich mit ihm sprechen.«

Und dann hatte Grant die Achseln gezuckt.

»Meinetwegen.«

Und nun waren sie hier.

Nora sah auf den Bildschirm des Navigationsgeräts, das ihnen noch zwei Meilen Fahrtstrecke ankündigte.

»Chesters Familie ist sehr reich«, hatte sie auf dem Flug von Lima nach London erklärt. »Sie sind irgendwie an irgendwelchen Firmen beteiligt. Fragen Sie mich nicht nach Einzelheiten. Ich glaube sogar, er hat es mir vor Jahren einmal erzählt.«

Sie hatte kurz überlegt.

»Eigentlich eigenartig und untypisch für ihn, da er aus solchen Dingen immer ein Geheimnis macht. Aber vielleicht lag es an den zwei Flaschen Wein, die wir zusammen getrunken haben. Die haben ihm offenbar die Zunge gelockert.«

»Waren Sie ein…?«, hatte Grant gefragt.

»Paar? Nein, nein. Wir kennen uns seit Jahren. Aber so weit ist es zwischen uns nie gekommen. Wir sind zwar beide Single und ungebunden, aber irgendwie haben wir wohl von Anfang an gespürt, dass wir einen eher freundschaftlichen Draht zueinander haben.«

Und damit war die Unterhaltung beendet gewesen.

Das Dorfzentrum zog an ihnen vorbei.

Grant registrierte ein paar kleine Geschäfte, einen winzigen Supermarkt und mehrere Ferienwohnungen. Ein verschlafenes, typisch englisches Dorf. Von dem ihr Ziel nun noch eineinhalb Meilen entfernt war.

Er sah auf dem Bildschirm des Navigationsgeräts bereits den Punkt. Er war mit einer kleinen Flagge markiert. Davor konnte Grant die blaue Silhouette eines Sees ausmachen. Nora bemerkte sein Interesse.

»Das Anwesen wird Ihnen gefallen. Es ist ein wunderschönes Haus, das fast direkt am See liegt. In den Morgenstunden bin ich oft mit einem kleinen Boot darauf herumgepaddelt. Es ist herrlich, wenn zu dieser Zeit der Nebel über dem Gewässer hängt.«

Grant nickte ohne zu antworten.

Er fragte sich, was Bingham von diesem Kerl hielt. Ob sie sich verstanden? Er hatte gesehen, wie sein alter Freund Nora angesehen hatte. Insgeheim fragte er sich, ob Milton für sie vielleicht mehr als kollegiale, freundschaftliche Gefühle hatte.

Dann vertrieb er die Überlegungen wieder. Schließlich tat es wenig zur Sache.

Sie fuhren wieder aus der Stadt hinaus.

Dann ging es auf eine kleine Anhöhe. Dann wieder eine hinunter und anschließend wieder eine hinauf.

Vor ihnen breitete sich jetzt ein großer Talkessel aus und Grant konnte den See ausmachen.

Es war ein kleines Gewässer. Grant schätzte den Durchmesser auf etwa 200 Meter. Rund um die Ufer herum erstreckte sich ein kleines Wäldchen. Und hinter dem See stieg die Böschung steil zu einem riesigen Haus hin an.

Er blinzelte verblüfft, als ihm die schiere Größe des Anwesens bewusst wurde. Die umgebenden Bäume wirkten dagegen winzig. Er warf Nora einen Blick zu.

»Ich habe ja gesagt, dass die Familie sehr reich ist«, war das Einzige, was sie zu dem Thema von sich gab.

Das Anwesen und der See kamen rasch näher. Der Großteil des Hauses an sich war altertümlich gehalten, aber es gab untrügliche Anzeichen der Moderne. Große Glasfronten hier und da, ebenso langgezogene Flachdächer und darauf einige Solarspeicherzellen.

Man hatte die Bäume ringsum nicht gefällt, sodass es Grant vorkam, als wolle sich das Haus hinter den Blättern und Ästen verstecken, was aber nicht gelang, weil es dafür schlicht zu groß war.

Wie ein Löwe, der sich hinter einem winzigen Busch verbergen wollte.

»Eindeutig«, sagte er zu Noras Bemerkung. Dann verfielen sie wieder in Schweigen und Grant begutachtete das Anwesen weiter, bis sie in das kleine Wäldchen hineinfuhren. Sie waren kaum 100 Meter weiter gekommen, als auch schon ein Tor vor ihnen auftauchte.

Trist und abweisend verströmte es den eindeutigen Hauch von Adel, der in Ruhe gelassen werden wollte.

Die Zufahrtsstraße bestand aus Schotter, der unter den Reifen klackerte. Nora hielt vor einer Gegensprechanlage, die vor dem Tor aufgebaut war, und drückte den Klingelknopf.

Es vergingen ein paar Sekunden. Dann meldete sich eine näselnde Stimme.

»Sie wünschen?«

»Nora Wallup mit Begleitung. Mr. Medson erwartet mich.«

»Eine Sekunde«, kam die blecherne Antwort.

Grant hörte aus dem Mirkofon ein Rascheln, wie als blätterte ihr Gesprächspartner in Unterlagen nach. Dann erklang die Stimme wieder.

»Fahren Sie hoch zum Haus.«

Die Verbindung wurde unterbrochen. Dann glitt das Tor lautlos auf.

Nora gab Gas und der Schotter spritzte auf.

Sie fuhren den Pfad weiter, der sich in sanften Kurven hinauf zum Haus schlängelte.

Vor dem Eingang befand sich ein kleiner Parkplatz, ebenfalls aus Schotter, auf dem drei Autos parkten. Nora steuerte das Cabrio in eine Lücke zwischen zwei Wacholderbüschen und sie stiegen aus.

Das Haus war in einem seltsamen Braun gestrichen, das Grant alles andere als gefiel.

Die Fenster waren bis auf wenige Ausnahmen dunkel. Überhaupt verströmte das gesamte Gebäude einen eher abweisenden Charakter. Aber Nora schien das nicht zu stören.

Als wäre sie auf dem Gelände zu Hause ging sie zur Eingangstür und klopfte forsch.

Das Klopfen hallte dumpf in dem Gemäuer wider.

Wie am Tor passierte ein paar Sekunden lang gar nichts. Plötzlich wurde jedoch mit einem Ruck die Tür geöffnete und ein Mann im Anzug trat ihnen entgegen.

»Heathcut, wie schön, Sie zu sehen«, sagte Nora und knuffte den Mann in die Seite. Grant fing den Gesichtsausdruck des Mannes auf. Der Kerl, den Nora Heathcut nannte, war ein alter Herr mit weißen Haaren und einem rundlichen Gesicht. Offenbar der Butler des Hauses.

Nora schob sich an dem Mann vorbei, bevor der noch etwas sagen konnte und betrat das Haus.

Grant folgte vorsichtig ihrem Beispiel. Dem Mann blieb nichts anders übrig, als ihnen hinterher zu laufen.

»Mr. Medson hat mich gebeten, Sie in den Salon zu bringen, Ms. Wallup. Er wird gleich bei Ihnen sein.« Mit diesen Worten führte er sie in einen riesigen Raum, dessen Fenster auf den See hinausgingen. Auf beiden Seiten türmten sich Regale mit Büchern. In der Mitte des Zimmers standen mehrere Ledersessel um einen Tisch angeordnet. Grant sah sich um. Die Einrichtung des Hauses war trist und schwer. An den Wänden hingen neben großen Ölgemälden schwere Wandteppiche und auf ein paar Podesten thronten eigenartige Skulpturen aus Bronze.

»Einen ziemlich düsteren Geschmack hat Ihr Freund«, sagte Grant als der Butler sich entfernte.

Nora ließ sich in einem der Sessel nieder und schlug die Beine übereinander. Dann machte sie eine wegwerfende Handbewegung.

»Geschmackssache«, sagte sie lakonisch.

»Eigentlich finde ich es ganz hübsch. Passt auf jeden Fall zu dem Gebäude.«

»Wenn Sie meinen.«

Nora fuhr mit der Hand über die Lehne des Sessels.

»Sie haben Zweifel, oder?«, fragte sie in Grants Richtung.

»Wieso sollte ich?«

»Nur so ein Gefühl. Nennen Sie es weibliche Intuition, wenn Sie wollen.«

»Zweifel trifft es nicht so ganz«, antworte Grant, nachdem er kurz überlegt hatte.

»Was trifft es dann?«

Grant trat zu ihr und ließ sich in dem Sessel neben ihr nieder. Das Leder knarzte unter seinem Gewicht.

»Sagen wir, ich bin ein grundskeptischer und vorsichtiger Mensch. Die Vergangenheit hat mich gelehrt, niemals zu vertrauensselig zu sein.«

Nora hob die Brauen.

»Ach ja…?«, fragte sie. »Und ich hatte Sie die ganze Zeit für einen …«

Weiter kam sie jedoch nicht.

»Nora, welch Glanz in meinem bescheidenen Heim«, kam plötzlich eine kräftige Stimme vom anderen Ende des Raumes.

Sie standen auf.

Ein groß gewachsener Mann betrat den Salon und kam mit ausladenden Schritten zu ihnen herüber.

Im Gehen breitete er die Arme aus, trat auf Nora zu und drückte sie an sich.

»Hallo Chester, schön dich zu sehen«, sagte sie, nachdem der Mann den Klammergriff um sie gelöst hatte.

»Ich hatte nicht erwartet, dich so schnell wieder zu sehen. Aber es freut mich natürlich sehr.«

»Und mich erst«, antwortete der Mann ehrlich erfreut. Dann wandte er sich Grant zu.

»Und wen hast du mir da mitgebracht?« Nora stellte die beiden Männer einander vor und sie schüttelten sich die Hand.

Dann ließ ihr Gastgeber eine Reihe blitzend weißer Zähne sehen, die weißer waren als alles, was die Natur zu bieten hatte, und sagte: »Als ich gehört habe, dass du kommst, habe ich sämtliche Termine abgesagt. Wir haben also den ganzen Abend zur Verfügung. Ich habe Samantha gebeten, uns ein Essen zuzubereiten, das dem Anlass würdig ist. Es gibt gegrillten Seebarsch, so viel ich weiß.«

Wie aufs Stichwort kam der Butler ins Zimmer und fragte, wo sie das Abendessen einnehmen wollten. Grant kam sich wie in einem einstudierten Adel-Ballett vor.

Ihr Gastgeber schlug die Terrasse zum See vor, weil man von dort den

Sonnenuntergang am besten genießen konnte und so war die Sache abgemacht.

»Ich habe mir die Freiheit genommen, zwei Zimmer im ersten Stock für euch bereit zu halten. Ich nehme nicht an, das ihr heute Abend schon wieder aufbrechen wollt?«

Er ließ die Frage in der Luft hängen und sah Nora erwartungsvoll an.

»Das hängt davon ab, ob du uns helfen kannst«, sagte sie nur und zwinkerte ihm zu.

»Oh really«, sagte Medson in gedehntem Ton und lächelte. »Vielleicht sollte ich mir dann lieber nicht zu viel Mühe geben.« Er lachte.

Grant musterte den Mann und versuchte dessen Alter abzuschätzen. Es war schwierig, weil Medsons Haare bereits stellenweise leicht ergraut und an der Stirn schon deutlich lichter waren. Er andererseits aber über eine fast schon jugendliche Aura und ebenmäßige, weiche Gesichtszüge verfügte. Hätte er ihn unter normalen Umständen kennengelernt, so hätte er ihn vermutlich gemocht. So aber konnte er seine Vorsicht und Skepsis nicht ablegen. Er beobachtete misstrauisch jede Bewegung und jede Geste.

Sie gingen nach draußen und während sie das dampfende Essen zu sich nahmen und den Sonnenuntergang genossen, berichtete Nora, worin ihr Problem lag und warum sie Medsons Hilfe brauchten.

Sie tranken Wein zum Essen und als der Nachtisch kam und Nora ihrem Gastgeber die Fotografien aus den Katakomben in Lima zeigte, wurde der immer schweigsamer.

»Hm«, machte er und kratzte sich mehrmals am Kinn.

»Interessante Geschichte.« Und nach einer Pause fügte er hinzu. »Und noch interessantere Symbole und Zeichen.«

Grant trank einen Schluck Wein und beobachtete, wie sich die Stirn von Medson immer mehr in Falten legte.

»Wo sagst du, habt ihr das gefunden?«

»In der Basilika Sankt Franziskus. Naja ehrlich gesagt darunter.«

»Eigenartig.«

Stille senkte sich über den Tisch und Grant hörte das Rauschen der Baumwipfel um sie herum. Das Abendrot spiegelte sich auf dem glatten

Wasser des Sees und Tausende winziger Mücken tanzten auf der Oberfläche. Hin und wieder schnappte ein Fisch nach ihnen, was jedes Mal ein leises Platschen verursachte.

Es war idyllisch. Grant wandte sich wieder Medson zu.

Irgendetwas an den Fotografien schien ihn zu irritieren.

»Es tut mir leid«, sagte er schließlich. »So aus dem Stegreif muss ich sagen, dass ich dein Übersetzungsrätsel nicht lösen kann.« Er warf Nora einen Seitenblick zu.

»Einige Zeichen und Symbole sind mir nicht geläufig. Gib mir Zeit bis heute Nacht.« Er sah auf die Uhr. »Jetzt ist es beinahe 20 Uhr. Ich werde ein paar Bücher zu Rate ziehen und mich sofort daran machen. Weil du am Telefon gesagt hast, dass es sehr eilig ist, will ich versuchen, dir noch heute eine Antwort zu liefern.« Er stand auf und nahm die Fotografien, die Nora noch in einem Laden in Lima ausgedruckt hatte, in die Hand.

Noch einmal warf er einen Blick auf seine Uhr.

»Treffen wir uns um 22 Uhr im Salon?«, schlug er vor. »Bis dahin müsste ich es schaffen.«

»Wenn du meinst.« Medson nickte. Ganz wie ein Professor, der eine Aufgabe gefunden hatte, die sein Intellektuellenhirn reizte, schien er alles um sich herum zu vergessen.

»Genießt noch den Wein und den Sonnenuntergang«, murmelte er geistesabwesend, während er sich, immer noch die Fotos studierend, langsam entfernte.

Grant schob sich einen Bissen des Nachtischs in den Mund, Zitronensorbet mit Früchten, und sah Medson nach, wie er sich von der Terrasse entfernt und im Haus verschwand.

»Ein interessanter Charakter«, sagte er dann und Nora nickte.

»In der Tat. Und weit herumgekommen. Ich glaube es gibt kein Land der Welt, das Chester noch nicht bereist hat.« Sie lehnte sich in ihrem Stuhl zurück.

Der Bast ächzte.

»Aber wie gesagt, wenn die Familie das nötige Kleingeld hat, dann ist so was ja auch nicht sonderlich beeindruckend. Das ganze Haus ist voll gestopft mit Souvenirs und Reiseandenken.«

Grant sah nach oben zum Haus, wo im ersten Stock nun ein Licht in einem der Zimmer eingeschaltet wurde.

»Chesters Büro«, sagte Nora mit einem Augenzwinkern. »Er ist sehr verbissen, wenn es um Dinge geht, die er nicht versteht. Wir sollten versuchen, uns ein bisschen die Zeit zu vertreiben, während er sich das Hirn zermartert. Helfen können wir ihm ohnehin nicht.«

Sie dachte kurz nach.

»Mögen Sie Backgammon?«

Ecuador

Bingham kam sich vor wie in Trance, während er die Gesichter auf den Bildschirmen sah. Er hatte seit zwei Stunden eine Videokonferenz mit den Investoren und konnte sich auf kein Thema wirklich konzentrieren. Er kam sich vor, als antwortete er nur mechanisch und kurz angebunden. Wie jemand, der eigentlich keine Lust auf ein Gespräch hatte und hoffte, sein Gegenüber würde durch die knappen Antworten von selbst darauf kommen.

Zum Glück hatten es die Bosse bislang nicht bemerkt. Konnte er sich doch so gut verstellen, trotz allem? Oder war es ihnen einfach nur egal? Schließlich stimmten die Zahlen und was wollten diese Leute schließlich mehr?

Bingham überlegte kurz. Ja, wahrscheinlich war das der Grund. Menschen in derart hohen Positionen taten sich seiner Erfahrung nach mit Empathie sowieso schwer. Und Mitleid war ein Wort, das in ihrem Kopf, so kam es ihm vor, überhaupt nicht existierte.

Aber vielleicht musste man in einer solchen Stellung, wenn man oft unangenehme Entscheidungen treffen musste, einfach so sein. Er fuhr sich mit der Hand über sein Gesicht. Oder man wurde mit der Zeit unweigerlich so.

Er bemerkte die unrasierten Bartstoppeln in seinem Gesicht. Er hatte kaum geschlafen und keinen Gedanken daran verschwendet, sich zu rasieren.

Vermutlich sah er ein bisschen ungepflegt aus. Aber auch das war ihm egal. Es gab wichtigere Probleme als sein Aussehen oder diese Videokonferenz.

Er konnte nur hoffen, dass es bald vorbei war. Und eine halbe Stunde später war es dann endlich so weit. Einer der Investoren musste zu seinem nächsten Termin und alle verabschiedeten sich voneinander. Bingham sagte ein paar letzte Worte. Dann wurden die Bildschirme wieder schwarz.

Er lehnte sich in seinem Sessel zurück und schloss die Augen. Zum Glück war es jetzt vorüber. Diese Videokonferenzen waren etwas, das er noch nie sonderlich gemocht hatte. Aber bisher hatte er sich immer recht gut hindurchschlängeln können. Was war nur mit ihm los? Alle seine Gedanken kreisten nur noch um ein Thema.

In diesem Moment klopfte es an der Tür. Einer der Reinigungskräfte steckte seinen Kopf zur Tür herein und Bingham winkte mit der Hand als Zeichen, dass er fertig war und der Mann den Raum putzen konnte. Er sammelte einige Dokumente zusammen und verließ das Konferenzzimmer.

Draußen auf dem Gang wandte er sich nach links.

Das Morgenlicht flutete durch den hellen Flur und die glänzenden Fliesen auf dem Boden reflektierten das Licht. Bingham kam sich beinahe wie auf einer Eisbahn vor.

Er bog ein paar Mal in andere Gänge ab, wobei er nie einen Menschen zu Gesicht bekam.

Aber als er kurz vor der Tür zu seinem Büro war, vernahm er auf einmal das Geräusch von Schritten hinter sich. Er wandte sich um. Eine Gestalt näherte sich durch das Gegenlicht. Bingham musste blinzeln.

Dann erklang eine tiefe Stimme:

»Mr. Bingham, ich muss Sie einen Moment lang stören.« Obwohl Bingham das Gesicht des Mannes im Gegenlicht kaum sehen konnte, erkannte er die Stimme sofort. Es war Epolito, der Sicherheitschef.«

»Was gibt es?«, fragte er, als er bei ihm anlangte.

Epolito war ein kleiner, dicklicher Mann, der den ganzen Tag zu schwitzen schien. Auch jetzt perlte der Schweiß in dicken Tropfen auf seiner Stirn. Bingham sah außerdem große Schweißflecken unter den Achseln, die sich auf dem engen Hemd deutlich abzeichneten.

»Ich muss Ihnen etwas zeigen«, sagte Epolito schwer atmend. Offenbar hatte ihn der Weg hierher große Mühe gekostet.

»Was denn?« Bingham war kurz angebunden.

Epolito schüttelte den Kopf.

»Ist schwer zu erklären. Am besten, Sie sehen es sich selbst an. Ich muss Ihnen etwas auf den Bändern der Überwachungskameras zeigen.«

Bingham verdrehte die Augen.

»Hat das nicht Zeit?«, fragte er. »Ich habe wichtige Dinge zu erledigen und..«

»Es dauert nur ein paar Minuten«, blieb Epolito hartnäckig. »Und es dürfte Sie interessieren. Bitte kommen Sie kurz mit in die Sicherheitszentrale.«

Zögernd wandte er sich um, unsicher, ob er ihm folgend würde.

Mit einem Seufzen setzte sich Bingham in Bewegung und trottete hinter Epolito her.

Sie durchquerten ein paar Bereiche des Gebäudes, bis sie in der Sicherheitszentrale ankamen.

Epolito schickte die zwei Männer, die vor den Bildschirmen der Überwachungskameras saßen, in eine Pause und nahm dann selbst vor der Videowand Platz.

»Bitte setzen Sie sich«, sagte er zu Bingham und deutete auf den Stuhl neben sich.

Bingham tat es.

»Also, was soll ich jetzt hier?«, fragte er.

»Einen Moment.« Epolito drückte ein paar Knöpfe auf einem Bedienpult.

Der Hauptmonitor vor ihnen wurde dunkel. Dann erschien ein körniges Schwarz-Weiß-Bild. Bingham brauchte einen Moment, um zu erkennen, was es war. Er sog die Luft ein. Es war ein Ausschnitt, der ein Areal hinter dem Gebäude zeigte. Das gleiche, das er zusammen mit Grant betrachtet hatte. Er sah auf dem Boden die Einstiegsluke zu dem Lüftungsschacht, in dem vor ein paar Tagen die Gestalt verschwunden war. Was zum Teufel sollte das? Und was wollte Epolito nun von ihm? Sie hatten sich die Sequenz wieder und wieder angesehen. War dem Mistkerl etwas aufgefallen, das ihnen entgangen war? Instinktiv befühlte Bingham seine Hosentasche. Er trug den Fetzen mit den Figuren aus dem Keller am Ende des Schachtes noch immer mit sich herum.

Der Sicherheitschef räusperte sich.

»Die Sequenz kennen Sie ja schon«, sagte er und ließ das Bild vorwärts laufen. Bingham sah noch einmal, wie die Gestalt aus dem Schatten des Dschungels auftauchte und im Lüftungsschacht verschwand. So weit gab es nichts Neues. Er fragte sich, worauf Epolito hinaus wollte.

»Ich frage mich, worauf Sie hinaus wollen?«

Epolito drückte eine Taste und die Aufnahme spulte rasend schnell vor. In einer übertriebenen Geste drehte er sich langsam im Stuhl zu ihm um.

»Das da ist ziemlich aufschlussreich«, sagte er. »Und sollte Sie mehr beunruhigen, als es das tut.«

Wenn du wüsstest, dachte Bingham. Aber er sagte nichts.

Epolito ließ seinen Worten eine kurze Pause folgen, dann sagte er mit unruhiger Stimme: »Die Gestalt ist nicht mehr aus dem Gebäude verschwunden.«

Bingham hob die Augenbrauen. In Ordnung, jetzt hatte der Mann seine volle Aufmerksamkeit.

»Wie meinen Sie das?«

»Genau so, wie ich es sage. Wir haben sämtliche Aufnahmen studiert. Der Eindringling ist weder aus diesem Luftschacht geklettert, noch hat er über einen anderen Weg das Gebäude verlassen. Von dort aus dem Keller führen nur drei Ausgänge nach oben. Und überall das gleiche Bild. Nichts. Also muss die Gestalt noch dort unten sein.«

Epolito zeigte ihm Aufnahmen aller drei Stellen.

»Unmöglich«, antwortete Bingham.

»Offenbar doch.«

»Haben Sie den Keller nicht abgesucht?«

»Natürlich haben wir das«, sagte Epolito. »Wir haben nichts gefunden.«

Bingham dachte nach.

»Dann müssen Sie die Gestalt auf den Bändern übersehen haben.«

Epolito sah ihn von der Seite an.

»Unwahrscheinlich«, sagte er.

»Wir überprüfen das gerade.«

Und dann fügte er mit eigenartiger Stimme hinzu: »Gibt es vielleicht etwas über das Bauwerk, das Sie mir nicht erzählt haben und ich wissen sollte?«

Bingham sah ihn irritiert an.

»Wie meinen Sie das?«

Süd-England

Die Nacht war über das Gelände am See hereingebrochen. Immer länger waren die Schatten geworden, bis die Sonne komplett hinter den Hügeln verschwunden war. Zuvor hatte sie den Himmel noch einmal rötlich gefärbt und das Bild hatte sich in dem glatten Wasser des Sees gespiegelt.

Nun lag das Haus in der Kühle der Nacht ruhig da. Der Mond tauchte die Szenerie in schwaches Licht und vor einigen Minuten war leichter Wind aufgekommen.

Das Untergeschoss war beinahe komplett erleuchtet. Im ersten Stock brannte dagegen nur in einem Raum Licht. Andere Fenster waren indirekt, vermutlich von einer Lampe in einem Treppenaufgang beleuchtet. Wirbelnde Rauchschwaden stiegen aus dem Kamin auf dem Dach empor. Ein Sinnbild der Wärme und Behaglichkeit.

Und ein krasser Gegensatz zu der Kälte des Waldbodens, die ihm mit jeder Sekunde mehr in die Glieder kroch.

Ransom verlagerte sein Gewicht und spürte den weichen Untergrund aus Tannennadeln. Dann hob er das Fernglas wieder an die Augen. Er konnte durch ein großes Fenster im Erdgeschoss den Mann und die Frau sehen. Sie saßen in zwei Sesseln herum und spielten irgendein Brettspiel, während sie aus ihren Gläsern eine bräunliche Flüssigkeit tranken. Das Ganze ging nun schon über eine Stunde so und langsam wurde ihm langweilig. Ansonsten bemerkte er hin und wieder den Butler, der in der Küche auf und ab lief.

Aber auch ihn zu beobachten war nicht sonderlich interessant. Und die Köchin war vor einer Viertelstunde komplett von dem Grundstück verschwunden. Er ließ das Fernglas wieder sinken. Dabei berührte sein rechter Arm den Schaft des Gewehrs, das neben ihm auf dem Waldboden lag.

Bis zum Haus waren es ungefähr 100 Meter. Das Gelände fiel sanft aber stetig bis zum Parkplatz ab. Ein paar Eichhörnchen hatten sich vor ein paar Minuten durchs Unterholz gejagt. Ansonsten war es ruhig geblieben.

Ransom verlagerte sein Gewicht. Er musste auf seine Chance warten. In diesem Moment spürte er das Vibrieren seines Handys. Er kramte es hervor und sah auf das Display.

Ecuador

Als ob er nicht schon genug Probleme hatte.

Bingham stand mit einem knisternden Bündel Papiere im Fahrstuhl und spürte, wie er immer weiter nach unten fuhr. Schließlich stoppte seine Fahrt und die Türen glitten auf. Er machte einen Schritt in trübes Dunkel und betrat die zweite Subebene unter dem Hauptgebäude.

Zum wiederholten Male innerhalb weniger Tage.

Musste dieser Mistkerl Epolito ausgerechnet jetzt dumme Fragen stellen? Und wie war er auf die Idee gekommen, ihm Fragen über das Gebäude zu stellen? Bingham verzog das Gesicht.

Wahrscheinlich war es Zufall. Aber darauf durfte er sich nicht verlassen. Schließlich durfte er nicht zulassen, dass dieses neugierige Frettchen seine Nase in Dinge steckte, die ihn nichts angingen. Gerade jetzt.

Er hob die Hand mit den Papieren. Es waren Blaupausen. Sechs Stück, die die zweite Subebene und Versorgungsschächte des Gebäudes zeigten. Auch ein anderer Bauabschnitt war darauf zu erkennen.

Epolito hatte ihn nach den Skizzen gefragt. Aber bis er die zu Gesicht bekam, konnte er lange warten.

Kurz nach ihrem Gespräch hatte Bingham wieder das Archiv aufgesucht. Aber dieses Mal nicht, um weiter nach der verschwundenen Akte zu suchen, sondern um diese Papiere an sich zu bringen. Sie waren verstaut in einem großen Eisenschrank im hintersten Eck des Archivs.

Epolito hätte selbst daran herankommen können, wenn er gewollt hätte. Als Sicherheitschef hatte er Zutritt zu allen Räumen der Anlage. Aber er wusste zum Glück nicht, wo er hätte suchen sollen.

Zufrieden hob er die andere Hand, in der sich eine kleine Taschenlampe befand und leuchtete die Wände ab. Dort war ja der Lichtschalter. Er legte ihn um und mit einem schnappenden Geräusch fingen ein paar Neonröhren an der Decke flackernd zu leuchten an.

Es sah aus wie in einem billigen Gruselfilm. Eine der Lampen hatte wohl einen lockeren Kontakt und ging surrend immer wieder aus und an. Er schüttelte den Kopf. Dann ging er los.

Der Raum, in dem der Lüftungsschacht endete, tauchte nach einigen Metern vor ihm auf. Bingham sparte sich die Mühe, die anderen Räume noch einmal abzusuchen. Wenn Epolito sagte, seine Männer und er hätten das erledigt, dann glaubte er ihm. Der Mann war zwar nervig, aber zuverlässig.

Andererseits fragte er sich, ob er angesichts der Enthüllungen von Epolito dumm war, wenn er sich alleine hier unten im Keller herumtrieb. Aber er war sich sicher, dass die Gestalt von dem Überwachungsvideo eigentlich nicht mehr im Gebäude sein konnte. Wahrscheinlich hatten es Epolitos Leute einfach schlicht übersehen, wie sie wieder verschwunden war.

Er drückte den Türgriff zu dem Raum nach unten.

Es gab allerdings eine Möglichkeit, der er nachgehen musste. Er überlegte kurz. Eigentlich war er auch erst durch die Äußerung des Sicherheitschefs darauf aufmerksam geworden. Wieder knisterten die Papiere leise in seiner Hand. Und die Blaupausen des Gebäudes hatten diese Vermutung bestätigt. Zumindest, wenn er sie richtig gelesen hatte.

Er schaltete in dem Raum das Licht ein.

Auch hier nahmen die Leuchtröhren flackernd ihren Dienst auf. Der Geruch von abgestandener, staubiger Luft stieg ihm in die Nase. Vermischt mit einer leichten Note nach Benzin und Schmieröl.

Er rümpfte die Nase. Dann trat er zu dem Loch des Lüftungsschachtes. Mit ein paar geübten Griffen entfernte er das Drahtgitter davor. Ein deutlich wahrnehmbarer Luftzug strich über sein Gesicht. Dann leuchtete er die Innenseite des Schachtes ab. Den Ort, an dem der eigenartige Stofffetzen mit den Figuren und Zeichen darauf gefunden worden war.

Nun war er leer. Ein dunkler Schlund in der Wand, der nach oben führte. Aber vielleicht nicht ganz, dachte Bingham. Er faltete die Blaupausen zusammen und verstaute sie in seinem Jackett.

Staub trieb durch den Lichtkegel der Lampe. Dann bückte er sich kurz entschlossen und zwängte seinen Körper in den Schacht hinein.

Eine Sekunde dachte er darüber nach, dass er einen 1000-Dollar-Anzug trug. Aber der Gedanke verflog schnell wieder. Die Röhre war eng, einen Meter im Durchmesser. Aber aufgrund seiner dünnen Gestalt konnte er sich vergleichsweise komfortabel bewegen. Zum ersten Mal freute er sich über seinen hageren Körperbau und dass er keinen breiten Rücken hatte, so wie er ihn sich als Teenager immer gewünscht hatte.

Er arbeitete sich langsam nach oben.

Wenn er die Pläne richtig gelesen hatte, dann war es bis zur Oberfläche eine Strecke von gut 30 Metern. Schräg nach oben durch ein dünnes Rohr. Aber wenn er mit seiner Vermutung richtig lag, würde er gar nicht so lange kriechen müssen. Er hielt die Lampe in der rechten Hand und der Strahl zuckte über die Wände des Tunnels.

Er spürte die Blaupausen in seiner Tasche.

Eine Weile ging es so weiter durch tristes, staubiges Dunkel, bis der Strahl der Lampe plötzlich etwas anderes erfasste als die Tunnelwand. Bingham hielt in der Bewegung inne. Sein keuchender Atem wirbelte Staub auf. Aber er hatte sich nicht getäuscht. Langsam schwenkte er den Kegel der Lampe wieder auf die Stelle.

Dort, wo das Licht die Tunnelwand erfassen sollte, klaffte ein Loch. Er überschlug die Entfernung, die er bisher gekrochen war. Es passte ungefähr.

Also hatte er den Plan nicht falsch gelesen. Ein kurzer Anflug von Stolz überkam ihn. Das, was er da vor sich sah, war ein Abzweig des Lüftungsschachtes. Nun war er sich sicher. Und er war sich ebenfalls sicher, wo der Schacht endete. Auf diesem Weg musste die Gestalt wieder entkommen sein. Er blinzelte.

Kein Wunder, dass Epolito sie nicht mehr gesehen hatte. Er konnte es gar nicht.

Aber was bedeutete das für ihn? Kannte sich der unbekannte Eindringling so gut im Gebäude aus, dass er vielleicht auch unbemerkt in das Archiv hatte gelangen können? Oder war er aus purem Zufall auf diesen zweiten Weg an die Oberfläche gestoßen? Er wusste, dass diese zweite Röhre und das Gebäude, in dem sie endete, erst nachträglich angelegt worden waren.

Epolito war damals noch nicht hier gewesen. Kein Wunder also, dass er verwirrt war und ihn nach Plänen des Baus gefragt hatte.

Unvermittelt musste Bingham grinsen. Es war eine nicht rationale Freude. Und die Tatsache nützte ihm auch nichts. Aber er hatte sich immer schon gefreut, wenn er mehr wusste als andere.

Mit einem Ruck zog er sich weiter. Er erreichte den Abzweig im Schacht schnell. Mit der Lampe leuchtete er hinein. Er hatte in etwa die gleichen Ausmaße wie der bisherige Tunnel. Allerdings führte er ein wenig flacher nach oben. Kein Wunder, dachte Bingham. Lag doch der Bau, in dem er endete, ein gutes Stück vom Hauptgebäude entfernt. Geschützt durch die ersten Ausläufer des Waldes.

Er dachte an die Gestalt. Ein idealer Punkt, um wieder ungesehen im Dschungel zu verschwinden. Epolito hatte überhaupt keine Chance gehabt, die Gestalt noch einmal zu sehen.

Und dann kam Bingham ein anderer Gedanke. Wenn er ihn überhaupt hatte finden wollen. Ein unbehagliches Gefühl machte sich in ihm breit. Und er dachte an seine eigene Vorsicht, dass sie alle vorsichtig sein mussten. Durfte er Epolito überhaupt vertrauen? Die Situation, in der er sich befand, war heikel. Und er durfte nicht davon ausgehen, dass Epolito rein gar nichts wusste. Die Leute, die er ihm Verdacht hatte, von der Sache erfahren zu haben, waren viel zu mächtig. Und mit Epolitos Hilfe hätte die Gestalt leicht auch in das Archiv gelangen können. Der Mann kannte sämtliche Codes und Schlösser.

Bingham schüttelte den Kopf. Er durfte sich jetzt nicht verrückt machen lassen. Gegen eine solche Vermutung sprach schließlich, dass Epolito ihm die Sache überhaupt erzählt hatte. Und der Mann war in der Vergangenheit immer verlässlich gewesen. Trotzdem, er musste aufpassen.

Er zog sich in den Abzweig hinein, wobei das Licht der Lampe wild über die Tunnelwände tanzte. Dann kroch er weiter. Wie auch immer er es drehte und wendete. Er musste zu eigenen Schlüssen gelangen. Nur darauf konnte er sich schließlich zu hundert Prozent verlassen. Erst der Sache mit dem Lüftungsschacht nachgehen und dann die verschwundene Akte wieder finden. Das waren die Punkte, die er erledigen musste. Und es musste schnell geschehen.

Er kroch weiter. Meter um Meter im engen Dunkel, bis er plötzlich inne hielt. Langsam begannen seine Gelenke zu schmerzen.

Er schaltete die Taschenlampe aus. Er hatte sich nicht geirrt. Dort vorne musste irgendwo das Ende des Schachtes sein. Er sah einen kleinen, vergitterten Lichtpunkt vor sich. Die Entfernung war in dem Rohr kaum zu schätzen. Aber vermutlich musste er noch einmal hundert Meter kriechen. Er verzichtete darauf, die Lampe wieder einzuschalten und robbte weiter. Schneller, beflügelt durch die Aussicht, den engen Schacht bald verlassen zu können.

Und so wurde der Lichtpunkt rasch größer. Kurze Zeit später kam er an dem vergitterten Ende an. Er spähte hindurch nach draußen. Das, was er hinter dem Gitter sah, entsprach dem, was er erwartet hatte. Zufrieden grunzte er. Vielleicht würde er schon bald ein paar Antworten haben. Er drückte gegen das Gitter. Wie vermutet hing es lose über der Öffnung. Offenbar einfach darüber gelegt, um vorzutäuschen, alles wäre normal. Er drückte fester und es fiel scheppernd nach unten. Zwei Meter unter ihm knallte es auf harten Betonboden.

Er spähte aus dem Rohr hinaus. Unter ihm wirbelte das herunterfallende Gitter eine kleine Staubwolke auf. Sein Blick fiel auf die Wände ringsum. Der Lüftungsschacht endete in einem gedrungenen Raum, der in etwa die Größe von zwei Doppelgaragen hatte. Zahllose Gerätschaften waren zu sehen. Kanister, Eimer, Rasenmäher, Schaufeln und etliche Elektrogeräte, die ordentlich an den Wänden aufgehängt waren.

Er wusste, wo er war. Es war das Lager, in dem die Gärtner einen Teil ihrer Geräte verstauten. Die Firma hatte es bauen lassen, nachdem das alte Lager zu klein geworden war.

Er überschlug die Ereignisse im Kopf. Das musste vor gut vier Jahren gewesen sein. Durch ein paar schmale Fenster fiel Tageslicht herein. Bingham sah sich um. Er entdeckte eine Leitung neben sich, packte sie und zog sich daran aus dem Loch. Er wollte schon nach unten springen, aber dann zögerte er. Irgendwie roch es in dem Raum eigenartig.

Der Geruch nach Rasen, Erde und Benzin wurde noch von etwas anderem überlagert. Es roch merkwürdig süßlich. Ja irgendwie widerlich. Dann sprang er.

Er versuchte sich im Sprung zu drehen. Es klappte jedoch nicht und so kam er halb schräg auf dem Boden auf und knickte in den Beinen ein. Schmerz durchzuckte sein Knie. Er stöhnte auf. Der Beton fühlte sich kalt unter ihm an. Er versuchte aufzustehen und drehte sich herum. Und dann erstarrte er. Der widerwärtig süßliche Geruch war nun sehr stark. Und nun sah er auch, woher er kam.

Hinter ihm an der Wand neben ein paar Laubsägen lag der tote Körper eines Mannes. Nein, eigentlich lag er nicht. Er saß mehr aufrecht mit dem Rücken an der Wand und starrte ihn an.

Erschrocken zuckte Bingham zurück. Seine Hände tasteten nach hinten. Panisch versuchte er von dem Körper wegzukommen, der nur einen Meter von ihm entfernt war. Die leeren Augenhöhlen des Mannes schienen ihn zu verfolgen. Gespenstisch, dachte Bingham. Erst jetzt sah er, dass der Bauch des Mannes aufgerissen war. Auch an Armen und Beinen klafften mehrere Schnitte. Dunkles, bereits getrocknetes Gedärm hing aus einer Seite des Bauches. Fliegen surrten um den Kadaver herum. Und jetzt erkannte Bingham auch, warum die Leiche so aufrecht saß. Jemand hatte sie mit einem Strick um den Hals an einer Wasserleitung an der Wand verknotet. Er konnte nicht mehr hinsehen. Er wollte den Blick abwenden. Aber dann bemerkte er, dass der Mann in einer grünen Gärtneruniform steckte. Seine Augen schossen nach oben.

Er erkannte beinahe sofort die markanten Gesichtszüge, das dickliche Gesicht, die gedrungene Statur. Es war einer der Gärtner. Er selbst hatte den Mann vor Jahren eingestellt.

Er versuchte sich aufzurichten und taumelte. Irgendwo links entdeckte er zwei hölzerne Türflügel. Sein Knie schmerzte, aber er achtete nicht darauf. Der süßliche Verwesungsgeruch erschien ihm unglaublich stark. Er wollte fort von diesem Ort, weg von dem toten, unheimlichen Körper, der da lehnte, als machte er gerade eine Pause. Er stieß einen Rasenmäher zur Seite.

Dann öffnete er die Holztür. Sie ließ sich erstaunlich leicht bewegen. Sofort flutete ihm frische Luft entgegen. Er trat hinaus in den Dschungel. Vor ihm lag ein schmaler Pfad.

Durch einen Wald aus Farnen konnte er die Rasenfläche und die Anlage sehen.

Er ging ein paar Schritte, bis er den Rasen und das Sonnenlicht erreicht hatte. Dann sank er auf die Knie. Er wandte den Blick zurück zu dem Gerätelager, das wie ein Betonbunker im Dschungel lag.

Was zur Hölle war hier nur los?

Süd-England

»Es war nicht ganz einfach, aber ich habe es geschafft«, verkündete Medson als er wieder im Salon auftauchte. Nora warf einen Blick auf die Uhr. Es war 22:15 Uhr.

Dann sah sie zu Grant hinüber.

»Fantastisch.«

»Nicht wahr?« Medson grinste feierlich. Wie ein eifriger Schüler, der Applaus erwartete. Grant war versucht ihn zu fragen, ob er für seine Leistung ein Eis haben wollte.

Aber dann wurde ihr Gegenüber wieder ernst.

»Wenn ich euch etwas zeigen darf?«, fragte er und wandte sich um. Es war ein unmissverständliches Zeichen, dass sie ihm folgen sollten. Sie standen auf und ließen das Backgammon-Spiel und ihre Drinks zurück. Noras Eiswürfel war ohnehin geschmolzen und das Getränk verwässert.

Medson führte sie aus dem Raum hinaus und in die Bibliothek. Auf dem Weg begegneten sie dem alten Heathcut, der sie fragte, ob sie noch einen kleinen Snack zu sich nehmen wollten.

Medson winkte ab, ohne sie überhaupt nach ihrem Appetit zu fragen und der Butler verschwand wieder.

Er schien völlig gebannt von seiner Entdeckung.

In der Bibliothek führte er sie zu einer Kommode mit Lampe, auf der ein schwerer Foliant aufgeschlagen war.

Grant sah sich um. Der Raum war außer der kleinen Lampe mit schweren Kristalllüstern erhellt, die sich in den umliegenden Verandatüren spiegelten.

Er kam sich wie in einem Empfangssaal zu einer Dinnerparty vor. Als wäre er zu Gast bei einer vornehmen Gesellschaft.

»Nun«, sagte Medson mit einleitender Stimme und setzte sich an die Kommode. Nora und Grant stellten sich hinter ihn.

»Das hier ist ein Bildband über die bedeutendsten Inka-Stätten in Peru. Dieser spezielle Abschnitt befasst sich mit den kulturellen Stätten im Urubamba-Tal. Eine davon kennt ihr bestimmt. Machu-Picchu. Aber das Tal wimmelt nur so von geschichtlichen Bauwerken. Es ist das heilige Tal der Inka.«

Nora und Grant hörten schweigend zu.

»Das Tal beginnt rund 20 Kilometer nördlich der Inka-Hauptstadt Cusco. Dorthin müsstet ihr zuerst. Von dort führen Züge und Straßen in das Tal hinein. Ich selbst war vor einigen Jahren dort. Die Passage mit dem Zug durch das Tal nach Machu Picchu ist fantastisch.«

»Moment, Moment«, hakte Nora ein.

»Was bedeutet wir müssen dorthin? Würdest du bitte nicht wild durcheinander springen, sondern von Anfang an beginnen.«

Medson hob entschuldigend die Hände.

»Schon gut, schon gut«, sagte er. »Tut mir leid, du hast recht. Manchmal geht meine Begeisterung einfach mit mir durch und ich mache drei Schritte auf einmal. Also folgendes.«

Er blätterte eine Seite weiter, wo eine Landkarte der Region um Cusco und das Tal zu sehen war.

»Dort ist Cusco«, sagte Medson und deutete ungefähr in die Mitte der Karte.

Er atmete tief durch. Wie als müsse er noch einmal die Bedeutung dessen hervorheben, was er herausgefunden hatte. Ihm sozusagen den passenden Rahmen geben.

Sein Finger fuhr auf dem Papier weiter.

»Und wenn ich die Zeichen auf deinen Fotos richtig deute, ist das hier der Ort, zu dem ihr aufbrechen müsst.« Grant beugte sich tiefer nach unten. Der Finger von Medson lag auf einem Ortsnamen.

»Ollantaytambo«, sagte er. »Es liegt wie Machu Picchu im Urubamba-

Tal. Die Züge und Straßen führen alle am gleichnamigen Fluss entlang.«
Er geriet wieder ins Schwärmen. »Die Wasser des Urubamba in der Abendsonne zu erleben ist herrlich. Im Zug nach Machu Picchu zu sitzen, mit Panflötenklängen im Ohr ist etwas, das man nie mehr vergisst.«

Nora sah ihn mit hochgezogenen Augenbrauen an. Aber dieses Mal bemerkte Medson selbst, dass er sich vom Thema entfernte. Er räusperte sich schnell.

»Wie dem auch sei«, fuhr er fort. »Ollantaytambo ist die letzte Bahnstation vor Aguas Calientes, das am Fuß von Machu Picchu liegt. Es gibt in diesem Ort mehrere Inka-Kultstätten. Die bekannteste liegt kaum einen Kilometer vom Bahnhof entfernt.« Er blätterte ein paar Seiten in dem Folianten nach vorne, bis er gefunden hatte, was er suchte.

»Hier.«

Er lehnte sich in seinem Stuhl zurück, damit Nora und Grant besser sehen konnten. Grant erblickte Mauern, die wie Terrassen über mehrere Ebenen in eine steile Hangflanke gebaut waren.

»Die Stätte liegt genau neben dem Marktplatz von Ollantaytambo und ist ein beliebtes Touristenziel«, meldete sich Medson wieder zu Wort.

»Der quirlige Ort bietet viel…«

»Du hörst dich an wie ein Reiseführer«, sagte Nora und grinste.

Medson verzog in gespielter Beleidigung den Mund.

»Es gibt einen Punkt oberhalb der Anlage, der für Touristen nicht zugänglich ist.«

»Wieso?«

»Der Hang ist an dieser Stelle zu instabil. Es besteht die Gefahr, dass er abrutscht. Aber es gibt dort ein weiteres Gebäude.« Er kratzte sich am Kopf.

»Eigentlich ist der Begriff Gebäude schon zuviel. Mehr eine Art steinerne Hütte. Kaum mehr als ein paar Quadratmeter groß. Sie hat, so vermutet man, zu Inka-Zeiten als Aussichtsposten gedient. Außerdem gibt es am gegenüberliegenden Hang in ein paar Kilometern Entfernung eine weitere Ruine.« Wieder räusperte er sich kurz.

»Die Reste eines Getreidespeichers der Inka. Man nimmt an die beiden

Stätten liegen in irgendeinem Zusammenhang. Die Ruine des Getreidespeichers ist für die Öffentlichkeit jedoch ebenfalls nicht zugänglich. Aber das macht nichts.«

Er sah erst Nora, dann Grant für ein paar Sekunden an. Dann verkündete er mit stolzem Gesicht:

»Eure Fotos beschreiben einen Blick in die Vergangenheit. Er soll durch das Fenster der Hütte möglich sein. Durch das Fenster, durch das man den Getreidespeicher sehen kann. Zuerst war ich völlig ratlos. Aber was mir den entscheidenden Hinweis geliefert hat, war dieser Stein im Dschungel, den ihr entdeckt habt. Ohne ihn kann man die beiden anderen Steine nicht richtig lesen.«

»Ich verstehe.« Nora nickte gedankenverloren. »Und wonach sollen wir Ausschau halten?«

Medson zuckte die Achseln und lachte.

»Also das weiß ich auch nicht meine Liebe.« Er berührte ihren Unterarm.

»Ich bin nicht allwissend, kein reiner Inka-Experte und die Reinkarnation eines alten Inka-Schamanen schon gleich gar nicht.« Er lachte noch lauter über den eigenen Esprit.

»Na schön«, sagte Nora und hob die Hände, »aber du bist dir sicher?«

Medson schnaubte belustigt. »So sicher, wie man sich eben sein kann, bei einer so vagen Geschichte. Das ist keine exakte Wissenschaft.«

Er blätterte wieder ein paar Seiten weiter in dem Folianten und blieb bei einem Foto von Machu Picchu hängen, aufgenommen in den frühen Morgenstunden. Er seufzte.

»Ich denke immer wieder gerne an Peru zurück«, sagte er wehmütig. »Ein beeindruckendes, ein fantastisches Land. Und faszinierend. Es ist unfassbar beeindruckend von Cusco aufzubrechen, einer Stadt im kargen Hochland, in Ollantaytambo Station zu machen und mit dem Zug am Urubamba entlang nach Machu Picchu zu fahren. Vor allem während des letzten Drittels der Fahrt. Man passiert die Grenze vom kargen Hochland zum Dschungel und Regenwald des Tieflandes. Die Vegetation wechselt plötzlich. Es ist fast, als würde ein Schalter umgelegt. Eben noch Steppe und Fels um einen herum und plötzlich Peng, Dschungel und dichtes Grün. Einfach atemberaubend. Ich muss unbedingt wieder...«

Und in diesem Moment zerbarst das Glas. Die Tischlampe explodierte förmlich vor Medsons Gesicht. »Scheiße.« Er fluchte und fiel mit dem Stuhl nach hinten um, während die Fensterscheibe links von ihnen ebenfalls unter lautem Klirren zersplitterte.

Für einen Sekundenbruchteil waren sie wie erstarrt. Keiner wusste, was passierte. Aber dann donnerte der Abschussknall einer Waffe über den See. Wie der Nachhall eines Donners. Nur eine Sekunde später schlug eine weitere Kugel in das Holz der Kommode ein. Holz spritzte in alle Richtungen.

Instinktiv duckten sich alle. Medson rappelte sich hoch und suchte hinter einem Regal Schutz. Grant packte Nora am Arm und zog sie in die entgegengesetzte Richtung hinter eine Schrankwand. Sie wurden beschossen. Irgendjemand feuerte von draußen mit einer großkalibrigen Waffe durch das Fenster. Der Donner des zweiten Abschussknalls rollte durch den Wald vor dem Fenster.

»Was ist los?«, war eine aufgeregte Stimme vom Flur zu hören. Der alte Heathcut trat ins Zimmer. Er stand wie auf dem Präsentierteller da. Verwirrt sah er sich um.

»Gehen Sie raus«, schrie Grant ihn an. Aber der alte Butler sah ihn nur verständnislos an. Plötzlich wurde er von den Beinen gerissen. Grant sah, wie er in einer Blutfontäne nach hinten geschleudert wurde. Sein Oberkörper explodierte regelrecht in einem Regen aus Blut. Klebrig klatschte es an die Wände. Der alte Mann blieb reglos liegen. Wieder rollte Donner.

»Licht aus«, rief Grant und betätigte einen Schalter neben dem Schrank. Ein Teil der Lüster ging aus. Medson betätigte einen zweiten Schalter und das Zimmer versank im Dunkel. Sie sahen nichts.

Wieder ein Schuss, der im Zimmer einschlug. Langsam gewöhnten sich Grants Augen an die Dunkelheit. Er sah das Mondlicht, das von draußen herein fiel. Er sah die Silhouette des dunklen Waldes. Er sah den See. Dann wandte er sich um. Geduckt schlich er zum anderen Ende der Schrankwand.

»Was machen Sie denn da?«, zischte Nora mit ängstlicher Stimme.

»Bleiben Sie da«, sagte er. Am anderen Ende angekommen, spähte er vorsichtig hinter der Schrankwand empor. Die Schüsse hatten aufgehört.

»Medson, sind Sie unverletzt?«, fragte er in die Dunkelheit.

»So ziemlich«, kam die gepresste Antwort. »Was zur Hölle ist hier los?«

Grant antwortete nicht. Angestrengt spähte er nach draußen. Der Wald lag in tiefer Stille. Doch plötzlich nahm er eine Bewegung war. Er kniff die Augen zusammen. Dort schon wieder. Und dann sah er die Gestalt. Mit einem Gewehr im Anschlag kam jemand den Hügel zum Haus herunter. Der Schatten bewegte sich schnell. Sie hatten nur Sekunden, bis er beim Haus ankommen würde.

»Raus hier«, sagte Grant zu Nora. Er schlich zu ihr und zog sie auf die Beine.

»Wir müssen hier weg. Kommen wir von hier in die Garage? Ich nehme an, dass alle Autos auf dem Parkplatz unbrauchbar sind. Der Mistkerl hat uns zur Sicherheit bestimmt die Reifen aufgeschlitzt oder etwas anderes.«

Sie nickte.

»Medson, kommen Sie.«

»Nein, da draußen ist ein Irrer.«

»Na los.«

»Nein.« Er konnte die Angst in Medsons Stimme hören. Verständlich. Als Kind reicher Eltern, war er bestimmt noch nie mit nackter Gewalt konfrontiert worden. Der Mann war wie gelähmt. Sie hatten keine Zeit mehr. Von draußen war bereits das Geräusch knackender Zweige zu hören.

»Los«, sagte er zu Nora.

»Wir können ihn nicht hier lassen.«

»Wir sterben, wenn wir nicht gehen.«

Er zog sie mit sich. Sie rannten aus dem Zimmer. Über die Schulter sah Grant, wie ein Schatten durch das zerbrochene Fenster in den Raum trat. Nora bog um zwei Ecken und öffnete dann eine Tür. Ein Schuss ertönte hinter ihnen. In dem Haus hallte er ohrenbetäubend laut wider.

Vor ihnen führten Treppenstufen nach unten. Nora kannte sich offenbar bestens in dem Gemäuer aus. Sie betätigte einen Schalter und die Treppe wurde in Licht getaucht. Sie hasteten nach unten. Wieder donnerte ein Schuss. Hinter ihnen splitterte Holz.

»Schneller«, rief Grant.

Nora vor ihm riss eine matte Stahltür auf und betätigte einen weiteren Schalter. Sie waren nun in der Garage. Es war ein riesiger Raum. Grant kam es so vor, als wäre der gesamte Bereich unter dem Gebäude dafür genutzt worden. Etliche Fahrzeuge standen herum. Oldtimer, Sportwagen, Limousinen. Eine beeindruckende Sammlung.

Nora sah sich kurz um, dann rannte sie auf einen roten Jeep zu.

»Das ist der Wagen für Gäste. Der Schlüssel steckt immer.«

Tatsächlich war der Wagen unverschlossen. Sie sprangen hinein und knallten die Türen zu. Nora erstarrte.

»Scheiße, wo ist der Schlüssel?« Er steckte nicht. Panisch suchte sie den Innenraum ab. Schließlich fand sie ihn hinter der Sonnenblende. Der Motor röhrte auf. Nora gab Gas und das Fahrzeug schoss vorwärts.

Plötzlich zersprang die Heckscheibe. Das Geräusch eines Querschlägers jaulte durch die Garage. Grant konnte den Schützen nicht sehen. Nora betätigte einen Knopf auf einem Kästchen, das neben dem Schaltknauf lag und das Tor der Garage begann sich langsam zu öffnen.

»Verdammt«, fluchte sie, »geht das nicht schneller?« Sie gab noch mehr Gas. Das Dach des Jeeps schrammte an dem noch nicht ganz geöffneten Tor entlang. Funken stoben in alle Richtungen. Dann schoss der Wagen eine Rampe nach oben. Grant sah nach hinten. Er konnte für einen Sekundenbruchteil ihren Verfolger im roten Rücklicht sehen. Ein kaukasisch aussehendes Gesicht, dunkle Haare, ein schweres Gewehr mit Zielfernrohr in der Hand. Dann waren sie außer Sicht. Wieder gellte ein Schuss. Der Wagen schleuderte auf den Parkplatz.

Nora schaffte es gerade noch, vor ihrem Cabrio das Steuer herum zu reisen. Dann jagten sie die Zufahrtsstraße entlang.

Das Tor öffnete sich bei ihrem Näherkommen automatisch. Die Flügel glitten beiseite und der Jeep schoss wie eine Gewehrkugel hindurch. Grant sah zu Nora hinüber. Sie passierten in hohem Tempo die kleine Stadt und waren eine halbe Stunde später auf der Autobahn in Richtung London unterwegs. Lange Zeit raste Nora mit Vollgas und aufgeblendeten Scheinwerfern in die Nacht. Tränen liefen ihr über die Wangen.

Ecuador

Nein, nein, nein, das konnte nicht sein. Bingham schlug mit der Faust auf den Tisch, der vor den Überwachungsmonitoren stand. Hatte er es hier nur mit Vollidioten zu tun? Mit aufsteigendem Zorn überlegte er, wie viele Leute er eigentlich feuern musste, damit die Dinge wieder in geordneten Bahnen verliefen. Wenn er es sich recht überlegte, so sollte er vermutlich die Hälfte des Sicherheitspersonals austauschen.

Er sah auf den Bildschirm vor sich, auf dem seit gut einer Viertelstunde immer derselbe Film lief. Das Bild einer Kamera, die einen Gang aufnahm. Sie war so eingestellt, dass sie immer von links nach rechts und wieder zurück schwenkte, also den gesamten Gang im Blick hatte.

Bingham fuhr sich resigniert mit der Hand über das Gesicht. Wohl besser gesagt im Blick haben sollte. Er hatte vor gut fünf Minuten herausgefunden, was schief gegangen war, nachdem er etliche Zeit ungläubig Bilder von weißen Wänden angestarrt hatte.

Einer der Techniker hatte ihm erklärt, dass vor gut einem Monat der Gebäudeabschnitt, in dem die Kamera hing, neu gestrichen worden war. Dabei musste offenbar beim Abdecken die Kamera verrutscht sein und niemandem war das bisher aufgefallen. So zeichnete das Gerät seit einem Monat statt dem Gang das strahlende Weiß der frisch gestrichenen Wände auf.

Der Mann hatte die Tatsache nervös gebeichtet und war dann nach einem Wutanfall von Bingham froh, das Zimmer zu verlassen, ohne gefeuert worden zu sein.

Das Bild zeigte den Flur vor dem Archiv. Wer hinein wollte, musste diesen Abschnitt entlang kommen. Er hatte gehofft, so heraus zu finden, wer sich Zugang zu der Akte verschafft hatte. Oder zumindest den Kreis der Verdächtigen ein wenig einzugrenzen. Aber das war nun unmöglich. Zorn und Panik zugleich tobten in seiner Brust. Wer war in das Archiv eingedrungen und hatte die Akte an sich genommen? Und was bedeutete das für ihren Plan? Das Video von der Gestalt vor dem Abluftschacht kam ihm wieder in den Sinn. Dann durchzuckte das Bild des toten Gärtners seinen Kopf.

Der Mann musste zufällig auf den Eindringling getroffen sein, als dieser wieder verschwinden wollte. Oder hatten die beiden zusammengearbeitet? Er wusste selbst nicht mehr, was er glauben sollte. In seinem Kopf drehte sich alles. Irgendwie verschwammen alle Ereignisse der letzten Tage und Wochen zu einem einzigen wirren Strudel. Soweit er sich erinnerte, nutzte auch Wadford den Schuppen hin und wieder, um sein ATV dort unter zu stellen. Er presste die Lippen zusammen. Es ergab alles keinen Sinn.

Aber eines war ihm klar. Er durfte nicht länger warten. Er musste Nora und Grant informieren. Nur was sollte er ihnen sagen? Aber er musste auch wissen, was sie in der Zwischenzeit herausgefunden hatten. Sie hatten zwar verabredet, die Kommunikation auf das Nötigste zu reduzieren. Das hier war jedoch wichtig.

Er stand auf und verließ den Überwachungsraum. Im Vorzimmer begegnete er den schuldbewussten Mienen der Sicherheitsleute. Er achtete nicht auf sie. Sollten sie sich ruhig ein bisschen schlecht fühlen und Angst um ihre Jobs haben. Sie hatten es schließlich verdient.

Dann verließ er das Hauptgebäude über einen Nebeneingang. Er zog sein Handy hervor und wählte Grants Nummer.

Das Telefon klingelte. Niemand hob ab.

Nach dem siebten Klingeln gab Bingham es schließlich auf. Seine Sorge wuchs. Hoffentlich ging es den beiden gut.

Dann sah er wieder zurück zum Hauptgebäude. Der Bunker mit dem toten Gärtner darin lag irgendwo dahinter versteckt im Dschungel. Er hatte den Tod des Mannes noch nicht gemeldet. Das musste er als Nächstes tun. Der Urwald wisperte leise.

Es klang ein bisschen wie das Surren der Fliegen, die von dem toten Körper aufgeflogen waren.

Bingham schloss die Augen. Das Bild hatte sich für immer in seine Netzhaut eingebrannt. Er musste ...

In diesem Moment flog die Seitentür des Hauptgebäudes auf und ein Mann in brauner Uniform stürzte ins Freie. Es war einer der Männer, die die Außengehege betreuten.

Als er Bingham entdeckte, kam er die paar Stufen der Treppe herunter und lief auf ihn zu. Bingham runzelte die Stirn. Der Mann kam außer Atem bei ihm an.

»Mister Bingham, Sir«, sagte er japsend.

Bingham antwortete nicht.

»Sie müssen sofort kommen«, er schnappte wieder nach Luft.

»Was ist los?«

»In einem der Außengehege, wir...«, er stockte. »Sie müssen es sich selbst ansehen.«

Was zur Hölle war mit dem Mann los? Er glich einer Witzfigur, so wie er da keuchend vor ihm stand. Zögernd setzte sich Bingham in Bewegung.

Cusco, Peru

Die Maschine ging tiefer und wurde von Turbulenzen geschüttelt. Das ganze Flugzeug schien zu vibrieren. Grant hatte gelesen, dass der Flughafen von Cusco zu den gefährlichsten der Welt gehörte. Die Landebahn im Hochland der Anden wurde von starken Winden heimgesucht. Auch der Anflug durch das Hochgebirge und die dünne Luft waren Einflussfaktoren, die zur Unsicherheit beitrugen.

Er sah nach draußen durch das Fenster. Das braune, karge Hochland breitete sich hügelig unter ihnen aus. Wieder machte die Maschine einen Satz. Dann sackte sie ein wenig nach unten weg.

Das Ganze passte so gar nicht zu dem strahlenden Sonnenschein, der draußen herrschte.

Es war beinahe zehn Uhr morgens. Und nur wenige Wolken zogen am Himmel dahin. In der Ferne konnte Grant etliche schneebedeckte Gipfel der Anden sehen.

Es war ein fantastisches Bild. Er dachte zum wiederholten Mal dieser Tage zurück an die Ereignisse vor einigen Jahren, die ihn schon einmal nach Peru geführt hatten. Allerdings in den tiefen Dschungel.

Davon war hier weit und breit nichts zu sehen. Nur Hügel voller Steppengras und brauner Boden. Dennoch war der Anblick atemberaubend. Er war gespannt, wie sie die Höhe vertragen würden. Immerhin lag Cusco 3400 Meter über dem Meeresspiegel. Einige seiner Freunde hatten ihm Gruselgeschichten von nicht mehr verschwindenden Kopfschmerzen und Müdigkeit den ganzen Tag über berichtet. Aber er war neugierig, wie die Realität aussehen würde.

Sie hatten geplant, eine Nacht in Cusco zu bleiben und morgen früh mit dem ersten Zug in Richtung Urubamba-Tal aufzubrechen. Wieder schüttelten starke Winde die Maschine. Die Gepäckfächer über seinem Kopf klapperten.

Nora neben ihm schien davon nichts mitzubekommen.

Seit einiger Zeit schlief sie reglos in ihrem Sitz. Sie sah friedlich aus. Der Schrecken war aus ihrem Gesicht gewichen. Fast zwei Stunden war sie in der letzten Nacht über die Autobahn nach London gerast. Tränen waren ihr über die Wangen gelaufen, während sie immer wieder Medsons Namen gemurmelt hatte. Grant hatte es vermieden, etwas zu sagen. Vermutlich, weil Nora die Wahrheit gar nicht wissen wollte. Nämlich, dass ihr Freund mit ziemlicher Wahrscheinlichkeit tot war.

»Was ist da passiert?«, hatte sie schließlich gefragt als sie London erreichten. »Wer war das?«

Grant hatte sich überlegt, was er sagen sollte. Er hatte selbst lange über diese Frage nachgedacht. Wenn er Binghams Ansicht folgen würde, dann wohl ein Mann von den Pharmakonzernen, die von der Sache Wind bekommen hatten. Aber das war reine Spekulation. Er wusste es nicht. Sie beide wussten nichts. Und deswegen hatte er auch lediglich »Ich weiß es nicht« gesagt. Was ja auch stimmte. Wahrscheinlich dachte Nora das Gleiche und wollte nur seine Bestätigung hören. Aber etwas ganz anderes bereitete ihm Sorgen.

Woher hatte der Mann gewusst, wo sie sein würden? Was ihn zu einer anderen Frage brachte. Welche Information war wie durchgesickert und wie lange folgte man ihnen schon? Er hatte nichts Verdächtiges bemerkt. Und bisher hatten die Warnungen Binghams immer in einer abstrakten Ferne gelauert. Wie etwas, das nicht real war. Und das nun aber ziemlich real geworden war.

Diese nicht greifbare Bedrohung hatte eine Gestalt angenommen und ihr Abenteuer, das so unschuldig begonnen hatte, war mit einem einzigen Schlag tödlicher Ernst geworden. Alles hatte sich geändert.

Ebenso wie die Situation vor Ort. Die Planungen der Reise in das heilige Tal der Inka. Der Aufbruch ins Urubamba-Tal. Diese zwiespältige

Stimmung, gespannte Erwartung, Angst und das Gefühl, beobachtet zu werden, mischten sich zu einem eigenartigen Gefühlscocktail, der es Grant unmöglich machte, die wunderschöne Landschaft um sie herum angemessen zu genießen.

Nora war vor emotionaler Erschöpfung irgendwann eingeschlafen. Aber seine eigenen Gedanken kamen einfach nicht zur Ruhe. Sie mussten noch vorsichtiger sein als bisher.

Er hob den Kopf als der Pilot über die Mikrofone verkündete, dass sie in 20 Minuten in Cusco landen würden und dass die Außentemperatur vor Ort 15 Grad betragen würde.

Er sah einer der Stewardessen zu, wie sie an ihnen vorbei ging. Dann blickte er wieder nach draußen. Das Flugzeug legte sich in eine Kurve und die braune Hügellandschaft kippte auf ihn zu. Dann ging die Maschine wieder in die Waagrechte und verlor dabei weiter stetig an Höhe. Wenig später setzten sie holprig auf dem Rollfeld auf und die Maschine rollte aus. Es war geschafft. Grant spürte eine kollektive Erleichterung um sich herum. Es war der turbulenteste Flug, den er je erlebt hatte. Wie passend zu ihrer augenblicklichen Situation, dachte er. Dann weckte er Nora, die immer noch schlief und sie verließen über eine herangerollte Treppe die Maschine.

In dem winzigen Flughafengebäude, das hell gestrichen und von Licht durchflutet war, warteten sie auf ihr Gepäck und traten dann in den strahlenden Sonnenschein vor dem Flughafengelände hinaus. Es war ein großer Parkplatz, auf dem etliche Taxis und Fahrer mit Schildern warteten. Bereits jetzt spürte Grant die dünne Luft. Er musste tief Atem holen und sein Herz schlug schnell.

Sie nahmen eines der Angebote von einem Taxifahrer an und ließen sich durch die Stadt zu ihrem Hotel fahren. Cusco, das ehemalige Zentrum des Inkareichs, war eine aus niedrigen, braunen Gebäuden bestehende Stadt, die sich um einen wunderschönen zentralen Platz mit allerlei Kirchen und historischen Bauten herum gruppierte. Die in der Ferne zu sehenden weißen Berggipfel ließen schon eine Ahnung der Höhe entstehen, auf der man sich befand, und die Leute, die ihnen begegneten, trugen einen friedlich-stoischen Gesichtsausdruck zur Schau.

»Willkommen im wahren Peru«, sagte ihr Taxifahrer auf Englisch, aber das waren auch die einzigen Worte, zu denen er sich hinreißen ließ. Er setzte sie ohne ein weiteres Wort vor dem Hotel ab, das in einer steilen Gasse nahe des zentralen Platzes lag und verschwand dann wieder.

»Wie schön«, sagte Nora und nahm einen tiefen Atemzug der dünnen Höhenluft.

Dann betraten sie das Hotel. Es war ein ehemaliges Kloster, wie sie am Empfang erfuhren, und war gemütlich um einen kleinen Innenhof herum gebaut. Rote Dachziegel, dicke Holzplanken und ein spanisch anmutender Gebäudestil.

Sie bezogen ihre Zimmer, erholten sich eine Stunde lang von den Reisestrapazen und trafen sich dann in der Lobby wieder.

»Coca-Tee. Perfekt gegen die Kopfschmerzen wegen der Höhe«, sagte der Rezeptionist und deutete auf eine Teestation in einer Ecke der Lobby. Nora und Grant gossen sich eine Tasse heißes Wasser ein und streuten mit einer dafür bereit liegenden kleinen Zange je eine Hand voll getrockneter Coca-Blätter hinein.

Noch waren bei ihnen beiden zwar keine wirklich starken Kopfschmerzen zu spüren, aber doch ein stetiges, unangenehmes Druckgefühl und Kurzatmigkeit.

Der Mann an der Rezeption nickte begeistert. »Wird helfen«, sagte er nur, bevor er sich einem anderen Gast zuwandte. Sie zogen sich auf eine Couch in der hintersten Ecke der Lobby zurück und nippten an ihren Getränken.

»Ist das die gleiche Pflanze, aus der auch Kokain hergestellt wird?«, fragte Nora.

»Ich glaube schon.« Grant nahm einen großen Schluck. »Ich habe mal irgendwo gelesen, dass die frischen Blätter auch einfach nur gekaut werden und so wahre Wunder wirken sollen.«

»Faszinierend.«

Sie nippten eine Weile stumm an ihrem Tee herum und tatsächlich wurde das Druckgefühl in ihren Köpfen merklich schwächer. Grant fragte sich, wie viel von dieser Wirkung echt, und wie viel Einbildung war.

Dann zog er sein Handy aus der Tasche und wählte Binghams Nummer. Er brauchte ein paar Informationen. Es dauerte einen Moment, bis die Verbindung zu Stande kam. Dann hörte er das Klingelzeichen. Einmal, zweimal, dreimal. Aber auch nach dem achten und neunten Mal nahm sein alter Freund nicht ab.

Grant beendete die Verbindung. Sie tranken noch zwei weitere kleine Tassen Tee. Dann verließen sie das Hotel und erkundeten einige der schmalen Gassen und den zentralen Platz der Stadt. Immer wieder sahen sie sich über die Schulter um. Aber niemand schien ihnen zu folgen. Nur ein einziges Mal dachte Grant kurz, das kaukasisch aussehende Gesicht ihres Angreifers in der Menge zu sehen. Aber es erwies sich als Irrtum. Der Tag war schön. Aber die Atmosphäre angespannt.

Ecuador

Der Mann ging mit schnellem Schritt vor Bingham her. Immer wieder sah er sich nach ihm um. Wie als befürchtete er, ihn zu verlieren.

»Hier entlang, Sir«, sagte er.

Dann bogen sie auf einen Schotterweg ein, der geradewegs auf den Wald zuführte. Genau auf den Eingang zu den Außengehegen zu. Sie passierten den Elektrozaun und folgten dann weiter einem schmalen, halb überwucherten Pfad über dicke Wurzeln. Bingham sah bereits einige der kruden Betonbunker auftauchen. Ein paar Männer in der gleichen Uniform wie sein Führer kamen ihnen mit betretenen Mienen entgegen.

Was sollte diese Geheimnistuerei?

»Dürfte ich wohl endlich erfahren, was los ist?«, fragte er unwirsch.

»Gleich, Sir«, sagte der Mann. »Wir sind gleich da.« Ein weiterer Bunker tauchte vor ihnen aus dem Grün auf. Ganz in der Nähe stand ein Grüppchen Männer. Noch mehr Uniformierte, noch mehr betretene Mienen. Bingham kam sich vor wie auf einer Beerdigung. Wie als wäre er als Zeuge hier, um einen Toten zu identifizieren.

»Was ist los? Ist jemand gestorben oder was?«, fragte er scherzhaft. Vielleicht konnte ein wenig Humor die Zunge seines Gegenüber lockern. Aber als der Mann sich zu ihm umdrehte und ihm in die Augen sah, begannen Binghams Fingerspitzen zu kribbeln.

»Sie haben leider recht«, sagte er. Bingham starrte ihn wortlos an.

»Aber es ist vor allem die Art, wie er gestorben ist, was uns schaudern lässt. Kommen Sie bitte.«

Bingham kam sich wie gelähmt vor. Schon wieder ein Toter? Seine Gedanken wanderten zurück zu dem Gärtner. Noch immer hatte er niemandem etwas über den Tod des Mannes erzählt. Aber er konnte sich nicht mehr lange damit Zeit lassen.

»Wo?«, fragte er, um dann hinterher zu schieben: »wie?« Seine Stimme klang dünn. Er kam sich lächerlich und wie eine stammelnde Karikatur seiner selbst vor. Aber langsam begann sich in seinem Kopf alles zu drehen.

»Wir müssen da hinein«, sagte sein Führer und deutete auf den Bunker.

»Juan hat die Leiche heute Morgen gefunden, auf seinem morgendlichen Kontrollgang. Müssen wir alle machen.« Bingham nickte mechanisch.

»Okay.«

Dann führte ihn der Mann zur Vorderseite der Hütte. Die Stahltür stand einen Spalt offen und sein Führer zog sie auf. Um ihn herum raschelte leise der Dschungel.

Dann betraten sie den Bunker.

Grünes Licht erhellte den Raum. Es kam von Leuchtröhren an der Decke und an den Wänden. Bingham sah ein Bedienpult mit Lampen und Knöpfen in dem kleinen Raum. Auf der anderen Seite Gitterstäbe und Metallzaun. Die Hütten waren in die Gehege integriert. Ein Teil der Gatter, meistens die Futterstelle für die Tiere, lag innerhalb des Gebäudes.

»Was für ein Gehege ist das hier?«, fragte er seinen Führer, aber der Mann schien ihm nicht mehr zuzuhören. Wie gebannt starrte er auf die Leiche, die im grünen Licht mit dem Rücken an den Gitterstäben lehnte. Ein beißender Gestank nach Tierfäkalien lag in der Luft, der sich mit dem süßlichen Verwesungsgeruch des Toten mischte. Eine übel riechende Mixtur. Bingham sog scharf die Luft ein.

Die Leiche war übel zugerichtet. Bingham sah im grünen Licht einen geöffneten Bauchraum, aus dem die Eingeweide in Knäueln heraushingen. Auch auf dem Boden ringsum waren Blut und Eingeweide verteilt. Wie als hätte sie jemand aus dem Körper herausgerissen. Gesicht und Gliedmaßen waren ebenfalls mit tiefen Wunden überzogen. Es war ein grauenhafter Anblick. Aus den Augenwinkeln registrierte Bingham noch, dass der Mann ebenfalls die charakteristische braune Uniform trug. Dann wandte er sich zu seinem Führer um.

»Wer ist das?«, wollte er mit tonloser Stimme wissen.

Der Kerl nannte ihm einen Namen, den er noch nie gehört hatte.

»Wann wurde die Leiche genau gefunden?«

Mit gebrochener Stimme sagte der Mann: »Juan hat heute Morgen auf seinem Kontrollgang…«

»Jaja, das sagten Sie bereits. Um wie viel Uhr genau?«

»Gegen 8 Uhr denke ich. Wir kontrollieren die Gehege jeden Morgen um dieselbe Zeit.«

Die Gehege. Bingham erinnerte sich, dass der Mann ihm seine Frage nicht beantwortet hatte.

»Was für ein Gehege ist das hier?«, wiederholte er. Sein Führer sah ihn an.

»Die Tapire sind hier untergebracht.«

»Tapire?«

»Ja, Sir.«

»Wo sind die Tiere jetzt?«, fragte er.

»Vermutlich draußen.« Der Mann machte eine Pause. »Das Außengatter ist ziemlich groß. Wir haben Kameras, um alles zu überwachen. Auch hier drin. Als wir gekommen sind, stand die Luke zu dem Gehege offen.«

Er deutete auf eine Stahltür, keine zwei Meter neben der Leiche.

»Wollen Sie damit etwa behaupten die Tiere haben das angerichtet?«, fragte Bingham ungläubig. Der Mann schüttelte den Kopf.

»Das habe ich nicht gesagt. Ich sage nur, wie wir alles vorgefunden haben.«

Bingham runzelte die Stirn. Dann sah er nach oben. Der Bunker hatte eine ziemlich hohe Decke. Vermutlich befand sie sich mehr als drei Meter über seinem Kopf. Das Dach lief in einem stumpfen Winkel zu und im Übergang von Wand zu Decke sah er das, wonach er gesucht hatte. Die schlanke Silhouette einer Kamera. Ein rotes Licht am Gehäuse blinkte. Sie funktionierte und zeichnete alles auf.

Binghams Gedanken zuckten zur Leiche des Gärtners zurück. Er spürte, wie seine Finger wieder zu kribbeln begannen. Irgendetwas Unheimliches ging hier vor, das er nicht begreifen konnte.

Peru

Der Zug von Cusco ins Urubamba-Tal fuhr planmäßig ab. Nora und Grant sicherten sich in dem geschmackvoll eingerichteten Waggon einen Platz in Fahrtrichtung. Auf Anraten ihres Taxifahrers setzten sie sich auf die linke Seite, weil man von dort aus später den Fluss besser würde sehen können.

Mit lautem Zischen und Stampfen setzten sie sich in Bewegung. Grant hatte auf dem Fahrplan belustigt festgestellt, dass einer der Züge, die weiter nach Machu Picchu fuhren, ebenfalls den Namen Bingham trug. Nach flüchtiger Internetrecherche hatte er herausgefunden, dass er nach dem Entdecker von Machu Picchu, Hiram Bingham benannt war. Er hatte grinsen müssen. Offenbar folgte ihnen sein alter Freund auf seine ganz eigene Art.

Er sah nach draußen durch das große Panoramafenster. Der Zug rumpelte über das schmale Gleisbett. Es war ein beinahe beruhigendes Geräusch und auch ihre Kopfschmerzen vom Vortag waren etwas abgeklungen. Der Mann von der Rezeption hatte ihnen zuversichtlich gesagt, dass sich das in ein paar Tagen ohnehin von selbst erledigen würde und sie sich an die Höhe schnell gewöhnen würden.

Dann hatten sie das Hotel verlassen.

Zwar mit einer noch deutlich spürbaren Angst im Gepäck. Aber mit jedem Meter in Richtung Bahnhof war sie geringer geworden. In den engen Gassen war es schwer, ihnen unauffällig zu folgen und je öfter sie sich umgedreht und nichts Verdächtiges bemerkt hatten, desto ruhiger waren sie geworden.

Der Tag war schön. Das Abenteuer lag vor ihnen und Sorge und Schrecken verblassten langsam. Auch wenn sie nicht ganz verschwinden würden.

»Da sehen Sie«, sagte Nora und deutete auf einen Gebirgszug in der Ferne. Grant nickte. Die Landschaft war atemberaubend. Die Fahrt ging zwar nicht schnell dahin, aber dafür würden sie mit fantastischen Ausblicken belohnt werden. Der Rezeptionist hatte ihnen mehrere Minuten davon vorgeschwärmt.

»Es ist wunderbar, Sir. Wunderbar.« Grant sah sich in dem Waggon um. Ihr Abteil war nur spärlich besiedelt. Schräg gegenüber saß ein junges Pärchen mit großen Rucksäcken, die mit Sicherheit auf dem Weg nach Machu Picchu waren. Sie blätterten in einem großen Reiseführer und nachdem die Fahrt eine Zeit lang gedauert hatte, bestellten sie bei dem peruanischen Stuart etwas zu trinken. Ein paar ältere Frauen hatten die Sitze hinter ihnen mit Beschlag belegt. Vermutlich gehörten sie ebenfalls zusammen. So weit war alles normal.

Er drehte sich wieder zu Nora um, die immer noch an dem Panoramafenster klebte.

Sie hatte ein paar Mal versucht, Medson zu erreichen. Aber es war niemand rangegangen. Er selbst hatte vom Hotel aus Bingham angerufen. Aber sein alter Freund hatte kurz angebunden gewirkt. Er hatte ihm kaum drei Worte sagen können.

»Ich muss mich gerade hier um eine ernste Sache kümmern. Ich rufe zurück«, hatte er gesagt und aufgelegt. Grant hatte die Anspannung in seiner Stimme deutlich gehört. Was ging denn da vor in Ecuador? Der Verlauf des Gesprächs war nicht dazu angetan, seine Bedenken zu zerstreuen.

Eine ernste Sache, was mochte das sein? Eine ernste Sache. Er dachte einen Moment lang nach. Ja, eine ernste Sache war das hier auf jeden Fall. Er schüttelte den Kopf und versuchte die Gedanken zu vertreiben.

Der Zug ließ Cusco langsam hinter sich und die Gegend wurde schnell ländlich. Gemächlich tuckerten sie durch beeindruckende Natur.

Über die Lautsprecher erklang angenehme Panflöten-Musik und nach gut einer Stunde Fahrt bekamen sie Tee und Kuchen serviert. Sie stellten alles auf dem kleinen Tisch vor sich ab, auf dem eine gewebte Decke mit indianischen Motiven lag. So ging es eine Zeit lang dahin, bis sie das Urubamba-Tal erreichten. Die karge Vegetation des Hochlandes wurde ein wenig grüner und es tauchten wieder vermehrt Häuser und Ansiedlungen auf.

Grant blätterte in einer bunten Broschüre, die die wichtigsten Sehenswürdigkeiten der Umgebung zusammenfasste. Große Salzterrassen, eine Art Pflanzenversuchsgelände der Inka und natürlich die berühmte Stadt in den Anden, Machu Picchu. Die Stadt, bei der man bei ihrer Entdeckung für kurze Zeit annahm, man habe El Dorado gefunden. Ein interessanter Zufall. Grant verzog das Gesicht. Was sie wohl erwarten würde?

Mit lautem Zischen hielt der Zug zwei Stunden später in Ollantaytambo. Nora und Grant stiegen aus und folgten dem Strom der Menschen zum Ausgang des Bahnhofs. Grant drehte sich noch einmal um und sah in das Tal, in das der Zug nun ohne sie weiter fahren würde. Die grünen Hänge ließen schon eine Ahnung des Dschungels entstehen, in den man im weiteren Verlauf der Fahrt eintauchen würde. In dieser Richtung musste irgendwo Machu Picchu liegen. Versteckt auf einem Bergrücken im Dschungel. Auf einem Hochplateau in den Anden.

Ein wenig Wehmut überkam ihn, dass es ihnen ihre Zeit wohl nicht erlauben würde, die Stadt selbst zu sehen.

Irgendwo hatte er auch gehört, dass man sich für einen Besuch einige Zeit vorher anmelden müsse und die Besucherzahl beschränkt sei. Er seufzte und wandte sich wieder um. Dennoch war es inspirierend, hier zu sein. Er mochte dieses Land sehr. Seine Menschen, seine Landschaften, seine Abgeschiedenheit. Irgendwie wirkte es beinahe spirituell auf ihn. Wie mochte es dann erst sein, auf den Hängen über Machu Picchu zu stehen? Noch einmal gestattete er sich einen sehnsüchtigen Gedanken an die Inka-Stadt. Dann wandte er sich wieder der Gegenwart zu.

Sie verließen den Bahnhof und schlängelten sich einige Zeit kreuz und quer durch die Straßen der Stadt. Ollantaytambo war nicht besonders groß. Alles war um den zentralen Marktplatz herum gruppiert. Auch die

Inka-Stätte mit ihren Terrassen befand sich direkt dahinter. Der Marktplatz lag sozusagen in ihrem Schatten.

Je näher sie dem Zentrum kamen, desto dichter wurde der Menschenstrom. Auf dem Markt mischten sich Einheimische mit Touristen und es entstand ein wahres Menschengewimmel. Nora und Grant überquerten so schnell es ging den Platz und kauften sich an einem der Ticketschalter eine Karte für die Inka-Stätte. Als sie den Eingangsbereich passiert hatten, wurde die Menge an Menschen um sie herum wieder etwas erträglicher. Die Nachmittagssonne war schon so weit gewandert, dass die angelegten Terrassen vor ihnen bereits im Schatten lagen. Grant drehte sich um. Die Hänge auf der anderen Talseite wurden in angenehmes Licht getaucht. In der Ferne sah er an der Hangflanke ein Gebäude. Es war eine Ruine mit mehreren Kammern, die halb eingestürzt war. Das musste der Getreidespeicher sein, von dem Medson gesprochen hatte. Es war eigenartig, jetzt hier zu sein. An einem Ort am anderen Ende der Welt, über den sie noch Stunden zuvor im Tausende Kilometer entfernten England gesprochen hatten. Die Szenerie kam Grant beinahe surreal vor. Er betrachtete wieder das Gelände vor sich.

Die in die Felswand gearbeiteten Terrassen waren übermannshoch. Er sah die Besucher wie Ameisen auf ihrem Ameisenhügel darauf herumkrabbeln. Vor der ersten Terrasse hatte man eine große Rasenfläche eingezäunt, auf der neben großen Felsbrocken einige Alpakas grasten und von Touristen fotografiert wurden. Die süßen Tiere waren gerade schwer in Mode und wurden verständlicherweise auch hier als Touristenfang genutzt.

Wer wollte sein Kind oder Partner nicht mit einem der niedlichen Tiere fotografieren? Grant blieb einen Moment lang stehen, um die Umgebung in sich aufzunehmen. Aber Nora schien dafür wenig Sinn zu haben. Mit angestrengtem Blick suchte sie bereits den Felsbereich über der obersten Terrasse ab.

»Da. Das könnte es sein«, sagte sie nach ein paar Sekunden und deutete nach oben.

»Kommen Sie.« Grant sah sich noch einmal nach allen Seiten um. Im

Zug und in ihrem kleinen Abteil hatte er sich recht sicher gefühlt. Aber nun, hier in diesem Gewimmel aus Menschen begann er sofort wieder argwöhnisch jedes kaukasisch aussehende Gesicht mit dunklen Haaren in der Menge mit dem ihres Angreifers zu vergleichen. Es war ein unruhiges Hin- und Herspringen. Manche Leute konnte er schnell abhaken. Bei anderen musste er genauer hinsehen. Und jedes Mal, wenn er genauer hinsehen musste, wurde er angespannt. Vor allem, wenn die Gesichter in ihre Richtung schauten. Nora zog ihn schließlich am Arm mit sich.

»Na los.«

Peru

Er nahm den Anruf beim dritten Klingeln entgegen.
»Ja«, meldete er sich.
»Was zur Hölle machen Sie denn?«, fragte eine aufgeregte Stimme.
»Das, wofür Sie mich bezahlen.« Ransom verdrehte die Augen.
»Ich dachte, die Sache wäre inzwischen längst erledigt.«
Ransom schnaubte genervt. Der Ton, der in der Stimme lag, gefiel ihm gar nicht. Es war nicht das erste Mal, dass er diesem schmierigen Typen gerne eine verpasst hätte. Aber er zahlte nun einmal zu gut. Vielleicht eines Tages. Vielleicht, wenn er einen so lukrativen Auftrag erledigt hatte, dass er nicht mehr darauf angewiesen war, Befehle zu befolgen. Ja, dann würde er den Kerl unter irgendeinem Vorwand um ein Treffen bitten. Allein der Gedanke, wie seine Faust in die Visage dieses Idioten einschlug, löste bei ihm ein Grinsen aus.
»Nun?«, riss ihn die Stimme aus seinen Tagträumen.
Ransom überlegte sich kurz, was er sagen sollte. Er entschied sich für die diplomatische Variante.
»Es gab ein paar Komplikationen.«
»Sie klingen wie ein Arzt«, brummte der Mann am Telefon.
»Bleiben Sie ganz ruhig«, beschwichtigte ihn Ransom mit monotoner Stimme. »Alles wird zu Ihrer Zufriedenheit erledigt.«
»Wo sind Sie gerade?«, fragte die aufgeregte Stimme. »Das klingt wie eine Volksparade um sie herum.«
»Tut nichts zur Sache«, antwortete Ransom. Die Unterhaltung ödete ihn an. Im Grunde hatte der Mann nur angerufen, um ihm auf die Nerven zu gehen. Er sah über die Köpfe von zwei Männern vor ihm hinweg.

»Ich muss Schluss machen«, sagte er knapp.

Er hörte, dass sein Auftraggeber noch etwas sagte, aber er schaltete das Handy einfach aus.

Peru

Nora und Grant stiegen die Stufen nach oben. Die gesamte Anlage bestand aus riesigen, behauenen Steinen. Die Inka waren wahre Meister der Baukunst gewesen. Alle tonnenschweren Blöcke waren so filigran gearbeitet, dass sie sich perfekt ineinander fügten.

Sie waren so verzahnt, dass die Mauern bereits seit Hunderten von Jahren und komplett ohne Mörtel bestanden.

Immer wieder sah Nora nach oben zu dem Punkt, den sie von unten ausgemacht hatte. Sie kamen langsamer voran, als Grant gedacht hatte.

Die dünne Höhenluft machte den Aufstieg ungeahnt anstrengend. Er bemerkte an sich, wie er fast bei jedem Schritt die Treppen hinauf schwer atmen musste. Auch auf Noras Stirn sah er Schweißperlen. Den meisten Menschen um sie herum schien es ebenso zu ergehen. Genau vor ihnen quälte sich ein dicker Mann die Stufen empor. Sein Atem rasselte und er schnaufte und japste so lautstark nach Luft, dass Grant befürchtete, der Mann könne jeden Moment umkippen. Herzinfarkt auf einer Urlaubsreise nach Peru.

Sie überholten ihn an einer Stelle, die breit genug war und stiegen dann über einen schmalen Spalt weiter nach oben. Am Ende der Anlage sah sich Nora um. Die Stufen lagen unter ihnen. Das Tal und die Ebene breiteten sich vor ihnen aus. Grant erblickte den Getreidespeicher auf der anderen Hangseite. Rechts von sich konnten sie den Bahnhof ausmachen. Unter ihnen tummelten sich zahllose Menschen auf der Anlage.

»Wir müssen hier lang«, sagte Nora. Sie stieg über ein Absperrseil hinweg. Grant folgte ihr. Noch nahm niemand von ihnen Notiz. Sie umrundeten einen großen Felsbrocken und gerieten so außer Sicht der Touristen. Sofort wurde es stiller.

»Da hinauf.« Grant runzelte die Stirn und zwinkerte gegen die Sonne. Nora wirkte sicher. Sie kletterten weitere 30 Meter nach oben. Diesmal über Felsen und Geröll und nicht über Treppen. Grant erinnerte sich an Medsons Worte. Vielleicht hatte es früher einmal Stufen gegeben. Schließlich kamen sie bei der Steinhütte an. Schwer atmend blieben sie stehen. Das Bauwerk war noch kleiner, als es von unten gewirkt hatte. Als sie durch die Türöffnung eintraten, konnten sie im Inneren kaum aufrecht stehen. Die Decke bildete ein einziger großer Gesteinsblock. Ob es sich nur um einen Aussichtsposten gehandelt hatte? Sie sahen sich um. Zu jeder Seite der Hütte ging ein Fenster hinaus. Alle wiesen die für die Inka charakteristische Trapezform auf. Die Farbe der Steine war so braun-grau wie die Felsen ringsum.

»Wir sind am richtigen Ort«, sagte Nora schließlich.

»Wie kommen Sie darauf?«

»Deswegen.«

Sie deutete auf das linke Fenster. Grant ging in die Hocke und spähte hindurch. Tatsächlich war es das Fenster, durch das man den Getreidespeicher sehen konnte. Aber er verstand nicht…

»Deswegen«, sagte Nora noch einmal. Er blickte sie irritierte an. Offenbar hatte sie nicht das Fenster gemeint. Feierlich legte sie ihre Hand auf einen Stein über der Öffnung. Er befand sich unmittelbar unter der Deckenplatte.

Grant konnte nichts entdecken. Er erhob sich wieder. Dann zog Nora ihre Hand weg. Um sie herum roch Grant die kühle Luft einer Höhle, was diese Hütte ja auch irgendwie war.

Er erkannte nun verschiedene Formen und Reliefe in dem Stein. Erhabene Wellenlinien und Figuren. Er legte ebenfalls die Hand darauf und spürte die herausgearbeiteten Formen unter den Fingern.

Nora untersuchte unterdessen das Fenster. Ihre Schuhe schabten dabei kratzend über den Boden.

»Eure Fotos beschreiben einen Blick in die Vergangenheit. Er soll durch das Fenster der Hütte möglich sein. Durch das Fenster, durch das man den Getreidespeicher sehen kann«, wiederholte sie murmelnd Medsons Worte.

»Was soll das bedeuten?«

Grant sah sich nervös um. Etliche Risse und Spalten durchzogen den Fels, der die Wand bildete. Ein faszinierender Ort. Aber sie durften sich nicht zu lange hier aufhalten. Da die Zeichen und Reliefe ihm nicht das Geringste sagten, drehte er sich zum Ausgang um.

Aber dann fiel ihm etwas auf.

»Sieht fast so aus wie der Stein in der Kammer unter der Kirche«, sagte er und deutete nach oben. Nora sah ihn an. »Nicht der im Brunnen, sondern der andere.« Nora erwiderte nichts.

»Ich gehe nach draußen und stelle sicher, dass wir ungestört bleiben«, fügte Grant hinzu und trat durch den Durchgang. Davor umfing ihn wieder die klare Höhenluft. Die Hütte lag wie der Rest der Terrassen bereits im Schatten des Nachmittags.

Hoch oben am Himmel bemerkte Grant die Silhouetten von zwei großen Greifvögeln, die in der Thermik ihre Bahnen zogen. Mit ausgebreiteten Flügeln schienen sie fast schwerelos in der Luft zu hängen. Immer höher schraubten sie sich in den Aufwinden, um sich dann mit einem Mal wieder Richtung Tal sinken zu lassen. Es waren beeindruckende Tiere.

Er machte ein paar Schritte um den Fels herum, um den sie gekommen waren. Es war niemand zu sehen. Niemand, der ihnen folgte. Niemand, der sie beobachtete. Nur der nackte, karge Fels, über den ein paar kleine Eidechsen huschten. Und das murmelnde Geräusch der Touristen unter ihnen auf der Anlage.

Einige Minuten verharrte er so und ließ Blick und Gedanken in alle möglichen Richtungen wandern. Ob er noch einmal Bingham anrufen sollte? Aber dafür war später noch genug Zeit.

Schließlich wandte er sich ab und ging wieder zur Hütte zurück. Als er durch die Tür trat, hörte er ein schabendes Geräusch. Ein lautes Kratzen wie von Metall auf Stein.

Dann sah er Nora an dem Fenster stehen. Sie hatte sich auf die Zehenspitzen gestellt und bearbeitete mit ihrem Taschenmesser die Stelle mit den Formen und Reliefen.

»Was zur Hölle machen Sie denn da?«, fragte er verblüfft.

Ecuador

Wieder saß Bingham in dem Überwachungsraum. Er hatte alle Lichter um sich herum ausgeschaltet. Und er hatte alle Leute aus dem Raum verbannt. Es herrschte Stille. Nur das elektronische Summen der Klimaanlage war zu hören. Und nur das matte Leuchten der Bildschirme und von ein paar Kontrollleuchten auf dem Bedienpult war zu sehen. Bingham hatte Migräne. Und das grelle Licht der Deckenbeleuchtung hatte sich wie purer Schmerz in sein Hirn gebohrt. Deswegen hatte er jede unnötige Beleuchtung ausgeschaltet. Der Raum war so dunkel es ging.

Aber sein Schädel pochte trotzdem. Es war ein dumpfer Schmerz, der mit jedem Pumpen seines Blutes wieder aufflammte. Hätte er die Wahl gehabt, dann würde er nun im Bett liegen und nicht hier sitzen. Aber er musste Gewissheit haben. Mit einem leisen Stöhnen massiert er sich die Schläfen. Dann nahm er einen Schluck Kaffee.

Er hatte sich die Videoaufzeichnungen aus dem Bunker und von den Gehegen von einem Techniker aufrufen lassen. Anschließend hatte er ihn aus dem Raum geschickt. Ebenso wie alle anderen. Er konnte keine neugierigen Zuschauer brauchen. Er spürte, wie ihm die warme Flüssigkeit die Kehle hinab rann. Dann drückte er eine Taste auf dem Bedienpult.

Die Videoaufzeichnung der Überwachungskamera lief vorwärts. Die Anzeige zeigte 18 Uhr am vorherigen Abend. Die Zahlen veränderten sich rasch. 19 Uhr, 20 Uhr, schließlich 21 Uhr.

Er konnte auf dem Hauptschirm das grün beleuchtete Innere des Tapirgeheges sehen. Die Futterstelle, die Eisenstäbe, den kompletten Raum. Die

Bildschirme rechts und links davon hatte er sich so einstellen lassen, dass sie parallel das Außengehege zeigten.

Um 18 Uhr hatten die Außenkameras noch normale Bilder geliefert. Ab 20 Uhr wurde es jedoch so dunkel, dass die Anzeige auf Infrarot umgesprungen war. Er sah das Außengehege nun in grün-rötlichen Schattierungen. Die Pflanzen, die Bäume. Hin und wieder huschte ein heller Fleck durch das Bild, wenn eines der Tiere auftauchte und wieder verschwand.

Er hatte sich die genauen Informationen geben lassen. Gegenwärtig waren drei Tiere in dem Gehege untergebracht. Ein männliches und zwei Weibchen. Alle vier Jahre alt.

Er hatte sich nie die Mühe gemacht, die Tiere einmal anzusehen. Aber er wusste, dass es sich bei Tapiren um etwa einen Meter hohe und bis zu 250 kg schwere Pflanzenfresser handelte.

Er nahm einen weiteren Schluck Kaffee und spürte die wohltuende Wirkung. Kaffee half immer. Egal, was ihn gerade beschäftigte. Und vor allem, wenn er von Kopfschmerzen gepeinigt wurde. Er schnaubte. Aber das war gegenwärtig wohl sein geringstes Problem.

Er musste dennoch einen kühlen Kopf bewahren. Das war das Allerwichtigste. Wieder einen Schluck Kaffee.

Und er musste herausfinden, was passiert war. Er wandte seine Aufmerksamkeit wieder dem Hauptschirm zu. Die Anzeige der Uhr zeigte nun Mitternacht.

Nicht mehr lange und er würde wissen, was dort vor sich gegangen war. Er dachte zurück an die Unterhaltung in dem Bunker. Irgendjemand musste sich Zutritt zu dem Gelände verschafft und den Mann getötet haben. Es gab keine andere Möglichkeit.

Für einen Moment fragte sich Bingham, ob es dieselbe Gestalt war, die den Gärtner getötet hatte. Aber wieso? Und warum ausgerechnet einen Wärter hier im Tapirgehege? Das alles ergab nicht den geringsten Sinn. Er musste…

Plötzlich hielt er inne. Auf dem Hauptbildschirm tat sich etwas. Die Anzeige der Digitaluhr war mittlerweile auf 3 Uhr morgens vorgesprungen. Er stoppte den Vorlauf. Dann spulte er ein paar Minuten zurück, ehe er wieder die Play-Taste drückte. Auf dem Bildschirm ging die Tür zu dem Bunker auf. Die Aufnahme war in Farbe und so sah er das künstliche grüne Licht der Innenbeleuchtung.

Ein Mann betrat nun den Raum. Vorsichtig schloss er die Tür wieder hinter sich und trat dann an eine niedrige Truhe an einer der Wände heran. Bingham folgte jeder Bewegung mit angespannter Erwartung. Die Aussicht, gleich einen realen Mord auf dem Bildschirm zu sehen, war beklemmend.

Nervös wippte er mit dem rechten Fuß vor und zurück, vor und zurück. Was hatte er denn auch erwartet? Das hier war nervenaufreibender als jeder Horrorfilm, den er je gesehen hatte. Die pure Echtheit hob alles auf ein komplett anderes Level. Er zwang sich dazu, den Mann genauer zu betrachten. Zweifellos war das der Tote. Er trug die charakteristische braune Uniform, die die Wärter der Außengehege immer trugen. Sie schien ihm ein wenig zu groß zu sein. Ausladend hing das Hemd von den Schultern herab.

Der Mann bewegte sich sachte, vorsichtig, fast zaghaft. Bingham warf einen Blick auf die übrigen Monitore. In dem Außengehege tat sich nichts. Eines der Tiere stand als Infrarot-Silhouette ruhig und lethargisch in der Nähe des Begrenzungszauns herum. Die anderen befanden sich außerhalb der Kameraobjektive. Alles schien normal, friedlich. Bingham wandte seine Aufmerksamkeit wieder dem Hauptmonitor zu. Was genau tat der Mann dort? Er öffnete die Truhe und kramte darin herum. Anschließend förderte er einen Eimer und einen unförmigen Sack zu Tage. Vermutlich war es Zeit, die Tiere zu füttern. Ein eigenartiger Zeitpunkt, dachte Bingham und sah auf die Digitalanzeige. 3:25 Uhr. Er legte die rechte Hand an seinen pochenden Kopf.

Der Mann füllte einen Eimer voll mit dem Inhalt des Sackes und trat dann an die Gitterstäbe des Geheges heran. Fast genau an die Stelle, an der später sein toter Körper gefunden worden war. Bingham wurde noch angespannter. Unruhig rutschte er auf seinem Sitz herum. Eine kurze Bildstörung flackerte über den Monitor. Dann war das Bild wieder klar.

Der Mann schloss nun mit einem Schlüssel das Gehege auf. Anschließend legte er einen Riegel um und öffnete eine schwere Tür aus Gitterstäben. Er betrat das Gatter und schüttete den Inhalt des Eimers auf eine dafür vorgesehene Futterstelle. So weit schien alles normal.

Bingham registrierte, dass die offene Gittertür im Rücken des Mannes langsam weiter aufschwang. Dann schlug sie schließlich gegen die Gitterstäbe dahinter. Das Ganze ging lautlos auf dem Monitor vonstatten. Die Kamera zeichnete keine Geräusche auf. Aber in der Realität musste es deutlich zu hören gewesen sein. Wohl allzu deutlich, denn in die Monitore, die das Außengehege filmten, geriet plötzlich Bewegung. Bingham sah mehrere rote Schatten durch das Bild flitzen. Es waren die im Infrarotlicht leuchtenden Silhouetten der Tiere. Er zählte schnell. Eins, zwei, drei.

Alle Tiere schossen durch das Außengehege auf den Bunker zu. Wie als würden sie einer einstudierten Choreografie folgen. Bestimmt assoziierten die Tiere das Geräusch der scheppernden Tür bereits mit Nahrung.

Dann sah er wieder auf den Hauptmonitor. Der Mann in der braunen Uniform schien es plötzlich sehr eilig zu haben. Er drehte sich zu der offenen Tür um und hastete darauf zu. Bingham bemerkte aus den Augenwinkeln einen roten Schatten auf einem der Monitore. Wieder ein Tier, diesmal schon näher am Gebäude. Und dann sah er die Tapire auf dem Hauptschirm auftauchen. Jetzt nicht mehr als rote Punkte, sondern gestochen scharf. Sie drängten in den Bunker.

Aber plötzlich passierte etwas Eigenartiges. Anstatt auf die Futterstelle zuzusteuern, liefen die Tiere geradeaus weiter. Direkt auf den Mann in Uniform zu. Er war bereits durch die Tür aus Gitterstäben hindurch und schob sie zu, als das erste Tier dagegen prallte. Bingham zuckte zurück. Dann warf sich das zweite Tier mit voller Macht dagegen. Die Tiere wirkten aggressiv. Die Tür flog unter dem Aufprall des zweiten Tieres auf. Der Mann in Uniform wurde nach hinten geschleudert.

Er rappelte sich hoch, während das dritte Tier auch aus dem Käfig stürmte und um ihn herum lief. Beinahe wirkte es, als wollte es ihm den Weg zur Tür aus dem Bunker abschneiden.

Bingham saß mit offenem Mund vor den Monitoren. Er konnte kaum glauben, was sich vor ihm abspielte. Der Mann in Uniform versuchte jetzt an den Gitterstäben hoch zu klettern, aber er rutschte ab und fiel wieder nach unten. Sofort drangen alle drei Tiere wie ein Rudel jagender Löwen auf ihn ein. Der Mann verschwand fast unter den drei großen Körpern. Es war ein schockierender Anblick.

Zu dritt drückten die Tiere den Mann gegen die Gitterstäbe. Bingham konnte kaum fassen, dass er Pflanzenfresser vor sich hatte. Beinahe wie Raubkatzen setzten die Tiere ihre Hufe und Mäuler ein. Bingham sah das verzweifelte, schmerzverzerrte Gesicht des Wärters.

Kurze Zeit später hob das erste Tier mit blutiger Schnauze den Kopf vom aufgerissenen Bauch des Mannes. Gedärme hingen aus seinem Maul und aus einer klaffenden Wunde im Körper des Wärters.

Bingham wandte den Blick ab, zwang sich dann aber wieder dazu hinzusehen. Das Ganze war einfach nicht zu fassen. Er hatte erwartet, gleich einen zweiten Menschen auf dem Band auftauchen zu sehen. Und nun das. Ein eiskalter Schauder jagte über seinen Rücken.

Der Körper des Mannes zuckte im Todeskampf. Noch ein paar Minuten dauerte das unheimliche Spektakel. Dann kehrte Ruhe in die Szenerie ein. Der Wärter lag regungslos in einer größer werdenden Blutpfütze da. Und die Tiere ließen von ihrem Opfer ab.

Wie als wüssten sie nicht, wo sie waren, trotteten sie eine Zeit lang im Bunker umher, um dann wieder durch die Gittertür in das Außengehege zu verschwinden.

Bingham schluckte gegen die Trockenheit in seinem Mund an. Noch eine Weile saß er so da. Stumm, regungslos. Er nahm das elektronische Summen um sich herum wahr, spürte die Wärme der elektronischen Geräte. Dann stand er auf.

Wie in Trance schleppte er sich aus dem Raum hinaus und verließ das Gebäude. Draußen hörte er das Kreischen einiger Papageien im dichten Blätterdach über sich. Er sog gierig Luft in seine Lungen. Dann sah er nach links, wo sich hinter der grünen Wand des Dschungels die Außengehege verbargen. Er verschwand wieder im Gebäude, ging in die Kantine und kehrte wenig später mit einer Schachtel Zigaretten zurück.

Mit zitternden Fingern steckte er sich die erste Zigarette seit Jahren an. Der Schock in ihm saß tief. Der Rauch des ersten Zuges verwirbelte rasch in der Luft.

Peru

Die Maschine der LATAM landete sanft auf dem Rollfeld des Flughafens. Wieder öffnete die Stadt Lima ihnen ihre Pforten. Der Himmel war mit Wolken verhangen und ein leichter Nieselregen lag in der Luft.

Sie drängten sich durch die Ansammlungen wartender Passagiere und nahmen dann ein Taxi in Richtung Innenstadt. Es ging am Meer entlang. Ihr Fahrer folgte der breiten Straße am Fuße der Steilküste, bis er die Abzweigung zum Viertel Miraflores nahm.

Nur wenige Menschen bevölkerten die Gehwege. Als sie im Stadtzentrum ausstiegen, warf Grant einen Blick auf Noras Umhängetasche, in der sich der Stein mit den Reliefen aus der Felsenhütte befand. Er hatte ungefähr die Größe eines dicken Buches und fand in der Tasche leicht Platz. Nachdem sie ihn mit dem Messer aus der Wand herausgelöst hatte, hatten sie damit ungehindert die Flughafenkontrollen in Cusco und Lima passiert.

Was Nora allerdings damit wollte, war ihm immer noch unklar.

Sie hatte ihm zwar erklärt, was sie vermutete und dass der Stein den Blick in die Vergangenheit erst ermögliche, aber es fiel ihm schwer, daran zu glauben.

»Sind Sie sicher?«, hatte er nur gemurmelt und ein halbherziges »wenn Sie meinen« hinterher geschoben. Ihre Vermutung schien ihm ziemlich weit hergeholt.

Jedenfalls hatte er es endlich geschafft, am Telefon ausführlich mit Bingham zu sprechen. Sein alter Freund war froh über ihre Fortschritte gewesen. Sie waren sich beide jedoch einig, ihm vorerst nichts über die

Vorfälle in England zu erzählen. Es hätte ihn nur noch mehr beunruhigt und Grant hatte das eindeutige Gefühl, dass mit Bingham etwas nicht stimmte. Auf seine Nachfrage hin wiegelte Bingham zwar ab.

»Nein, nein, alles in Ordnung. Es gibt hier nur eine Sache, bei der ich noch nicht so ganz mitkomme.«

Aber Grant kannte den Tonfall in der Stimme seines Freundes. Irgendetwas beschäftigte ihn und für Grants Eindruck spielte er seine Beunruhigung gewaltig herunter. Aber was wollte er machen? Schließlich konnte er seinen alten Weggefährten nicht mit Waffengewalt zu mehr Informationen zwingen. Es kam ihm nur merkwürdig vor, dass…

»Wo bleiben Sie denn?«, sagte Nora ungeduldig und zerrte ihn am Arm mit über die Straße.

»Wenn wir heute noch etwas erreichen wollen, dann müssen wir uns beeilen.«

Grant nickte. Aber im Inneren grübelte er weiter.

»Etwas erreichen.« Er fragte sich, was das sein sollte. Und seit einigen Stunden hatte eine starke Müdigkeit von ihm Besitz ergriffen. Er gähnte und trottete über die Straße. Er hatte Durst, Hunger, das Bedürfnis nach Schlaf, eigentlich alles gleichzeitig. Aber Nora schien davon nichts zu spüren.

Nach einigen Straßenzügen tauchte das Gebäude vor ihnen auf, wegen dem sie hier waren. Die Basilika Sankt Franziskus. Grant erkannte die Fassade bereits von weitem. Der Platz vor der Kirche war fast leer. Nur um den Eingangsbereich standen noch ein paar Menschen herum.

Er sah auf die Uhr. Die Kathedrale schloss in gut einer Stunde. Er hatte auf Nora eingeredet, dass sie sich doch lieber ein Hotel für die Nacht suchen und morgen mit frischem Geist weiter machen sollten, aber sie hatte nicht mit sich verhandeln lassen. Seine Müdigkeit ging sogar so weit, dass er zeitweise nicht einmal mehr Ausschau nach ihrem Angreifer hielt. Ein Zustand, der ihm mehr und mehr Sorgen machte. Sich in Sicherheit zu wiegen war ein Trugschluss, aber genauso gefährlich war es, müde und unaufmerksam zu sein.

»Ich werde sehen, was ich tun kann«, sagte Nora und lief voraus zum Eingang.

Ein paar Minuten später erschien sie wieder. In ihrem Gesicht zeichnete sich ein Lächeln ab.

»Gute Neuigkeiten«, sagte sie strahlend. »Die letzte Führung startet in zehn Minuten. Hier sind unsere Tickets.«

Grant griff nach der Karte, die Nora ihm hin hielt. Er wusste nicht, ob er über diese Tatsache erfreut sein sollte oder nicht. Jedenfalls war gerade seine letzte Hoffnung auf einen geruhsamen Abend zunichte gemacht worden. Es war sinnlos, mit Nora eine weitere Diskussion zu beginnen. Und so folgte er ihr zum Kircheneingang.

Die Führung wenig später startete pünktlich. Eigentlich war alles wie beim letzten Mal. Nur, dass ihr Guide diesmal weiblich war. Eine schlanke, gut aussehende Frau in den Zwanzigern. Sie begrüßte alle Teilnehmer der Führung und tat es in einem Akzent, der Grant sofort bekannt vorkam. Wenn er hätte wetten müssen, so hätte er getippt, dass die Frau aus New York kam. Womöglich eine Studentin im Auslandssemester, die sich als fremdsprachliche Führerin hier ein bisschen Geld dazuverdiente. Er konnte an Noras Gesicht sehen, dass ihr die Begrüßung eindeutig zu lange dauerte und sie die junge Amerikanerin nicht mochte.

Er grinste. Dann sagte die Frau:

»Und nun geht es los. Bitte folgen Sie mir.« Und schlagartig sah er den Schatten aus Noras Gesicht verschwinden.

Der muffige Geruch des Kirchenkellers schwappte wieder über sie hinweg als sie nach unten stiegen. Da Grant die beklemmende Gruft nun kannte, war er noch weniger begierig, wieder dorthin zu gelangen. Er sah in die faszinierten Gesichter ringsum und achtete darauf, mit Nora zusammen am Ende der Gruppe zu bleiben.

Ihr Plan war der gleiche und es verlief auch alles wie gewohnt. Die identische Raumabfolge. Die gleichen Informationen, die sie schon einmal gehört hatten.

Dieselben staunenden Laute der Leute um sie herum. Und dann kamen sie an die Stelle, auf die sie gewartet hatten.

Sie ließen sich zurückfallen, bis sie niemand mehr sehen konnte und durchquerten dann den Säulenraum in Richtung der kleinen Kammer.

Alles lief ohne Probleme. Nora nutzte ihr Handy als Taschenlampe und so zwängten sie sich wie schon einmal in den kleinen Raum. So weit, so gut.

Grant hörte weit entfernte Schritte und die Stimme ihrer Führerin.

»So, nun lassen Sie mal hören, was Sie sich ausgedacht haben«, sagte er zu Nora.

»Zweifeln Sie etwa an mir?«, fragte sie in gespielter Beleidigung. »Sie können mir glauben, ich bin mir recht sicher. Allerdings muss ich Ihnen danken. Erst durch Ihre Bemerkung bin ich auf die Lösung des Rätsels gekommen.«

»Was für eine Bemerkung?« Grant war verwirrt.

»Dass die Zeichen und Symbole sich ähneln. Aber es ist noch mehr als das.«

»Was denn?«

»Sie sind völlig identisch.« Sie tastete in ihrer Tasche nach dem Stein. Staub wirbelte durch den Lichtkegel des Handys. Grant nahm die stickige Luft um sie herum in dem engen Raum noch deutlicher wahr.

»Naja nicht völlig identisch. Die Strukturen und Reliefe sind mal fühlbar erhaben, mal in den Stein eingekerbt. Sehen Sie?«

Sie zog den Brocken heraus und Grant betrachtete ihn im Licht.

»Und die Stellen, die auf diesem Stein erhaben sind«, sie leuchtete an die Wand, »sind auf diesem hier eingekerbt und umgekehrt. Verstehen Sie, worauf ich hinaus will?«

»Ich vermute. Aber ich kann nicht glauben, dass…«

»Und wieso nicht?« Noras Augen leuchteten. »Glauben ist recht wenig. Ich bin mir sicher, dass wir hier eine Art Schlüssel vor uns haben. Natürlich ohne die Inschrift auf dem Stein im Dschungel ergibt das alles keinen Sinn. Aber es ist doch ganz klar. Kein Wunder, dass niemand vorher darauf gekommen ist.«

»Warten wir es ab«, brummte Grant. Er konnte den Enthusiasmus der Geologin nicht teilen. In ihren Augen sah er die trügerische Begeisterung des wissenschaftlichen Eifers, der nur all zu leicht enttäuscht werden konnte. Aber Nora blieb selbstsicher.

»Ja, warten wir es ab«, sagte sie.

Mit diesen Worten wandte sie sich um. Sie begutachtete noch einmal kurz den Stein in ihrer Hand. Dann drehte sie ihn und drückte ihn in den Stein in der Wand, sodass die Vertiefungen und die erhabenen Stellen ineinander passten. Sie ächzte leise. Der Lichtstrahl des Handys schwankte. Dann trat sie zurück. Der Brocken blieb in der Wand stecken.

»Tadaa«, sagte Grant missmutig. Aber dann hörte er auf einmal etwas. Es war ein Kratzgeräusch. Es klang wie das Mahlen von Mühlsteinen. Und plötzlich begann der Raum leicht zu erzittern.

»Verdammt«, fluchte Nora und sprang zurück. Sand rieselte von der Decke herab. Dann wurde das Kratzgeräusch lauter. Und plötzlich bewegte sich die Wand vor ihnen. Ein Teil der Mauer kippte einfach nach hinten. Es geschah so langsam, dass Grant glaubte einen hydraulischen Mechanismus vor sich zu haben. Immer weiter wich das Gestein vor ihren Augen zurück. Und dann war der Spuk vorbei. So schnell, wie er gekommen war. Nora sah erst Grant an. Dann spähte sie in die klaffende Öffnung in der Wand. Ein schmaler Durchgang war entstanden. Gerade breit genug für eine Person.

Grant stellte sich auf einen bissigen Kommentar von Nora ein, aber sie sagte nichts. Mit dem Handy wie eine Waffe vor sich ging sie auf die Öffnung zu. Dann verschwand sie darin.

»Kommen Sie.«

Grant blickte sich noch einmal um. Dann zwängte auch er sich in das Loch. Der Boden war sandig und der Tunnel knickte nach ein paar Metern scharf links ab. Vor sich nahm er Noras Silhouette im Licht der Handylampe wahr.

Sie bogen um die Ecke und zu Grants Verblüffung weitete sich der Gang zu einem kleinen Raum.

In der Mitte stand ein etwa ein Meter hoher Altar. Darauf, wie eine Opfergabe, ein kleines Stück Stoff. Es sah aus wie ein winziger Jute-Sack. Aber Grant erkannte, dass Linien, Formen und Zeichen darauf gemalt waren. Fassungslos sah er Nora im diffusen Licht an.

Ecuador

Es war bereits dunkel, als Bingham sein Büro verließ. Gefühlt lag der längste Tag seines Lebens hinter ihm. Er hatte noch die Telefonkonferenz mit den Bossen abwarten müssen. Aber das war heute seine geringste Sorge gewesen.

Nachdem er das Videomaterial gesehen hatte, hatte er die Polizei eingeschaltet. Er musste. Es bestand keine Chance, die Tatsachen länger geheim zu halten. Sie waren jedoch mit lediglich einem Streifenwagen angerückt und hatten den Tod des Gärtners und des Wärters aufgenommen. Am Nachmittag hatten sie die Leichen abtransportiert. Alles war recht unspektakulär vonstatten gegangen. Die Beamten hatten fast gelangweilt ausgesehen. Vermutlich passierte ihnen so etwas jeden Tag.

Einer der Polizisten, ein Mann um die 50, hatte einigen Mitarbeitern und Bingham selbst Fragen gestellt. Aber auch das war mehr routiniert als engagiert abgelaufen. Eben wie ein trauriges Pflichtprogramm.

Danach war wieder Ruhe im Komplex eingekehrt. Scheinbar. Doch es rumorte unter der Oberfläche. Überall wurde hinter vorgehaltener Hand getuschelt. Und auch er selbst kam nicht zur Ruhe.

Und als hätte das alles nicht schon gereicht, so war ihm am Nachmittag auch noch Wadford über den Weg gelaufen. Der Mistkerl mit seiner Oberlehrer-Miene.

»Schlimm schlimm das Ganze«, hatte er gesagt.

»Sagen Sie mal, was ist hier eigentlich los?«

Bingham hatte ihm irgendwelche Ausflüchte aufgetischt. Er wusste nur zu gut, dass er vorsichtig sein musste. Ihr Gespräch war ansonsten ereignislos. Wadford informierte ihn knapp über den Stand der Bodenuntersuchungen. Aber dann hatte der Wichtigtuer etwas gesagt, das Bingham zu denken gegeben hatte.

»Es ist nicht immer das direkte Problem, das wir sehen. Oft sehen wir nur die Auswirkungen, verstehen Sie?« Und als er nichts erwidert hatte: »Es ist wie bei einer Krankheit, nicht wahr? Oft sieht und behandelt man nur die Symptome, aber die eigentliche Ursache liegt oft tiefer.« Und mit einem Schulterklopfen hatte er hinzugefügt: »Der Rat ist gratis mein Lieber. Machen Sie was drauß. Ich möchte hier nur ungern zum nächsten Opfer werden.« Und dann war er lachend davon gegangen, hatte eine Nummer in sein Handy eingetastet und seinen Gesprächspartner mit einem unfreundlichen »Wo zum Teufel sind Sie gerade?« angeherrscht.

Bingham überlegte kurz, was ihn an dem Rat so gestört hatte. Eigentlich weniger der Inhalt an sich. Mehr die Tatsache, dass der Kerl trotz seiner Äußerungen so überhaupt keine Angst zu haben schien. Der gesamte Komplex dagegen war in heller Aufregung. Wusste Wadford mehr als er zugab? War da ein verräterisches Funkeln in seinen Augen gelegen? Oder bildete er sich alles nur ein? Was wurde hier gespielt? Und hatte der Mann seine Hand mit im Spiel? Es waren alles Fragen, auf die er keine Antwort wusste.

Er zupfte ein Haar von seinem Anzug. Ja, der Katalog an Fragen präsentierte sich wirklich makellos. Allerdings wären Bingham ein paar Antworten lieber gewesen. Doch wo sollte er die suchen?

Bis auf die Tatsache, dass die Todesfälle nach dem Fund des Steins und der Pflanze begonnen hatten, hatte er keine Anhaltspunkte. Und das war recht wenig. Zu wenig, um etwas Brauchbares damit anzufangen. Vielleicht sollte er sich wieder auf die verschwundene Akte konzentrieren. Aber auch hier hatte er keinen Punkt, an dem er ansetzen konnte. Es war zum Verrücktwerden. Er kam sich vor wie im Zentrum des Geheimnisses, ohne gleichzeitig das Geringste darüber zu wissen. Wie im Auge eines Hurrikans, in dem alles um ihn herum passierte. Eindeutig war nur eins. Sah man von dem eigenartig aggressiven Verhalten der Tiere ab, dann lief immer noch ein Mörder in der Anlage herum. Der Gärtner war mit einem Strick um den Hals an die Wasserleitung gebunden worden. So etwas schaffte kein noch so intelligentes Tier.

Sein Kopf begann langsam zu überhitzen bei all den Rätseln.

Er brauchte frische Luft und so entschloss er sich, einen Spaziergang hinüber zu den Außengehegen zu unternehmen. Durch mehrere Türen verließ er das Gebäude und passierte den Elektrozaun.

Der Wald lag friedlich im Dunkel der Nacht.

Es könnte alles so harmonisch sein. Stattdessen war dieser Ort zum Schauplatz der Gewalt geworden. Bingham kniff die Augen zusammen und versuchte sich in der spärlichen Beleuchtung zu orientieren. Er hatte die Männer angewiesen, zusätzliche Strahler für die Wege aufzustellen. Offensichtlich waren sie der Aufgabe bisher nur zum Teil nachgekommen.

Der Weg zu den Bunkern lag vor ihm. Gesprenkelt mit kleinen Lichtinseln.

Zielsicher suchte er in dem Zwielicht das Tapirgehege. Dort angelangt betätigte er einen Schalter an der Außenwand des Gebäudes. Sofort sprangen mehrere starke Scheinwerfer im Inneren des Geheges an. Es sah beinahe aus wie die Beleuchtung eines Stadions. Sofort erblickte er zwei der Tiere. Sie grasten in der Nähe des Zauns. Mit einem schaurigen Gefühl stellte er fest, dass ihre Schnauzen und Köpfe immer noch verschmiert mit dem Blut des Wärters waren. Er fragte sich zum wiederholten Mal, was mit den Tieren passiert war. Es waren normalerweise lethargische, friedliche Pflanzenfresser. Sie schienen seine Anwesenheit noch nicht bemerkt zu haben. Er konnte nicht länger hinsehen. In dem Moment, in dem eines der Tiere den Kopf hob, schaltete er die Beleuchtung wieder aus.

Es brauchte ein paar Sekunden, bis sich seine Augen wieder an das Halbdunkel anpassten.

Verdammt, er benötigte etwas zu trinken. Und nicht nur irgendetwas, nein, er brauchte etwas Richtiges. Er tastete nach seinen Schlüsseln und fand sie in der Jacketttasche. Etliche Sicherheitsschlüssel waren an dem Bund befestigt. Daneben ein etwas größerer, der zu seinem Geländewagen gehörte. Er überlegte, wo er das Auto zuletzt abgestellt hatte. Im Gegensatz zu den übrigen Mitarbeitern zog er es vor, so oft es ging, nicht den Helikopter in Anspruch zu nehmen. Aber das war jetzt unwichtig. Wichtig war nur, was auf dem Rücksitz lag. Und zwar eine Flasche 18 Jahre alter Single Malt, den er sich bei seinem letzten Ausflug in die Stadt gegönnt hatte.

Zu seiner eigenen Überraschung bemerkte er, dass er die Flasche bisher nicht angerührt hatte. Bis zum jetzigen Zeitpunkt hatte er sie sogar völlig vergessen. Es war einfach so viel zu tun gewesen. Er hatte sie gekauft und einfach im Wagen liegen lassen. Er überlegte. Vielleicht lag da ja noch mehr. Gegen eine gute kubanische Zigarre hätte er auch nichts einzuwenden. Aber das wäre des Glücks wahrscheinlich zu viel.

Er setzte sich in Bewegung.

Wenn er einfach dem Pfad entlang der Bunker folgte, dann musste er eigentlich zwangsläufig auf den Parkplatz stoßen. Er kam an mehreren der gedrungenen Gebäude vorbei. Ein paar Mal erblickte er die Zäune der anderen Außengehege. Er hatte nur eine vage Vorstellung, welche Tiere in welchen Gattern waren.

Dann lag der Bereich hinter ihm. Er passierte den Elektrozaun an einer anderen Stelle und nahm den Pfad hinauf zum Parkplatz. Als er die geschotterte Fläche betrat, stellte er fest, dass neben seinem eigenen Wagen nur noch zwei andere auf dem Platz standen. Alle drei badeten im Mondlicht. Es war erstaunlich hell. Vielleicht kam es ihm nach dem dunklen Weg aber auch nur so vor.

Und plötzlich sah er ihn. Bingham zuckte zusammen, als er eine Gestalt am anderen Ende des Parkplatzes auftauchen sah. Wäre in den vergangenen Tagen nichts passiert, er hätte davon wohl kaum Notiz genommen. Wahrscheinlich einer der Sicherheitsleute. Aber die Gestalt stand einfach nur da und starrte zu ihm herüber. Er kniff die Augen zusammen. Der Mann trug keine Uniform. Er überlegte etwas zu sagen. Die Gestalt stand rechts von ihm am Ende der Schotterfläche. Dort gab es keine Wege. Sie musste direkt aus dem Wald gekommen sein.

Ein Kribbeln durchlief seinen Körper. Es war eine bizarre Situation.

Sie standen beide einfach nur im Mondlicht da. Wie zwei Tiere, die sich gegenseitig belauerten.

Dann rannte der andere plötzlich los. Bingham erstarrte. Genau auf ihn zu. Er konnte das Scharren seiner Schritte auf dem Schotter hören. Jetzt war ihm klar, was los war. Das, was da auf ihn zukam, war die Gestalt auf den Überwachungsbändern. Sie musste es sein. Es gab keine andere Erklärung. Panisch sah er zu seinem Wagen.

Das war seine einzige Chance. Der andere war viel schneller als er. Wenn er durch den Dschungel floh, wäre er im Handumdrehen eingeholt.

Er rannte los. Wie elektrisiert vor Angst trugen ihn seine Schritte über den Schotter. Das Mondlicht erfasste ihn. Er drückte auf eine Taste am Autoschlüssel und der Wagen wurde entriegelt. Der Mörder kam näher.

Er lief jetzt eine leichte Kurve auf ihn zu.

Bingham riss die Autotür auf und warf sich auf den Sitz. Er startete den Motor. Dann griff er nach der Autotür. Die Gestalt hinter ihm schrie etwas in einer Sprache, die er nicht verstand. Dann tauchte sie in der Fahrertür auf. Hände grabschten nach ihm. Bingham schrie auf. Reflexartig trat er auf das Gaspedal. Der Wagen schoss rückwärts. Die Gestalt klammerte sich noch immer an ihm fest. Er roch starken Schweißgeruch und einen Hauch Moder.

Der Wagen prallte gegen etwas. Vermutlich war es ein anderes Fahrzeug. Dann schossen sie über die Parkplatzbegrenzung hinaus in den Dschungel. Bingham riss das Lenkrad herum. Farne, Büsche und Zweige klatschten gegen das Auto. Es ging einen Abhang hinunter. Plötzlich spürte Bingham wie der Wagen sich gefährlich neigte. Sie würden sich überschlagen. Ein weiterer Busch prallte gegen sie. Der Griff seines Angreifers lockerte sich. In der nächsten Sekunde war er verschwunden. Dann kippte das Auto völlig. Bingham spürte einen dumpfen Schlag an der Schläfe. Dann überschlug sich das Auto mehrmals.

Schließlich blieb es auf der Seite liegen. Bingham roch Benzin, verschmorte Kabel, vermischt mit dem Geruch des Dschungels. Der Schmerz hämmerte in seinem Kopf. Er zwängte sich durch die zerbrochene Frontscheibe. Das Fahrzeug war nur noch ein Wrack.

Ängstlich sah er sich um. Das Dunkel des Dschungels umfing ihn. Irgendwo dort draußen war der Mörder. Vor sich sah er die Schneise im Urwald, die das Auto geschlagen hatte. Dahinter den Parkplatz im Mondlicht. Er musste wieder dorthin. Dort konnte er wenigstens etwas sehen. Ohne nachzudenken humpelte er los. Sein linkes Bein schmerzte stark.

Dann hörte er auf einmal einen Laut von links. Es war ein Stöhnen. Dann ein paar geröchelte Wörter. Da war das Phantom. Er zuckte zurück. Die Sprache verstand er nicht, aber irgendwo da im Dunkel war der Mörder. Allerdings griff ihn niemand an.

Mit zitternden Fingern fingerte Bingham nach seinem Handy und schaltete die Taschenlampenfunktion ein. Der Strahl durchschnitt die Nacht. Und im kalten Licht tauchte der Mörder vor ihm auf. Er hing halb schräg in einem Busch. Seine Beine berührten nicht den Boden. Bingham wusste für einen Sekundenbruchteil nicht, was los war, bis er die beiden Äste bemerkte, die die Brust des Mannes durchbohrt hatten.

Der Mann hing da, aufgespießt wie ein Stück Fleisch auf einer Gabel.

Binghams Puls raste, aber er beruhigte sich etwas. Zumindest drohte ihm von diesem Mann keine Gefahr mehr. Er sah die blutigen Spitzen der Äste, die aus dem Brustkorb seines Angreifers ragten. Sie waren dick wie ein Unterarm.

Der Mann würde sterben. Es war nur noch eine Sache von Minuten. Er trat näher heran. Sah, dass das Gesicht des Mannes sich ihm zuwandte. Er erblickte einen dichten Bart, lange schwarze Haare und ein indianisch aussehendes Gesicht. Es war schmerzverzerrt, aber nicht feindselig. Viel mehr lag eine unendliche Traurigkeit darin.

Der Mann sprach ihn mit leiser Stimme an. Sie war schwach, kaum mehr als ein Flüstern.

»Ich kann Sie nicht verstehen«, sagte Bingham und schüttelte den Kopf.

Der Mann wechselte ins Spanische, wobei seine Worte unbeholfen und langsam klangen. Immer wieder musste er vor Schmerzen kurz pausieren.

»Matas a tu gente.« Es wurde einen Moment lang still. Dann wiederholte er die Worte.

»Matas a tu gente. Ihr bringt eurem Volk den Tod.«

Dann wurden seine Gesichtszüge schlaff. Sein Kopf kippte zur Seite.

Bingham sah ihn noch eine Zeit lang an. Wie in Trance stand er einfach nur da. Unfähig sich zu bewegen. Ein Zittern griff stoßweise auf seine Arme und Beine über.

Peru

Die deutliche Kühle der Nacht kroch durch die Stadt, als die Tür sich öffnete und der Mann und die Frau wieder aus der Kirche kamen.

Ransom drückte sich noch tiefer in den Hauseingang, in dem er stand. Er konnte nicht wissen, ob die beiden mittlerweile sein Gesicht kannten. Es war besser, vorsichtig zu sein.

Sie gingen schnell über den Platz. Der Mann sah sich ein paar Mal um. Die Frau nicht. Sie begutachtete etwas in ihrer Hand.

Ransom drehte sich um und verließ den Hauseingang, als sie außer Sicht waren. Er folgte ihnen kurz in einer Parallelgasse. Dann zog er sich seine Mütze tiefer ins Gesicht und wechselte in die Straße, in der sie sich befanden. Es waren noch einige Menschen auf den Bürgersteigen unterwegs. Die Chance entdeckt zu werden, war praktisch gleich null. Und er verstand etwas davon, was er tat.

Nach ein paar Minuten sah sich der Mann wieder um. Sein Blick glitt über ihn hinweg. Zufrieden grinste Ransom.

Dann schlängelten sie sich weiter durch kleine Nebenstraßen, bis die Frau und der Mann in einem Hotel verschwanden. Ransom ging weiter. Durch die Scheiben der Empfangshalle konnte er sehen, wie die beiden mit dem Rezeptionisten sprachen, einen Zettel ausfüllten und danach zwei Karten für die Zimmer ausgehändigt bekamen.

Zufrieden registrierte er den Vorgang. Er beobachtete noch, wie sie in den Fahrstuhl stiegen. Dann wandte er sich ab. Er konnte jetzt den Auftraggeber anrufen. Vor dem Morgen würde hier nichts mehr passieren.

Er würde morgen früh wieder rechtzeitig zur Stelle sein, bevor sie aufbrachen. Mit Sicherheit war das nicht vor 5 Uhr der Fall. Dennoch würde er schon früher vor Ort sein.

Er ging die Straße hinunter und suchte die Vorgärten gegenüber dem Hotel mit den Augen ab. Nirgendwo ein geeignetes Versteck. Aber dann entdeckte er innerhalb eines Grundstücks einen verfallenen Schuppen, der von einer Palme halb überschattet wurde. Für einen Moment blieb er stehen und musterte den Ort. Dann atmete er erleichtert aus.

Der Platz war ideal. Hier würde er sich auf die Lauer legen. Die Palme und der Schuppen boten genügend Sichtschutz. Auch vom Haus würde er nicht zu sehen sein.

Er kletterte über den niedrigen Zaun aus Metallstäben und rüttelte kurz prüfend an dem Bretterverschlag. Dann kehrte er auf den Gehweg zurück.

Er schlenderte weiter und zog das Mobiltelefon aus seiner Jackentasche.

Peru

Grant stand im Fahrstuhl und beobachtete Nora, die noch immer das Stück Stoff aus der Gruft studierte. Er sah Linien darauf, die ihn an einen Flusslauf erinnerten und Halbkreise, die wie Berge anmuteten. Daneben etliche Zeichen, die ihm nicht das Geringste sagten. Ebenso Nora, die seit dem Fund nahezu ihre Sprache verloren zu haben schien.

Nur ein paar wenige Worte hatte sie von sich gegeben.

Die Fahrstuhltüren glitten im zweiten Stock auseinander.

Sie gingen einen Flur entlang und endlich löste sich Nora aus ihrer Trance. Sie suchte ihre Zimmernummer und drehte die Schlüsselkarte in der Hand.

»Den werden Sie nicht brauchen«, sagte Grant und deutete nach vorne. »Unsere Tür ist diese.« Nora musterte ihn irritiert.

Sie zeigte auf ein Schild neben der Tür.

»Aber das ist das Treppenhaus.«

»Genau.«

»Haben wir denn noch etwas vor?« Sie schien noch immer mit den Gedanken ganz woanders zu sein.

»Wir werden uns etwas Freiraum verschaffen«, sagte Grant.

»Verstehe ich nicht.« Grant blieb stehen.

»Na der Angreifer aus England, der uns offenbar im Nacken sitzt. Sind Sie scharf auf seine Gesellschaft?«

»Aber wir haben ihn abgeschüttelt. Wir werden nicht verfolgt, das haben Sie selbst gesagt.«

»Doch, werden wir. Zumindest glaube ich das.«

Nora zwinkerte ihm zu.

»Männliche Intuition also. Na das kann ja heiter werden. Ich bin müde und will schlafen.«

»Dann machen wir so weiter und können bald für immer schlafen. Aber glauben Sie ja nicht, dass ich meinen Sarg mit Ihnen teile.« Er setzte sich wieder in Bewegung.

»Außerdem hätten Sie unseren Verfolger auch bemerkt, wenn Sie sich nicht die ganze Zeit mit diesem Fetzen beschäftigt hätten. Ich weiß, dass Sie gesagt haben, wir müssen wieder ins Urubamba-Tal Richtung Machu-Picchu. Aber Sie haben auch gesagt, es gibt noch mehr. Wie weit sind Sie mit der Entzifferung?«

»Ich arbeite daran.«

Er zuckte mit den Mundwinkeln.

»Und so lange Sie das tun, sorge ich dafür, dass wir uns frei bewegen können. Kommen Sie.«

Mit diesen Worten öffnete er die Tür zum Treppenhaus. Sie stiegen wieder nach unten ins Erdgeschoss. Anschließend verließen sie das Hotel durch ein Fenster, das auf einen Innenhof hinter dem Gebäude führte. Über den Vorgarten des Nachbarhauses gelangten sie zu einer kleinen Seitengasse.

»Ziemlich abenteuerlich«, schnaubte Nora, als sie über einen rostigen Zaun klettern mussten.

Grant reagierte nicht. Sie gingen noch zwei Querstraßen weiter, bis sie auf die große Hauptstraße kamen, die zur Steilküste führte. Grant winkte ein Taxi heran und wies den Fahrer an, sie zum Flughafen zu bringen.

»In zwei Stunden geht eine Maschine nach Cusco«, sagte er. »Von da aus können wir morgen früh vor Sonnenaufgang mit dem Zug weiter.«

Er sah sich um, als das Taxi losfuhr.

»Wenn wir das schaffen, dann haben wir einen guten Vorsprung. Bis unser Verfolger merkt, dass wir nicht mehr im Hotel sind, sind wir ein gutes Stück weiter.«

»Was glauben Sie, wer er ist? Und warum hat er in England versucht uns zu töten?«

Grant beobachtete den Verkehr.

»Keine Ahnung. Auf jeden Fall sollen wir offenbar dem Rätsel dieser Pflanze nicht auf den Grund gehen. Und das scheint jemandem sehr wichtig zu sein.«

Nora machte ein unsicheres Gesicht. Durch die Aufregung der Suche hatte sie scheinbar vergessen, in welcher Gefahr sie schwebten. Schweigend legten sie die Strecke zum Flughafen zurück. Grant nahm kaum das Geräusch der Brandung auf der Küstenstraße wahr.

Als die Maschine der LATAM mit ihnen an Bord Richtung Cusco abhob und die Lichter unter ihnen immer kleiner wurden, entspannte er sich ein wenig. Teil eins des Plans hatte funktioniert. Jetzt war Nora an der Reihe, ihnen den weiteren Weg zu zeigen.

Sie hatte den Platz am Fenster ergattert und spähte nach draußen. Als das Flugzeug durch die Wolkendecke stieß, widmete sie sich wieder dem Stofffetzen.

»Hier sehen Sie«, sagte sie nach ein paar Minuten und hielt ihm das Stück Stoff hin.

»Zusammen mit den Zeichen ist es eindeutig, dass das das Urubamba-Tal ist.« Sie zeigte auf eine sich schlängelnde Linie. »Wenn ich es richtig sehe, dann müsste das hier Machu-Picchu sein.« Sie fuhr mit dem Finger weiter.

»Ich habe es mit Satellitenbildern verglichen. Die Angaben stimmen. Das hier ist der Fluss, der um den Bergrücken, auf dem Machu-Picchu liegt, herum fließt. Aber wir müssen weiter. Den Flusslauf weiter nach oben, bis zu diesem Punkt hier.« Ihr Finger verharrte auf der Karte aus Stoff.

»Die Zeichen sprechen von einem Vorhang, der alle Sünden abwaschen soll. Ich denke damit ist ein Wasserfall gemeint. Der Punkt müsste sich gut vier bis fünf Kilometer den Flusslauf nach oben befinden. Und das hier ist am interessantesten.«

Sie deutete auf eine Passage des Textes.

»Die Stadt aus Gold wird tatsächlich erwähnt. Es ist fantastisch. Wie nahe die frühen Entdecker diesem Ort waren. Damals dachte man, man hätte schon mit Machu-Picchu El Dorado entdeckt. Aber soweit ich mich erinnere, war Hiram Bingham da anderer Ansicht. Ich kann mich aber auch irren. Auf jeden Fall müssen wir hier hin. Das Gelände ist ziemlich unwegsam. Ich weiß auch nicht, ob es über Aguas Calientes, dem Ort am Fuße von Machu-Picchu, hinaus noch Straßen gibt. Vermutlich nicht, sonst wäre bestimmt schon jemand zufällig auf den Ort gestoßen.«

Grant überlegte einen Moment.

»Wir könnten diesen Teil der Route abkürzen«, sagte er mit einem Blick auf die Karte.

Dann lächelte sie, als sie Grants Gesichtsausdruck sah.

»Sie möchten Machu-Picchu besuchen, nicht wahr?«

»Wenn wir schon hier sind«, sagte Grant und lächelte ebenfalls. »Und wer weiß, wie lange wir angesichts der Umstände noch am Leben sind. Vor meinem Tod will ich die Stadt sehen. Und welch bessere Gelegenheit bietet sich, wenn wir sowieso schon direkt vor ihren Toren stehen. Wir können den Hang hier wieder nach unten klettern und haben diese Ausbuchtung des Flusses gespart.« Er fuhr mit dem Finger weiter.

Nora nickte.

»Schön. Auf zur letzten Etappe des Abenteuers.« Das Flugzeug rüttelte in leichten Turbulenzen. Dann wurde der Flug ruhig. Draußen zog das nächtliche Peru unter ihnen dahin. Die Sterne über ihnen funkelten.

Ecuador

Bingham sah zu, wie man die Leiche seines Verfolgers in einen knisternden Sack steckte. Um ihn herum herrschte rege Betriebsamkeit. Leute von der Polizei befragten Mitglieder des Sicherheitsteams. Auch er selbst wurde schon interviewt. Rotierende Blaulichter tauchten den Parkplatz in intermittierendes Licht. Es wirkte fast wie das Licht in einer Disco.

Ebenso sah es in seinem Kopf aus. Tausend Gedanken zuckten gleichzeitig hindurch. Und er tat sich schwer, sie zu ordnen. Nach einer Zeit entschied er, dass er einen ruhigeren Ort zum Nachdenken brauchte. Er fragte sich ohnehin, warum die Polizei auf einmal so ein Interesse an ihnen hatte. Die letzten beiden Toten hatten sie eher gelangweilt zur Kenntnis genommen. Er runzelte die Stirn. War drei die magische Zahl? Zwei Morde uninteressant, aber ab drei wurde man aktiv? Wenn ja, war das sehr eigenartig.

Er schüttelte den Kopf. In seinem Gehirn herrschte Chaos. Wenigstens war er so geistesgegenwärtig gewesen, die Flasche Single Malt noch aus dem Auto zu bergen. Sie war erstaunlicherweise während dem Unfall nicht zerbrochen. Schwer lag sie in seiner Hand. Wäre ja auch eine Schande, dachte er und musste unvermittelt grinsen.

Wie unpassend in seiner Situation. Schnell rief er sich zur Ordnung und vergewisserte sich, dass niemand ihn beobachtete. Es sähe recht verdächtig aus, wenn er hier grinsend neben einer Leiche herumstände. Oh verdammt, er war gerade wirklich nicht er selbst. Er brauchte Ruhe, einen Ort zum Nachdenken.

Mit fahrigen Bewegungen wandte er sich von der Szenerie ab. Er krampfte die Hand enger um den Hals der Flasche. Er würde sich irgendwohin zurückziehen, sich einen guten Schluck genehmigen und Ordnung in seine Gedanken bringen.

Vorsichtig, um keine Aufmerksamkeit zu erregen, schob er sich an ein paar Leuten vorbei und ging in Richtung Wohntrakt. Er überquerte eine große Rasenfläche. Dann ein kleines Stück Dschungel, ehe er wieder auf eine weitläufige Grasfläche gelangte. Im Mondlicht konnte er die Silhouetten der Labors sehen. Weiße Würfel in dem dunklen Meer aus Rasen. Er ließ sich auf einer Bank vor einem kleinen Teich nieder, schraubte den Deckel der Flasche ab und nahm einen tiefen Schluck. Dann noch einen. Wie angenehm die Flüssigkeit in der Kehle brannte. Ein wohliger Schauer überlief ihn. Die Welt schien gleich um ein oder zwei Nuancen freundlicher auszusehen.

Gedankenverloren drehte er die Flasche in der Hand.

Nun gut, nachdenken also.

Er legte sich auf die Bank und sah nach oben in den sternenklaren Nachthimmel. Es war eine eigenartige Fügung des Schicksals, die ihn an diesen Ort geführt hatte.

Inmitten in das Zentrum eines Geheimnisses, das er nicht gesucht hatte und es noch weniger verstand.

Aber nun war er nun einmal hier und musste das Beste daraus machen. Er dachte an seine Schwester in Kolumbien. Er hatte seit Wochen nicht mehr mit ihr gesprochen.

Höchste Zeit, dass er sie anrief. Er dachte an den Felsen im Dschungel, er dachte an Wadford, Nora und Grant. Und schließlich landete er zwangsläufig bei den drei Toten. Der Gärtner, getötet durch seinen Angreifer vom Parkplatz, da war er sich sicher. Ob es ein zufälliges Ereignis oder geplant war, vermochte er nicht zu sagen. Dann die Geschehnisse der heutigen Nacht, die wiederum zum Tod des Mörders geführt hatten.

Die letzten Worte des Mannes klangen in seinen Ohren nach. »Ihr bringt eurem Volk den Tod.«

Was hatte er damit gemeint?

War es eine Anspielung auf die Pflanze und deren lebensverlängernde

Wirkung, die eine Gesellschaft oder gar die ganze Welt aus den Angeln heben konnte?

Er hatte diese Gefahr ebenso erkannt. Oder hatte der Mann nur vor seinem Tod wirres Zeug geredet?

Und schließlich das in seinen Augen bizarrste Ereignis. Der von den Tapiren getötete Wärter.

Die Bilder, wie die Tiere auf den Mann losgingen, hatten sich für immer in sein Gehirn eingebrannt. Der Todeskampf des Wärters. In der grünlichen Beleuchtung des Bunkers wirkten die Bilder noch unheimlicher und grausamer.

Er dachte daran, wie der Mann vorsichtig das Futter in das Gehege gebracht hatte und wie dann die Hölle über ihn hereingebrochen war. Gab es etwas, das…? Plötzlich kam ihm ein Gedanke. Er setzte sich halb auf der Bank auf.

Ja, warum war ihm das nicht schon viel früher aufgefallen? Wie elektrisiert sprang er auf.

Dann hastete er in Richtung Hauptgebäude. Weiter hinten im Wald sah er noch immer das intermittierende Licht der Streifenwagen zucken.

Jetzt wusste er, wo er suchen musste.

Peru

Aguas Calientes war ein quirliger Touristenspot am Fuße des Bergrückens, auf dem Machu-Picchu lag. Etliche Reisende mit Rucksack und Sonnenbrille kamen ihnen in den schmalen Straßen entgegen. Der Ort schmiegte sich an den Fuß des Berges und war umgeben von steilen Tälern. Der Fluss hatte eine beeindruckende Farbe und schlängelte sich in einem weiten Bogen durch dichten Dschungel. Große Felsblöcke bestimmten das Flussbett.

Hin und wieder sah man einen Angler am Ufer. Die Fahrt mit dem Zug hierher war wie ein Eintauchen in eine völlig andere, fremde Welt. Vom kargen Hochland wechselte die Vegetation binnen Kilometer zu dichtem Urwald, steilen Tälern und bewaldeten Hangrücken. Mehrere Züge kamen ihnen entgegen, die Touristen transportierten.

Sie mussten oft an Ausweichstellen warten, bis der entgegenkommende Zug vorbei war. Die Stadt selbst war mehr ein Basislager als eine richtige Stadt. Fast nur bestimmt von Hotels aller Kategorien. Vom nobelsten Bunker, in dem man sich verschanzen konnte, bis zu nur mit dem Nötigsten ausgestatteten Low-Budget-Häusern.

Machu-Picchu heißt jeden willkommen, egal wie groß der Geldbeutel ist, sollte wohl die Botschaft lauten.

Nora und Grant waren gegen Mittag angekommen, mussten aber bis zum nächsten Morgen auf zwei freie Plätze in einem der Busse warten. Der Himmel war noch wolkenverhangen.

»Aber die Sonne wird bald scheinen«, sagte ihr Busfahrer. »Sie werden eine fantastische Morgenstimmung in der Stadt erleben. Es ist einfach wunderbar.«

Die Fahrt nach oben zu Machu-Picchu ging über eine steile Serpentinenstrecke. Es dauerte gut eine halbe Stunde, bis der Bus sich auf der Dschungelpiste nach oben gekämpft hatte. Sie hatten Sitzplätze weit hinten und Nora wurde beinahe schlecht. Ohnehin hatten sie Glück gehabt, überhaupt noch einen Platz bekommen zu haben. Normalerweise musste man sich für einen Besuch lange vorher anmelden.

Oben spuckte sie der Bus in eine wimmelnde Menschenmenge aus. Sie passierten das Eingangstor und es ging über zahllose Stufen weiter nach oben. Dann endlich waren sie in der Stadt.

Der Aufstieg wurde mit einem fantastischen Panorama-Blick über die gesamte Ruinenanlage belohnt. Wie ihr Fahrer vorausgesagt hatte, kämpfte sich die Sonne langsam durch die Wolken. Einige Strahlen schimmerten bereits durch die graue Wand und tauchten die Stadt und die umliegenden grünen Berge und steilen Schluchten in mystisches Licht.

Es war ein ergreifender, ehrfürchtiger, fast spiritueller Augenblick und sie verharrten beide für mehrere Minuten. In stiller Verehrung würdigten sie den Ort, den sie sehen durften.

Sie hatten entschieden, nur auf den Aussichtsterrassen ein paar Bilder zu machen und dann weiter zu ziehen. Aber nachdem dies erledigt war, blieben sie doch noch gut eine halbe Stunde und bestaunten das vor ihnen liegende Panorama. Es war mehr als ergreifend.

Schließlich rissen sie sich los. Nora zog kurz das Satellitenbild auf ihrem Handy zu Rate und verglich es mit der Zeichnung auf dem Stofffetzen. Dann begaben sie sich zum Ende der Anlage.

Sie folgten für ein paar Meter einem Pfad, der zu einer alten Inkabrücke führen sollte. Dann vergewisserten sie sich, dass sie niemand sah und bogen vom Pfad ab. Es ging eine steile Böschung nach unten durch dichten Urwald. Grant kramte die Machete, die er mitgebracht hatte, aus dem Rucksack und übernahm die Vorhut.

Der Hang war steil. Gefährlich steil. Oft mussten sie Umwege gehen, weil plötzlich eine Felswand auftauchte, die beinahe senkrecht abfiel. Aber nach ein paar hundert Metern wurde das Gelände flacher. Eine halbe Stunde später kamen sie unten beim Flusslauf an.

Nora klatschte sich eine Hand voll Wasser ins Gesicht.

»Ah, das tut gut«, sagte sie, ehe sie sich umsah.

»Hier lang müssen wir«, sie deutet flussaufwärts.

»Wenn ich alles richtig entziffert habe, dann steht uns eine längere Strecke am Fluss entlang bevor. Wir könnten zwar abkürzen. Aber die Berge hinauf und hinunter, das ist zu anstrengend. Wir haben kaum Proviant dabei. Und das Wasser dieses Dschungelflusses würde ich lieber nicht trinken.«

Sie scharrte mit dem Schuh in dem Wasser herum. Dreck und Sedimente wirbelten auf.

Grant nahm seinen Rucksack von den Schultern. Vier Flaschen Wasser und mehrere Pack Energieriegel lagen darin herum. Daneben eine Taschenlampe und Ersatzbatterien, ein Fernglas und ein Allzweckmesser.

»Dann los«, sagte er und schulterte das Bündel wieder. Er sah nach oben zum Himmel. Die Wolkendecke riss langsam weiter auf und die Sonne badete den Fluss und den umgebenden Wald in warmem Morgenlicht. Die Temperaturen würden schnell steigen.

Ecuador

Bingham sah sich um und dachte daran, dass er wohl bald in dieses Zimmer einziehen konnte. Zum wiederholten Mal saß er innerhalb weniger Tage in der Überwachungszentrale.

Und zum wiederholten Mal hatte er alle anderen Wachmänner aus dem Raum geschickt.

Wieder saß er allein vor den Videomonitoren. Schon eine gefühlte Ewigkeit.

Nichts, außer dem elektronischen Surren der Geräte und dem Kaffee in seiner Hand leisteten ihm Gesellschaft. Er musste schmunzeln. Was für eine lächerliche Figur er doch abgab.

Aber dann dachte er wieder daran, warum er hier war. Es war etwas, das die ganze Zeit schon in seinem Hinterkopf gelauert hatte. Etwas, das aber nicht greifbar war.

Wie ein Name oder eine Erinnerung, die einem partout nicht einfallen wollte. Irgendetwas hatte die ganze Zeit lang an ihm genagt, seit er die Videoaufzeichnungen aus dem Tapirgehege gesehen hatte. Und nun wusste er auch, was es war.

Die Erkenntnis war ihm schlagartig gekommen, als er da so in der Stille des nächtlichen Gartens gesessen hatte.

Wie ein Blitz hatte es ihn durchzuckt. Die Bewegungen der Tiere. Das Verhalten des Wärters. Wieso war er nicht schon früher darauf aufmerksam geworden? Er drückte auf eine Taste und lehnte sich nach vorne.

Vor ihm liefen die gleichen Bilder ab, die er schon einmal gesehen hatte.

Die Hauptkamera zeigte das Bild aus dem Inneren des Bunkers. Die Bilder der Außenkameras hatte Bingham auf die übrigen Monitore gelegt.

Nun würde er das Geheimnis finden, da war er sich sicher. Er musste nur die Hand danach ausstrecken. Aber er war überzeugt, dass die Lösung des Rätsels, oder zumindest ein Teil davon, auf diesen Bändern zu finden war.

Es klopfte an der Tür.

»Nicht jetzt«, rief Bingham unfreundlich und das Klopfen verstummte. Er brauchte Ruhe.

Die Bildschirme zeigten den Tod des Wärters im Rücklauf. Die Leiche lag noch auf dem Boden. Im nächsten Moment befand sie sich wieder im Todeskampf mit den Tieren. Dann sah man sie bei der Fütterung im Gehege. Zu diesem Zeitpunkt war der Mann bereits tot. Er wusste es nur noch nicht.

Aber in diesen Augenblicken lag der Schlüssel. Der Schlüssel, den er suchte. Er wartete noch ein paar Sekunden, ehe er wieder auf Play drückte. Das Innere des Bunkers war leer. Dann ging die Tür auf und der Wärter trat ein. Einige Augenblicke später schloss er die Gittertür zum Gehege auf. Und da war es.

Bingham kniff die Augen zusammen. Ein etwas ungeübterer Beobachter als er hätte die Bewegungen des Mannes vielleicht missgedeutet. Aber es gab keinen Zweifel.

Der Mann betrat so vorsichtig das Gehege, sah sich so nervös um. Und als er das verräterische Scheppern der Tür registrierte, reagierte er fast schon panisch. Er floh geradezu aus dem Gehege.

Bingham stoppte die Wiedergabe. Und das ließ nur einen möglichen Schluss zu.

Er schauderte.

Die Tiere hatten sich nicht zum ersten Mal so verhalten.

Peru

Sich am Rande des Dschungelflusses entlang zu schlagen war ein Albtraum. Am Anfang ging alles noch recht gut. Es gab viele große Steine, auf denen sie fast wie auf einer Autobahn vorankamen. Aber nach einigen Windungen wurde der Fluss schmaler, die Vegetation noch dichter und das Wasser tiefer.

Mit der Machete am Ufer kamen sie nur noch im Schneckentempo voran.

Es war gegen Mittag, als Nora verkündete, dass sie nun die Hälfte der Strecke geschafft hatten. Sie ließen sich auf einem der Ufersteine nieder und machten eine ausgedehnte Pause. Grant kramte ein paar der Energieriegel hervor.

»Wenn es so weitergeht, wird es Abend, wenn wir die Stelle erreichen.« Nora sah auf ihr Handy.

»Gut, dass der Empfang hier draußen noch so weit reicht. Ich habe hier eine bessere Verbindung als zuhause in meiner Wohnung. Verblüffend.« Sie lachte. Dann biss sie wie ein hungriges Raubtier von ihrem Energieriegel ab.

»Die sind ganz gut«, sagte sie und kaute anerkennend darauf herum.

Grant nickte. Zufall, er hatte die erstbeste Packung aus dem Regal gezogen, die er gefunden hatte.

Besorgt sah er auf das Display seines eigenen Handys. 50 Prozent des Akkus waren aufgebraucht. Er hoffte, dass es bis zu ihrer Rückkehr reichen würde. Wenn sie wirklich den Ort fanden, an dem die Pflanze wuchs, musste er noch einmal mit Bingham sprechen, bevor sie das Herbizid einsetzten.

Die Zylinder mit dem Pflanzengift hatte Nora in ihrem Rucksack. Er nahm einen Schluck aus seiner Wasserflasche. Er hoffte inständig, dass das Mittel von Bingham ausreichen würde. Und wenn nicht?

Und dann waren seine Gedanken wieder bei dem Mann, der sie verfolgte. Einige Dinge passten hier nicht zusammen. Schon ein paar Mal waren ihm diese Überlegungen durch den Kopf geschossen. Und er wusste, dass sein Gefühl ihn nicht trog. Sie wurden in Lima beobachtet, da war er sich sicher. Aber war das der gleiche Kerl, der sie auf dem Anwesen in England angegriffen hatte? Und wenn ja, wie hatte er ihre Spur so schnell wieder finden können? Versorgte ihn jemand mit Informationen? Und wenn das so war, wer?

Aber alles Grübeln half nichts. Wenn er den Mann nicht direkt fragen wollte, und darauf legte er keinen gesteigerten Wert, dann würde dieser Aspekt wohl im Dunkeln bleiben. Er nahm einen weiteren Schluck aus seiner Wasserflasche und sah zu, wie Nora noch einmal das Satellitenbild auf ihrem Handy betrachtete.

Dann brachen sie wieder auf.

Und tatsächlich wurde es Abend, bis sie die Stelle erreichten, die Nora als Zielpunkt ausgemacht hatte.

Sie schlugen sich weiter am Flusslauf entlang, hörten das Gekreische der Vögel, das Wispern des Dschungels über sich und sahen zu, wie die Sonne langsam auf den Horizont zu sank.

Und dann blieb Nora plötzlich stehen.

»Hören Sie das?«, fragte sie und hob die Hand. Grant blieb stehen.

Er hörte es. Das unverwechselbare Geräusch fallenden Wassers. Es wurde gedämpft durch das Dickicht des Dschungels. Dennoch war es deutlich wahrnehmbar.

»Der Wasserfall«, sagte Nora, »ich wusste es. Kommen Sie, es muss ganz in der Nähe sein. Auf der anderen Seite des Flusses.«

Und sie hatte recht. Allerdings klappte es ein bisschen zu gut. Denn als sie um eine weitere Flussbiegung herum kamen, erblickten sie nicht nur einen Wasserfall, sondern gleich an die 15.

An mehreren Stellen des steilen Hangs stürzten Schleier aus weißer

Gischt nach unten. Einige an die zehn Meter hoch. Grant fühlte sich an die zahllosen Wasserfälle des Iguazu erinnert. Es war ein fantastischer Anblick. An mehreren Stellen der gischterfüllten Luft bildeten sich in der Sonne Regenbögen. Vögel, die hinter dem Schleier aus Wasser nisteten, flogen in die Fälle hinein und hinaus.

»Ach scheiße«, brummte Nora neben ihm. Aber dann musste sie unwillkürlich lachen. Sie zuckte mit den Achseln. »Was solls. Es wäre sonst ja auch zu einfach gewesen.« Noch einmal konsultierte sie das Satellitenbild. »Eigenartig.« Dann stapfte sie weiter.

Ecuador

Es dauerte zwei Stunden, bevor Bingham auf den Videobändern Beweise für seine Theorie fand. Der eine war eine, der andere zwei Wochen alt.

Jedes Mal war es die gleiche Situation. Die Tiere hatten Wärter angegriffen, die draußen an den Zäunen entlanggingen oder diese kontrollierten. Einmal waren die Tiere sogar zu dritt auf die gleiche Stelle im Zaun losgestürmt. Der Draht hatte sich gefährlich verbogen, aber der Attacke standgehalten. Bingham saß fassungslos vor den Bildschirmen. Wieso hatte ihn niemand über diese Vorfälle informiert?

Er spulte die Bänder weiter zurück. Alle in der gleichen Geschwindigkeit. Mit der rechten Hand kritzelte er gerade ein paar Zahlen auf einen Notizblock, als sein Handy zu läuten begann. Irritiert sah er auf das Display.

»Bingham«, meldete er sich knapp. Dann hörte er ein paar Sekunden der krächzenden Stimme aus dem Telefon zu.

»Was meinen Sie damit kommt heute noch an? Mir hat niemand Bescheid gegeben. Ich verstehe.« Dann legte sein Gesprächspartner auf.

Verwirrt steckte Bingham das Handy weg.

Francis war offenbar auf dem Weg in die Anlage. Seit Tagen hatte er nichts von dem Botaniker gehört. Offenbar landete seine Maschine in einer Stunde. Der Helikoptershuttle stand schon für ihn bereit.

Was wollte sein alter Bekannter auf einmal hier? Er hatte ihm doch eingeschärft, dass sie vorsichtig sein mussten.

Gerade fragte er sich, wer diesen Transport überhaupt autorisiert hatte, als auf einmal seine Gesichtszüge gefroren.

Wie versteinert starrte er auf den Hauptmonitor, der das Innere des Bunkers zeigte. Dann drückte sein zitternder Finger die Play-Taste. Was er nun sah, ließ ihm das Blut in den Adern gefrieren.

Peru

»Wieder nichts«, sagte Nora enttäuscht und kam mit nassem Hemd wieder hinter der Gischtwand des Wasserfalls hervor. Es war bereits der dritte, den sie kontrollierten.

»Schade, dabei sind die Zeichen auf unserem Artefakt aus der Kirchengruft ziemlich eindeutig.« Sie zog noch einmal das Ding aus der geheimen Kammer zu Rate.

Dann wischte sie sich so gut es ging das Wasser aus dem Gesicht. Das nasse Hemd spannte sich über ihren Brüsten.

»Ein Vorhang, der alle Sünden abwaschen soll«, sagte sie und lachte. »Ziemlich gut, wenn Sie mich fragen.«

Sie stopfte den Stofffetzen wieder in ihre Tasche.

»Sind Sie sicher, dass Sie sich bei der Übersetzung nicht getäuscht haben?«, fragte Grant.

Nora warf ihm einen verächtlichen Blick zu.

»Wieso? Wollen Sie es mal probieren?«

Grant hob abwehrend die Hände.

»Ich meinte ja nur, wir sollten alle Möglichkeiten…«

»Ich habe mich nicht geirrt, okay. Sie werden schon sehen.«

»In Ordnung, ganz ruhig«, sagte Grant beschwichtigend. »Ich meinte ja nur, wir sollten uns nicht zu sicher sein.«

Plötzlich lachte Nora wieder.

»War nur ein Scherz. Kommen Sie schon, verstehen Sie keinen Spaß, Mann. Außerdem haben wir doch erst drei von den Dingern näher in

Augenschein genommen. Laut meiner Rechnung macht das noch über zehn Chancen, die uns bleiben.«

Gutgelaunt stapfte sie wieder los in Richtung des nächsten Wasserfalls. Grant konnte bereits das schäumende Wasser durch die Baumreihen sehen.

Für einen Moment fragte er sich, warum eigentlich niemand vor ihnen auf diesen paradiesischen Flecken im Dschungel gestoßen war. Vermutlich war das auch der Fall gewesen. Aber wenn man nicht wusste, wonach man suchen sollte, dann war es eben nicht mehr als nur ein schöner Anblick. Außerdem waren viele der Wasserfälle recht klein und nur im richtigen Winkel im Grün des Waldes auszumachen. Und zu guter letzt gab es nun einmal beeindruckendere Fälle auf diesem Kontinent. Weit spektakulärer als das, was sich vor ihnen abspielte. Aber wenn Nora recht behalten sollte, bei weitem nicht so bedeutungsvoll.

Er folgte mit den Augen einem vorbei fliegenden bunten Vogel. Und nicht zuletzt war dieses Gedankenspiel mehr als müßig. Was auch zutreffen mochte, er würde die Lösung der Frage sowieso nie erfahren.

Sie gingen weiter. Aber auch der nächste Wasserfall erwies sich als Sackgasse. Nur Felsen und massives Gestein dort, wo Nora einen Durchgang zu vermuten glaubte. Noch ein bisschen nasser als zuvor kam sie wieder hinter dem weißen Vorhang hervor.

Hinter dem nächsten Schleier aus Wasser tauchte sie jedoch mit einem breiten Grinsen wieder auf.

Grant brauchte nicht erst ihre Worte zu hören, um zu wissen, was sie entdeckt hatte.

»Jackpot«, sagte sie nur. »Auch wenn wir nicht gewettet haben, schulden Sie mir jetzt ein Bier. Sehen Sie sich das nur an.« Sie packte ihn an der Hand und zog ihn durch das Wasser hindurch. Es fühlte sich wie eiskalter Regen an.

Ecuador

Das Schauspiel, das sich ihm auf dem Videomonitor bot, konnte surrealer kaum sein.

Die Aufnahme war noch ein wenig älter als die beiden anderen. Er registrierte zwei Gestalten innerhalb des Bunkers auf dem Monitor. Die Tiere waren im Außengehege. Bingham sah sie in einiger Entfernung zum Gebäude grasen. Aber das Interessante waren nicht die Tiere. Das Interessante war das Verhalten der beiden Gestalten im Inneren. Er traute seinen Augen nicht.

Durch die tonlose Aufnahme wirkte alles noch unwirklicher. Wie in einem Stummfilm. Eine der Gestalten zerrte etwas heran, das wie eine Vogelscheuche aussah. Und zu seinem Schrecken bemerkte Bingham, dass es auch eine Vogelscheuche war. Ein paar Kleider, voll gestopft mit Stroh oder Heu. Das ließ sich nicht sagen.

»Was zur Hölle…« Bingham fluchte ganz für sich allein. Die Bildschirme um ihn herum summten. Das Flimmern griff auf seine Augen über. Die Vogelscheuche war auf ein Holzkreuz genagelt worden. Es sah fast aus wie die Nachbildung der Kreuzigung. Er rückte noch näher an die Bildschirme heran. Dann wuchteten die beiden Gestalten das Gebilde über den Metallzaun. Die Vogelscheuche landete im Gehege. Alles war in das grüne Licht der Bunkerbeleuchtung getaucht.

Reflexartig sah Bingham zu den anderen Monitoren. Die Tiere bewegten sich nicht. Offenbar hatten sie nichts mitbekommen. Dann schnellten seine Augen wieder zurück zum Hauptschirm.

Eine der Gestalten zog die Puppe an einem Seil, das man ihr um den Hals gebunden hatte, in eine aufrechte Position.

Erst eine Kreuzigung. Jetzt sah alles nach einem Tod durch Erhängen aus.

Aber viel aufschlussreicher war, was die zweite Gestalt tat. Bingham hatte die beiden Gesichter längst erkannt. Die zweite Gestalt nahm sich jetzt einen Stock von der Seite des Geheges und begann, hart gegen die Gitterstäbe zu schlagen.

Diesmal erfolgte die Reaktion prompt. Bingham sah auf den Monitoren, dass die Tapire regelrecht heran schossen. Farne, Unterholz, nichts konnte sie in ihrem Drang und ihrer Aggression bremsten. Eine Gänsehaut überlief seinen Rücken. Ihm wurde eiskalt. Dann kamen die Tiere ins Innengehege. Alles lief nun auf dem Hauptschirm ab, der das Innere des Bunkers zeigte.

Wie bei dem Tod des Wärters attackierten die Tiere die Puppe brutal. Die Kleidung riss auf. Stroh oder Heu platzte heraus, während die Tiere alle zusammen in wilder Raserei auf die Vogelscheuche eindrangen.

Mit Begeisterung schienen die beiden Gestalten das Geschehen zu verfolgen.

Nach einigen Minuten verklang der Spuk. Die Puppe war in ihre Einzelteile zerlegt. Die Tiere trollten sich wieder nach draußen in den Dschungel. Und die beiden Gestalten begannen die Überreste des Gemetzels einzusammeln. Allerdings betraten sie dabei das Gehege nicht, sondern zogen Stofffetzen und Stöcke vorsichtig durch die Gitterstäbe.

Anschließend verließen sie wieder den Bunker. Ruhe kehrte wieder auf den Bildern ein.

Ganz anders sah es in Bingham aus. Kalter Schweiß stand ihm auf der Stirn.

Er war sich zwar sicher, was er beobachtet hatte, aber fassen konnte er es nicht. Und mehrere Schlussfolgerungen drängten sich ihm gleichzeitig auf. Es musste noch mehr geben. Wieder wanderte sein Finger zur Rückspultaste, wobei er sich fragte, ob er überhaupt noch mehr verkraftete. Aber es war zu spät, um jetzt noch aufzuhören.

Peru

Hinter dem Vorhang aus Wasser umfing Grant ein trübes Licht. Die Helligkeit des schwindenden Tages wurde durch die Wasserwand noch mehr ausgesperrt. Blinzelnd sah er sich nach allen Seiten um.

Die Felswand hinter dem Wasserfall war fast schwarz. Überall glänzte feuchter Stein.

Und überall waren die gleichen Symbole in die Wände gemeißelt, die ihm inzwischen schon so vertraut waren.

Fast genau in der Mitte hinter der Wand aus Wasser befand sich ein schmaler Durchgang. Um ihn herum waren die Zeichen zu einem Halbkreis verdichtet. Es wirkte fast wie eine Aura aus Hieroglyphen. Und hinter dem Durchgang schloss sich ein dunkler Tunnel an. Allerdings konnte Grant einen winzigen Lichtpunkt am anderen Ende sehen. Der Ausgang auf der anderen Seite.

»Wir sind fast am Ziel«, sagte Nora feierlich. Sie nahm sich ein paar Minuten Zeit die Inschriften zu studieren. Dann kritzelte sie einige Worte in ein Notizbuch mit Ledereinband.

»In Ordnung«, sagte sie schließlich und trat einen Schritt vor. »Retten wir die Welt vor sich selbst.«

Sie zog eine Taschenlampe aus ihrer Hose und schaltete sie ein. Dann ging sie in den Tunnel. Grant folgte ihrem Beispiel.

Er bemerkte verdächtig aussehende Kerben und Vertiefungen in Boden und Wänden. Sofort schoss ihm das Bild einer altertümlichen Falle aus einem Indiana Jones Film durch den Kopf. Aber noch ehe er etwas sagen konnte, war Nora schon ein paar Meter weiter und er bemerkte erleichtert, dass rein gar nichts passierte.

Mit federndem Schritt und noch leichtem Unbehagen setzte er sich wieder in Bewegung und schloss zu ihr auf. Die Luft um sie herum war mit Feuchtigkeit aufgeladen. Das Rauschen des Wasserfalls wurde mit jedem Meter leiser. Ein leicht moderiger Geruch breitete sich aus. Und dann waren sie durch.

Das andere Ende des Tunnels kam so schnell, dass Grant ungläubig zurück schaute. Das Gebilde konnte kaum 50 Meter lang sein. Und als er sich wieder umdrehte, überfiel ein überwältigendes Bild seine Augen. Sie waren am Ziel. Er hielt plötzlich die Luft an. Und was für ein Ziel.

Er konnte Nora neben sich nach Luft japsen hören. Ihm selbst erging es nicht anders.

Sie hatten sich so sehr auf die Pflanze, deren Vernichtung und deren Wirkung konzentriert, dass sie ganz vergessen hatten, was die Legende über die Stadt sagte.

El Dorado. Sie Stadt, die Sehnsüchte der Konquistadores, die in dieses Land kamen, getrieben von ihrer unersättlichen Gier nach Reichtümern und Gold. Nur diesen Ort hatten sie nie gefunden.

Grant war wie hypnotisiert. Es war alles wahr.

Sie befanden sich in einem kleinen Tal. Nein, keinem kleinen Tal, einem winzigen Tal. So wie der Tunnel, so konnte das Tal kaum mehr als 50 Meter lang sein. Dafür waren die es umgebenden Steilwände gigantisch.

Fast senkrecht ragten sie zu allen Seiten auf. Grant kam sich beinahe vor wie in einem gewaltigen Loch im Boden.

Am Ende des senkrechten Schlauchs konnte er den Himmel sehen. Die Sonne beleuchtete einen Teil der Steilwände. Überall wuchsen in dem Fels Farne und Schlingpflanzen. Und überall um sie herum war Gold. Podeste, Hütten, Gefäße aus reinem und purem Gold. Es war so viel, dass schon seine reine Macht ihnen den Atem raubte.

Die Stadt aus Gold, El Dorado, sie lag vor ihnen. Goldene Hütten, überwuchert von Schlingpflanzen, goldene Altäre bedeckt von Farnen und Wurzeln. Das Gold war bis an die Steilhänge angehäuft. Vereinzelt ragten aus dem goldenen Meer ein paar Palmen auf. Und überall lag ein eigenartiger Feuchtigkeitsfilm in der Luft. Fast wie feine Spinnweben, die sich auf Haut und Haare legten. Grant atmete tief durch.

»Das...«, begann Nora, aber sie konnte nicht weiter sprechen. Er konnte es ihr nachfühlen. Aber dann bemerkte er etwas, das noch viel wichtiger war. Auf der rechten Seite waren fast alle goldenen Podeste und Altäre unter dem Gewucher einer faserigen Pflanze verschwunden. Grant erkannte sie sofort. Es war die Sorte eigenartigen Grases, wegen dem sie gekommen waren. Der Büchse der Pandora. Er ließ seinen Blick umherschweifen.

Auch auf der linken Seite des Tals entdeckte er jetzt die Pflanze. Nicht so zahlreich wie zu seiner rechten, aber auch dort wuchs sie in dichten Büscheln. Er runzelte die Stirn.

Weshalb war das so? Er sah etliche Zeichen, die auch in das sie umgebende Gold eingeprägt waren.

Herrschte nur hier in diesem Tal so ein einzigartiges Mikroklima, dass die Pflanze ausschließlich hier gedeihen konnte?

Oder hatten sie die fantastische Züchtung eines indigenen Volkes vor sich, dessen Geheimnis über Hunderte Jahre vor sich hin geschlummert hatte?

Es war atemberaubend. Sie hatten es geschafft.

Ecuador

Bingham saß immer noch vor den flimmernden Bildern. Es kam ihm mittlerweile so vor, als tat er das seit Tagen. Die Zeitanzeige lief wie auf einem Videorecorder rückwärts. Tag um Tag sprang das Datum zurück. Die beiden Gestalten waren bisher nicht wiedergekommen. Allerdings hatten die Tiere noch ein paar Mal die Wärter und Zäune attackiert.

Jedes Mal hatte er den Rücklauf gestoppt. Jedes Mal waren die Ereignisse verstörend.

Er konnte sich nicht erklären, was die Ursache war. Und er konnte sich noch immer auf die Szene mit der Puppe keinen Reim machen.

Er warf einen Blick auf seine Armbanduhr. In gut 25 Minuten landete der Hubschrauber mit Francis an Bord. Er musste bald aufbrechen. Er wollte seinen alten Freund direkt an der Landeplattform treffen. Bis dahin war es ein Fußmarsch von gut zehn Minuten.

Somit blieben ihm weitere 15 Minuten, in denen er sich noch den Bändern widmen konnte und versuchen konnte Sinn in die Dinge zu bringen. Und das war bitter nötig. Er konnte nicht ohne…

Plötzlich stutzte er. Einige Sekunden sah er mit zusammengekniffenen Augen auf den Hauptmonitor. Dann griff er nach der Tasse neben sich. Der Kaffee war mittlerweile eiskalt.

Trotzdem stürzte er die letzten Schlucke gierig hinunter, ehe er die Play-Taste betätigte.

Das Bild lief nun wieder langsam vorwärts. Ein paar Augenblicke später öffnete sich die Tür zum Bunker. Ja, er hatte sich nicht getäuscht. Eine der beiden Gestalten war zurückgekommen.

»Hallo«, sagte er mit leiser, gepresster Stimme. Er hörte das Surren des Monitors und folgte den Bildern in grünlichem Licht.

Die Gestalt wandte sich argwöhnisch um. Dann trat sie auf die Gitterstäbe zu. Sie hatte einen Rucksack dabei, den sie jetzt abnahm. Bingham sah auf die Zeitanzeige, anschließend auf die übrigen Bildschirme. Es war auf den Bändern 2 Uhr nachts. Die Außenkameras waren auf Infrarot umgesprungen. Die Tiere als leuchtend rote Silhouetten zu sehen.

Die Gestalt kramte jetzt in dem Rucksack herum, dann zog sie etwas daraus hervor. Bingham rutschte näher an den Bildschirm heran. Er beobachtete gespannt jede Bewegung.

15 Minuten später zog er die Tür des Überwachungsraums hinter sich zu. Zwei der Wachmänner lungerten davor auf Sesseln herum. Mit einem erhobenen Daumen gab er ihnen zu verstehen, dass er fertig war und sie ihre Arbeitsplätze wieder einnehmen konnten. Dann verließ er den Bereich und über eine Hintertreppe das Gebäude.

Die abendliche Luft war schwül. Die Dämmerung zog bereits über den Himmel. Er stapfte los. Über einen der Schotterwege gelangte er zu den Labors und dann weiter in Richtung Hubschrauberlandeplatz.

Er tauchte in den dichten Dschungel ein. Das Blätterdach schloss sich über ihm. Als er wieder daraus auftauchte, war er bereits am Rande des Landeplatzes. Er musste nicht lange warten.

Nach ein paar Minuten schwoll ein dumpfes Dröhnen am Horizont an. Sekunden später sah er den Helikopter. Er flog dicht über die Baumreihen. Der Pilot hatte die Scheinwerfer bereits eingeschaltet. Einen Moment später sprang auch die Beleuchtung des Landeplatzes an. Die Maschine beschrieb einen Halbkreis über ihm und ging dann tiefer. Staub und kleine Steinchen wurden aufgewirbelt. Bingham kniff die Augen zusammen.

Federnd setzte die Maschine auf dem Untergrund aus Beton auf. Dann wurde eine Tür geöffnet und Francis kletterte aus der Maschine. Der Biologe und Botaniker zerrte eine altmodische Ledertasche mit Messingverschluss vom Rücksitz und kam dann geduckt auf Bingham zu. Der Wind der Rotorblätter verwirbelte seine strähnigen, weißen Haare.

Als er bei ihm anlangte, begrüßte Bingham seinen alten Freund mit einem Handschlag.

»Was für eine Überraschung, dich hier zu sehen. Guten Flug gehabt alter Knabe?«

»Ja, alles in Ordnung.« Bingham musterte den Biologen skeptisch. Seine Aussage passte nicht zu dem Ausdruck auf seinem Gesicht. Der schien, als wäre nichts in Ordnung.

»Ziemlich anstrengend. Aber ich erzähle dir alles Weitere, wenn wir unsere Ruhe haben.«

Bingham deutete in die Richtung des Wohntraktes.

»In Ordnung. Hier lang alter Junge.«

Er ließ Francis den Vortritt und sie machten sich auf den Weg.

»Ich habe dir eines der Zimmer im zweiten Stock herrichten lassen. Das letzte Mal warst du ja nicht zufrieden damit, im Erdgeschoss zu wohnen.«

»Nett von dir, aber ich denke nicht, dass ich so lange bleiben werde. Es gibt nur ein paar Dinge, die ich mit dir besprechen muss.«

»Schön.«

Den restlichen Weg zum Wohntrakt legten sie größtenteils schweigend zurück. Hinter ihnen wurde das Dröhnen des Helikopters lauter, als der Pilot die Motordrehzahl wieder in die Höhe jagte und die Maschine jaulend abhob.

Sie flog über ihre Köpfe davon und in das Orange des Sonnenuntergangs hinein. Eine Sekunde lang blieben sie stehen und sahen dem Helikopter nach. Dann betraten sie das Gebäude.

Bingham führte Francis im zweiten Stock vor eine Tür und schloss sie auf.

»Da wären wir«, sagte er und zog die Tür wieder hinter ihnen zu.

Francis sah sich verwirrt um. Vor ihm breitete sich ein großer Aufenthaltsraum aus.

»Hast du dich in der Tür geirrt?«, fragte er und drehte sich um. »Das hier sieht nicht aus wie ein…« Aber in diesem Moment wurde er auch schon von Bingham am Kragen seines Hemdes gepackt. Bingham wirbelte den verdutzten Botaniker herum und stieß ihn gegen einen Tisch. Klirrend fielen einige Flaschen und Gläser, die darauf standen, zu Boden.

»Hey, was soll …?«, wollte Francis protestieren, aber Bingham packte ihn wieder und drückte sein Gesicht gegen die kalte Wand.

»So, alter Freund«, sagte er und betonte drohend die letzten Worte. »Es wird Zeit, dass wir mal ein paar Takte miteinander reden. Und du wirst reden, da kannst du sicher sein.«

»Schon gut, schon gut«, Francis hob schützend die Hände. Offenbar dachte er, er hätte die Absicht ihn zu schlagen. Was, so musste sich Bingham eingestehen, durchaus im Bereich des Möglichen lag. Er war außer sich.

»Schon gut, schon gut«, wiederholte Francis noch einmal. »Was glaubst du, warum ich hier bin.«

Bingham drückte seinen alten Freund noch einmal kurz gegen die Wand. Dann ließ er von ihm ab. Francis atmete schwer.

»Also schön«, sagte Bingham und trat einen Schritt zurück. »Ich höre.«

Ein paar Minuten später flog die Tür auf und Bingham strebte aus dem Raum.

In seiner Hand lag sein Handy, in das er hastig eine Nummer eintastete.

Peru

Das Signal sendete hinaus in den Orbit zu einem Satelliten in erdnaher Umlaufbahn und nur wenige Sekunden später klingelte das Handy in Grants Tasche.

»Ja«, meldete er sich. Er sah zu Nora und formte mit dem Mund den Namen »Bingham«.

»Ja Milton, was gibt es?«, fragte er dann. »Wir haben tolle Neuigkeiten. Aber die sollten wir vielleicht nicht am Telefon besprechen. Ich…« Er wurde von Bingham unterbrochen. Die Verbindung war nicht gut. Immer wieder war ein Knacken in der Leitung zu hören. Aber es reichte aus, um die Worte seines Freundes zu verstehen. Zwei Minuten später beendete er die Verbindung. Er hatte kaum drei Sätze zu dem Gespräch beigetragen.

»Wir werden vorsichtig sein, Milton, ich verspreche es«, sagte er in beschwichtigendem Ton. Dann schaltete er das Handy aus und steckte es weg.

»Was ist los?«, wollte Nora wissen. Sie war gerade dabei, eine der Pflanzen zu untersuchen.

»Bingham macht sich Sorgen um uns. Vielleicht hätte ich ihm sagen sollen, dass wir bereits am Ziel sind. Aber wir müssen vorsichtig sein. Es sind Leute hinter uns und dieser Pflanze her, die vor nichts zurückschrecken.«

Er dachte einen Moment lang nach und legte grübelnd die Stirn in Falten, während sich Nora wieder der Pflanze zuwandte.

»Machen Sie mal meinen Rucksack auf und geben Sie mir das Herbizid«, sagte sie. »Ich nehme an, dass die Pflanzen alle durch ein unterirdisches

Geflecht miteinander verbunden sind.« Sie machte eine kurze Pause und deutete auf ihren Rucksack im Gras.

»Aber selbst, wenn das nicht der Fall ist, reicht das Gift aus, um alles Grün in diesem Tal abzutöten. Ich denke, es ist das Beste, wenn wir es hier in diesem Nest in den Boden spritzen. Das sollte genügen.«

Sie stand auf und deutete auf das Büschel Pflanzen vor sich, das an dieser Stelle sehr dicht war.

»Das müsste auf jeden Fall Wirkung zeigen.«

»In Ordnung.« Grant öffnete den Rucksack. »Ich hoffe nur, Sie wissen, was Sie da tun. Ich bin weder Botaniker noch ein Experte für Gifte.«

Er suchte in dem Rucksack nach dem kleinen Plastikkoffer, in dem die Glasspritzen mit dem Pflanzengift verstaut waren. Schließlich fand er ihn und zog ihn heraus.

»Bingham hat es mir erklärt«, sagte Nora. »Das Zellgift wirkt außerordentlich gut. Wir müssen die Spritze einfach nur in den Boden drücken. Es breitet sich aus und wird über die Wurzeln aufgenommen. Voila. Das reinste Gemetzel. Hier wird nichts mehr übrig bleiben. Am Ende stehen nur noch die Bauwerke aus Gold unter einem Misthaufen aus toten Pflanzen.« Sie breitete die Arme aus.

»Und das war es dann«, sagte Grant tonlos.

»Das war es dann«, wiederholte Nora. »Der Prozess dauert ein paar Tage. Aber es wirkt zu 100 Prozent. Und zur Sicherheit haben wir sogar noch eine zweite Ampulle mitgenommen. Falls die erste nicht reicht. Das Zeug wirkt zwar über ein großes Gebiet. Aber schließlich hätten wir auch auf eine viel größere Ausdehnung als hier stoßen können.« Sie sah sich um.

»Aber so werden wir den zweiten Zylinder wohl gar nicht brauchen. Wir könnten ihn allerdings zur Sicherheit trotzdem einsetzen. Vielleicht auf der anderen Seite.« Sie deutete auf die gegenüberliegende Felswand.

Grant zögerte noch einen Moment. Dann öffnete er den kleinen Plastikkoffer. Drinnen kamen zwei Spritzen zum Vorschein. Darin eine transparente, leicht bräunliche Flüssigkeit.

Er drehte sie gedankenverloren in der Hand. Dann gab er die Ampullen

Nora. Sie nahm sie entgegen. Anschließend schraubte sie die Verschlusskappen hab. Sie versenkte einen Zylinder in der Erde direkt vor sich. Mit dem anderen ging sie zur gegenüberliegenden Felswand und presste die Spitze dort in den Boden. Grant sah zu, wie die Flüssigkeit langsam ins Erdreich sickerte. Es dauerte gut fünf Minuten, aber schließlich waren beide Behälter vollständig leer.

»Erledigt«, sagte Nora und nickte zufrieden. »Es ist alles gut. Nun können wir uns wieder auf den Heimweg machen. Die Welt wird niemals etwas von dieser Büchse der Pandora erfahren.«

Zufrieden griff Grant in seine Jackentasche und holte eine graue Metallröhre daraus hervor.

»Gut so«, sagte er, »und nun das.« Mit dem Zylinder in der Hand stapfte er an Nora vorbei. Verwirrt sah sie ihn an.

»Was ist das?«

Grant zwinkerte ihr zu.

»Unser Notfallplan«, sagte er. Und als er ihr immer noch fragendes Gesicht sah:

»Milton hat sich Sorgen gemacht, dass es vielleicht einer von uns nicht hierher schafft. Und weil Sie die ganze Zeit die Ampullen hatten, hat er mir das hier gegeben.«

»Was ist das?«, wiederholte Nora. Sie kam hinter ihm her.

»Eine andere Sorte Gift.« Er zuckte mit den Achseln. »Ich weiß nicht so viel wie Sie darüber. Aber Milton hat gesagt, dass es nicht schaden kann, Stoffe mitzunehmen, die unterschiedlich wirken. Ich muss das Ding offenbar nur im Boden vergraben und die Wirkung setzt anscheinend sofort ein und ist unumkehrbar. Keine Ahnung. So hat er es mir jedenfalls erklärt. Ich weiß nicht, wie das Zeug genau wirkt, aber das muss ich auch schließlich nicht. Hauptsache es erfüllt seinen Zweck.«

Er bückte sich, um die Metallröhre in den Boden zu rammen. Plötzlich hörte er Noras aufgeregte Stimme hinter sich.

»Warten Sie. Tun Sie es nicht.«

Er hielt in der Bewegung inne. Dann erhob er sich langsam wieder und drehte sich zu Nora um. Etwas hatte sich verändert. Plötzlich. Unwiderruflich. Wie ein Planet, der aus seiner Umlaufbahn gekippt war. Grant lächelte freudlos. Nun war alles anders.

»Was war in den Ampullen?« Er deutete mit dem Kopf in die Richtung, wo eine im Boden steckte. »Wirklich meine ich. Ich habe einen kurzen Blick darauf werfen können, als Bingham sie Ihnen gegeben hat. Die Flüssigkeit war farblos.«

Und als Nora nichts erwiderte.

»Ich tippe auf Flusswasser oder das leicht trübe Wasser aus unserem Hotel in Lima. Jedenfalls nichts, das auch nur im Entferntesten Ähnlichkeit mit einem Pflanzengift hat. Habe ich recht?«

Nora sagte noch immer nichts. Sie sah nur starr in seine Richtung.

»Nehmen wir an, es handelt sich wirklich um eine der zwei Möglichkeiten. Sie haben die Flüssigkeiten ausgetauscht. Keinen Schimmer wann oder wie. Das muss ich Ihnen lassen. Dann stellt sich mir aber nur eine weitere Frage. Und die ist ziemlich interessant.« Er machte eine kurze Pause.

»Wieso haben Sie das getan?« Er fixierte Nora mit den Augen.

Und als sie noch immer nichts sagte.

»Und was hat der Botaniker, Francis heißt er glaube ich, damit zu tun?« Grant registrierte ein Zucken in Noras Gesicht.

Offenbar hatte sie bis zu diesem Moment noch überlegt, wie sie sich herausreden konnte.

»Bingham hat mir gerade am Telefon von Ihrem netten Experiment im Tapirkäfig erzählt. Sie haben von den Tieren eine Puppe auseinander nehmen lassen. Und der Botaniker stand daneben. Er hat mit Bingham gesprochen und alles zugegeben. Oder er hat Ihnen dabei geholfen. Ganz genau habe ich es nicht verstanden. Bingham war ziemlich aufgeregt.«

Nora starrte ihn feindselig an.

»Und ein paar Tage davor haben Sie die Tiere mit den Fasern der Pflanze gefüttert. Was hatte das zu bedeuten?«

Nora blieb immer noch stumm. Hinter ihren Augen schien es zu arbeiten. Grant versuchte die Situation einzuschätzen. Es war faszinierend, wie die Atmosphäre zwischen ihnen innerhalb von Sekunden umgeschlagen war.

Sie waren nicht länger Gefährten auf der gleichen Suche. Sie hatten nicht mehr dasselbe Ziel. Zumindest war er sich da sicher. Aber worum ging es dann?

»Sie hatten nie vor, die Pflanze zu zerstören, nicht wahr?«, sagte er, ehe er in Schweigen verfiel und das entfernte Rauschen des Wasserfalls als einziges Geräusch in dem Tal zurück blieb.

Die Stille zwischen ihnen dehnte sich. Endlich, nach einer Ewigkeit, wie es Grant vorkam, schüttelte Nora den Kopf.

»Nein«, sagte sie langsam. »Das hatte ich nicht.« Ein leichtes Lächeln stahl sich auf ihr Gesicht.

»Und Sie haben recht. Es war tatsächlich Wasser aus dem Hotel in Lima. Ich habe es bei unserem ersten Besuch ausgewechselt. Schade, dass Sie so genau hingesehen haben.«

»Zufall.«

»Was denken Sie jetzt von mir?«, fragte Nora unsicher.

Grant rieb sich das Kinn. Ja, was dachte er jetzt von ihr? Und wie sollte es weitergehen?

»Ich schätze«, sagte er zögerlich, »das kommt auf Ihre Beweggründe an.«

»Auf meine Beweggründe?«

»Ja. Ich will verstehen, warum Sie die Pflanze nicht vernichten wollen. Sie waren sich doch mit Bingham einig darüber, dass sie nur Unheil über die Menschheit bringen würde.«

»Dazu stehe ich noch«, sagte sie.

»Aber dann verstehe ich es nicht.«

»Sie haben den Beweis selbst gesehen«, fuhr Nora fort. »Oder besser gesagt, Bingham hat ihn gesehen und Ihnen erzählt.«

Grant dachte an Binghams Schilderungen von dem Angriff der Tiere. Und dann erinnerte er sich an seine eigene Nacht in den Außengehegen. Kurz bevor er vom Sicherheitsdienst aufgegriffen worden war.

Vielleicht hatte er den Beweis doch gesehen oder zumindest gespürt. Er erinnerte sich noch, wie nervös die Männer gewesen waren, die ihn abgeführt hatten.

»Aber…«, wollte er erwidern, aber Nora sprach einfach weiter.

»Es gibt noch mehr. Es steckt noch mehr in dieser Pflanze als die rein heilende und lebensverlängernde Wirkung.«

Grant hatte das Gefühl, dass aus dem Geheimnisnebel gleich ein Geisterschiff auftauchen würde.

»Und die hat Francis entdeckt. Rein zufällig, das muss ich zugeben. Der alte Verräter ist schlicht darüber gestolpert.«

Nora machte einen Schritt auf Grant zu und setzte sich auf einen goldenen Sockel am Fuß einer Treppe. Hinter ihr breiteten sich die Pflanzen wie ein Teppich, wie ein grünes Meer aus.

»Bei seinen Untersuchungen ist ihm eine der Fasern in einen Käfig mit Versuchstieren gefallen. Es waren weiße Mäuse. Er war nicht schnell genug und so hat eines der Tiere die Pflanze gefressen. Zunächst ist nichts passiert und er hat es nicht weiter beachtet. Aber dann hat sich etwas Unheimliches ereignet. Als er am nächsten Tag ins Labor kam, hatte das Tier alle anderen Mäuse im Käfig getötet. Es muss ein wahrer Blutrausch gewesen sein, so wie er es mir geschildert hat. Überall lagen tote Körper und Eingeweide herum. Alles war voller Blut. Das Tier hatte die anderen regelrecht ausgeweidet.«

Sie sah Grant eindringlich an. Offenbar suchte sie in seinem Gesicht nach irgendeiner Regung. Der Wasserfall am anderen Ende des Tunnels rauschte. Schließlich fuhr sie fort:

»Francis war so fasziniert von dieser Entdeckung, dass er das Experiment mit anderen Tieren wiederholt hat. Außerdem untersuchte er das Erbgut der Pflanze, um herauszufinden, was den Blutrausch des Tieres verursacht haben könnte.« Sie schürzte die Lippen.

»Interessanterweise zeigte sich, dass die infizierten Tiere nur solche angriffen, die nicht von der Pflanze gefressen hatten. Andere, die ebenfalls die Fasern zu sich genommen hatten, ließen sie in Ruhe. Mehr noch, sie schlossen sich sogar mit diesen Tieren zusammen, um die anderen zu töten. Fast wie ein koordiniertes Jagdverhalten. Wie Wölfe, die im Rudel jagen. Dabei gingen sie immer mit äußerster Brutalität vor. Francis hat mir erschreckende Aufnahmen gezeigt. Und dieses Rudelverhalten zeigen

Mäuse normalerweise nicht. Es sind Einzelgänger, die alleine auf Nahrungssuche gehen. Es zeigte sich sogar, dass Francis den Tieren bestimmte Ziele vorgeben konnte. Fragen sie mich nicht, wie er das gemacht hat. Das übersteigt meinen Horizont.«

Sie warf einen ziellosen Blick auf die Pflanzen rings um sie.

»Aber unwichtig. Die wirkliche Frage lautet. Was also mit dieser Information anfangen?«, sie zuckte die Achseln. »Bingham darüber aufklären? Ich und Francis hatten ursprünglich wirklich daran gedacht. Ich wunderte mich ohnehin darüber, dass er zuerst mir und nicht seinem alten Freund davon erzählt hat. Vielleicht weil wir einfach enger zusammengearbeitet haben. Ich weiß es nicht. Ich war sogar kurz davor, es ihm selbst zu sagen. Schließlich macht es keinen Unterschied. Wir wollten ja die Pflanze zerstören.« Ihr Blick glitt wieder über die Umgebung.

»Aber dann geschah etwas, das den Verlauf der Ereignisse änderte. Der Zufall griff sozusagen in die Geschichte ein.« Sie rollte mit den Augen. »Wieder aufgrund von Francis. Diesmal allerdings nicht wegen eines Missgeschicks im Labor, sondern weil er seine Klappe nicht halten konnte.« Sie dachte kurz nach.

»Angesichts dessen, was er nun Bingham erzählt hat, scheint das wohl ein generelles Problem bei ihm zu sein. Aber egal.« Sie machte eine wegwerfende Handbewegung.

»Jedenfalls hat der Trottel seinem Laborassistenten davon erzählt. Wirklich äußerst dämlich. Er wollte dessen Meinung hören. Aber der Mann hat es nicht nur beim reinen Zuhören belassen. Eine paar Tage später stand er nämlich wieder in Francis Labor. Dieses Mal aber in Begleitung eines Typen vom Militär. Allem Anschein nach ein ziemlich grobschlächtiger Typ. Und der hat Francis schließlich eine kommerzielle Nutzung vorgeschlagen.«

»Eine kommerzielle Nutzung?«, fragte Grant.

»Selbstverständlich eine militärische. Offenbar gefiel dem Typen die Vorstellung von einer Wunderdroge, die Soldaten gefügig, zielstrebig und extrem aggressiv macht. Eine ideale Kombination in jeder Art von Gefecht. Und die stark regenerierende Wirkung war nur ein zusätzlicher Bonus.«

Sie fuhr sich mit der Hand durchs Haar.

»Er hat Francis einen Riesenhaufen Geld für die Entwicklung geboten. Und noch mehr, wenn er das Ding in unter einem Jahr als Pillenform fertig hätte.« Sie lachte leise.

»Zuerst hab ich ihn gefragt, ob er nicht mehr ganz richtig im Kopf ist. Ich war sogar nahe daran, ihm eine schallende Ohrfeige zu verpassen. Aber dann ist mir eines klar geworden.«

Sie hob die Brauen und fixierte Grant.

»Die Welt geht vor die Hunde, ob wir nun in die Geschichte eingreifen oder nicht. Die Menschheit wird sich selbst vernichten. Das zeigt der Verlauf der Vergangenheit. Wir sind schließlich schon auf dem besten Weg dorthin. Sehen sie sich doch nur an, was in der Welt passiert. Kriege, Hungersnöte, Treibhausgase, Erderwärmung, wir schlachten uns gegenseitig ab, heben unser eigenes Grab aus.« Sie hob entschuldigend die Hände.

»Aber das reicht noch nicht, denn es gibt ein Hauptproblem. Schon jetzt werden wir schlicht zu viele für den Planeten. Die Menschheit ist eine Krankheit für die Welt geworden. Und irgendwann wird es uns wie jeder vorherrschenden Spezies ergehen. Wir haben uns zu gut an die Umwelt angepasst und vermehren uns explosionsartig. Und wir sind unfähig, unsere Vermehrung erfolgreich zu regulieren. Deswegen wird das über kurz oder lang die Natur übernehmen müssen. Wie es immer ist seit Anbeginn der Zeit. Wie bei allen Spezies, die einfach zu viel werden.

Entweder gibt es keine Nahrung mehr oder Seuchen brechen aus. Bereits jetzt sind wir sieben Milliarden auf der Welt, in eine paar Jahrzehnten soll sich die Zahl sogar mehr als verdoppeln. Der Kollaps ist sozusagen vorprogrammiert.«

Sie lachte leise.

»Wieso sollen wir uns also nicht bis dahin ein bisschen am Geld und am sorglosen Leben erfreuen? Wenn unsere Zukunft doch ohnehin schon vorgezeichnet ist? Außerdem war Francis zuversichtlich, dass er durch Genmanipulation die heilende und lebensverlängernde Wirkung beinahe komplett würde ausmerzen können. Die Droge, die das Militär will, ohne die von uns befürchteten Nebenwirkungen. Auch wenn es, wie bereits gesagt, eigentlich egal ist.«

Grant war wie vor den Kopf geschlagen.

»Darum geht es Ihnen also, schlicht Geld?« Er zögerte kurz. »Außerdem machen Sie es sich mit Ihrer Begründung ein bisschen zu einfach.«

»Finden Sie? Das sehe ich anders. Aber es ist ja nun sowieso gleichgültig. Außerdem reden wir hier nicht von Geld, sondern von Unmengen von Geld. Mehr, als dass ich es in drei Leben überhaupt ausgeben könnte.«

Grant stutzte.

»Was meinen Sie damit, dass es nun sowieso gleichgültig ist?«, fragte er. Nora sah ihn für einen Moment verständnislos an.

»Na die Metallröhre in Ihrer Hand. Das Pflanzengift, das Ihnen Bingham zur Sicherheit gegeben hat. Sehe ich vielleicht so aus, als könnte ich Sie daran hindern, es einzusetzen? Tun Sie sich keinen Zwang an. Ich werde keinen Versuch unternehmen, Sie daran zu hindern. Wenn ich Sie mit Worten nicht überzeugen kann, ist es für mich aussichtslos. Ich weiß, wenn ich verloren habe.«

Grant wog die Metallkapsel in seiner Hand.

»Ach das«, sagte er. Ein Lächeln breitete sich auf seinem Gesicht aus. »Die schenke ich Ihnen. Machen Sie damit, was Sie wollen.«

Er warf die Röhre in hohem Bogen in Richtung Nora. Sie erschrak. Dann fing sie die Kapsel auf. Sie war erstaunlich leicht. Irgendetwas verrutschte im Inneren. Nora blickte Grant misstrauisch an.

»Nur zu«, sagte er.

Sie schraubte hastig den Deckel der Schatulle ab und spähte hinein.

Ein wohl bekannter Duft stieg ihr in die Nase. Genauso hatte es immer im Arbeitszimmer ihres Vaters gerochen. Jähe Erkenntnis durchzuckte sie.

»Entschuldigen Sie den kleinen Streich«, sagte Grant, »ist nur ein Transportbehälter für Zigarren.« Nora sah ihn wütend an.

»Kriegen Sie in jedem einigermaßen guten Tabakladen. Etwas plump, das gebe ich zu. Aber es hat seine Wirkung erfüllt. Es war der einfachste Weg, Sie zum Reden zu bringen.«

»Mistkerl«, schnaubte Nora.

Grant hob entschuldigend die Hände.

»Ich nehme an, dass wir somit hier fertig sind«, sagte er entschieden. »Da Sie das Herbizid vernichtet haben, werde ich wohl oder übel noch einmal hierher kommen müssen. Aber immerhin erhalten Sie etwas viel Wertvolleres als Geld.«

Immer noch wütend reckte Nora das Kinn vor.

»Von was sprechen Sie?«

Grant breitete die Arme aus.

»Sehen Sie sich doch nur einmal um. Vor lauter Gier nach Geld sind Sie blind für die ursprüngliche Bedeutung dieses Ortes. Sie sind die Entdeckerin von El Dorado. Ich werde Ihnen diese Stellung nicht streitig machen. Sie waren es, die alle Rätsel gelöst und uns hierher geführt hat. Die Gründe dafür sind unerheblich. Auch wenn Sie auch von dem Gold wahrscheinlich nichts werden behalten dürfen. In Reichtum enden wird die Geschichte für Sie wohl nicht. Aber immerhin werden Sie berühmt. Ist das nichts?«

Nora dachte nach und verzog den Mund, aber Grant merkte, dass sie seine Worte mochte.

Schließlich sagte sie: »Sie haben möglicherweise recht. Vielleicht ist es gar nicht das Schlimmste, dass die Dinge so enden. Auch wenn ich mich gedanklich schon an das viele Geld gewöhnt hatte. Entdeckerin von El Dorado klingt nicht übel.« Sie lächelte beinahe. »Das muss ich zugeben.«

Grant deutete mit dem Kopf in Richtung Tunnel.

»Sage ich doch. Können wir dann jetzt aufbrechen? Hier gibt es nichts mehr zu tun.«

Sie nickte. Aber dann wurden ihre Gesichtszüge plötzlich schlaff. Ihre Augen weiteten sich vor Erschrecken. Sie sah an Grant vorbei.

Noch bevor Grant sich umdrehen konnte, hörte er eine Stimme hinter sich.

»Ich befürchte, daraus wird nichts«, sagte jemand mit eigenartigem Akzent.

Grant wandte sich um. Die seltsame körperlose Stimme schien direkt aus dem Dickicht des Dschungels zu kommen. Dann löste sich eine Gestalt aus dem Zwielicht. Grant zuckte zusammen, als er die Gesichtszüge wiedererkannte.

Die dunklen, in die Stirn fallenden Haare, das kaukasische Gesicht mit den hohen Wangenknochen. Für einen Sekundenbruchteil überlegte er, was er tun konnte. Aber die Gestalt schien seine Überlegung blitzschnell zu erahnen. Sie schüttelte den Kopf wie als wollte sie sagen: »Keine gute Idee mein Freund.«

Zweifellos stand ihnen der Mann gegenüber, der in England auf sie geschossen hatte.

In seiner rechten Hand glitzerte der Lauf einer Pistole. Sie war auf Grants Oberkörper gerichtet, während er langsam auf sie zu kam. Das alles schien unwirklich. Wie hatte der Mann so schnell ihre Spur wieder gefunden? Grant wog verschiedene Optionen ab.

Das abrupte Umschlagen der Situation raubte ihm fast den Atem. Unterdessen kam der Mann mit jeder Sekunde näher.

Er war recht klein, knapp 1,70m schätzte Grant. Er hatte die Augenbrauen zusammengezogen und setzte eine finstere Miene auf. Alles an ihm schien auszudrücken »Wagt nicht irgendwelche Dummheiten zu machen.«

»Kommen Sie her«, sagte der Mann in gebieterischem Ton in Richtung Nora. Sie gehorchte. Der Kerl blieb drei Meter vor Grant stehen. Nora trat neben Grant.

Sie öffnete den Mund.

»Was...?«, wollte sie fragen. Aber der Mann schnitt ihr das Wort ab.

»Halten Sie den Mund«, sagte er. »Sie reden nur, wenn Sie gefragt werden.« Nora verstummte. In Grants Kopf arbeitete es. Die Worte von Bingham kamen ihm wieder in den Sinn. Im gleichen Moment registrierte er, dass der Mann einen der im Boden steckenden Behälter ansah. Er wollte etwas sagen, aber Nora kam ihm zuvor.

»Es ist zu spät«, sagte sie für Grants Geschmack eine Spur zu schnell. »Wir haben das Herbizid schon eingesetzt.« Die Augen des Mannes weiteten sich. »Jede einzelne Pflanze wird sterben.«

Der Kerl trat einen Schritt auf sie zu. Drohend. Grant befürchtete schon, er könnte Nora einen Schlag versetzen, aber stattdessen musterte der Mann sie nur mit zusammengekniffenen Augen. Dann, ganz langsam, fing er leise zu lachen an. Das Lachen wurde lauter. Wie eine sich nähernde Welle oder Donner schwoll sie an, bis der Mann schließlich lauthals lachte.

»Sie sind komisch«, sagte er und wischte sich mit der linken Hand übers Gesicht, um eine imaginäre Träne zu trocknen.

»Und eine schlechte Lügnerin.«

Nora warf Grant einen kurzen Blick zu.

»Wirklich, wir haben…«

Plötzlich wieder todernst hob der Mann die Waffe und zielte auf Noras Kopf.

»Habe ich nicht vor ein paar Sekunden gesagt, Sie sollen die Klappe halten?«

Nora verstummte.

Der Mann sprach mit leicht spanischem Akzent, in den sich aber noch etwas anderes mischte.

»Ich glaube Ihnen nicht«, sagte er. »Ich kann es in Ihren Augen lesen. Mein Auftraggeber wird sehr zufrieden sein, wenn ich gleich ein paar Fasern dieser Pflanze mitbringe.« Er schien kurz zu überlegen.

Und dann wandte er sich Grant zu.

»Kein schlechtes Täuschungsmanöver, das Sie in Lima veranstaltet haben. Ich muss gestehen, dass ich darauf hereingefallen bin.« Er nickte mit dem Kopf als Zeichen der Anerkennung.

»Und ich danke Ihnen. Ich habe daraus gelernt. Der Fehler wird mir nicht noch einmal passieren.«

Grant wusste nicht, ob die für Nora ausgesprochene Drohung auch für ihn galt. Gleich mehrere Fragen brannten ihm unter den Nägeln.

Er entschied sich für die wichtigste.

»Wer ist Ihr Auftraggeber?«, fragte er.

Der Mann antwortete nicht.

Grant versuchte es mit einer anderen Frage.

»Wie zur Hölle haben Sie uns so schnell wieder gefunden? Wir sind in Lima noch in derselben Nacht in ein Flugzeug gestiegen. Eigentlich müssten Sie etliche Meilen weit weg sein.«

Zu seiner Überraschung wandte der Mann sich wieder an Nora.

»Sehen Sie mal in Ihrer Jackentasche nach.«

Nora sah ihn verwirrt an. Dann tat sie, was der Kerl wollte. Sie hob die Schultern.

»Da ist nichts.«

Der Mann sagte ungeduldig: »Nein, nein. Sehen Sie genau nach.«

Nora wühlte wieder in ihren Taschen und plötzlich berührten ihre Finger etwas. Es fühlte sich an, wie ein winziger Kieselstein. Sie zog es hervor und betrachtete es. Es war ein schwarzer, runder Ball von nicht einmal einem Zentimeter Durchmesser. Grant sah aus den Augenwinkeln, wie der Kerl ein Handy aus der Hosentasche zog und hoch hielt.

»Ein Peilsender?«, fragte Nora.

»Und die dazu passende App«, sagte ihr Gegenüber und hielt das Handy hoch. »Wenn Sie genau hinsehen, erkennen Sie, dass auf dem Ding ein Code steht. Den gibt man einfach in der App ein und das Ding liefert einem die genaue Position bis auf zwei Meter genau. Überall auf der Welt.«

Er gluckste leise.

»Ist das nicht verrückt? Früher musste man für so eine Technik noch Unsummen ausgeben und die entsprechenden Leute kennen. Heute kriegt man das in den richtigen Läden völlig legal.« Er warf einen kurzen Blick auf sein Handy.

»Spy-Tracker. Ein passender Name, finden Sie nicht?«

Grant war noch nicht zufrieden.

»Wann haben Sie das Ding dort hineingetan?«

Ihr Gegenüber schien sich prächtig zu amüsieren.

»Oh das verstehen Sie falsch mein Freund«, sagte er.

»Ich bin nicht Ihr Freund«, erwiderte Grant.

»Nicht ich, sondern mein Auftraggeber hat das dort platziert, als Sie bei ihm waren.«

Jetzt verstand Grant überhaupt nichts mehr. Er sah zu Nora hinüber, die ebenfalls verwirrt die Stirn runzelte.

»Aber das tut ja nun auch nichts mehr zur Sache, oder?«

»Wer zur Hölle sind Sie?«, fragte Nora.

»Ein Mann, der die Drecksarbeit erledigt.«

»Auftragsmörder trifft die Sache wohl besser«, sagte Nora trotzig.

Der Mann legte gleichgültig den Kopf schief.

»Mal dies, mal das«, sagte er.

»Und was sind wir?«

»Wenn Sie die schlichte Wahrheit wissen wollen. Ein Gehaltscheck. Nicht mehr.«

Nora sah den Mann voller Abscheu an. Es entstand eine Pause. Grant hörte das entfernte Rauschen des Wasserfalls.

»Dabei fällt mir ein«, fuhr der Mann fort, »mit ihm darf ich machen, was ich will.« Er deutete mit der Pistole auf Grant. »Aber was Sie betrifft, waren die Anweisungen meines Auftraggebers eindeutig.«

Ohne weitere Vorwarnung richtete er die Pistole auf Noras Kopf und drückte ab.

»Nein«, schrie Grant auf, aber es war zu spät.

Noras Kopf wurde von der Wucht der Kugel nach hinten geschleudert. Blut spritzte in alle Richtungen. Eine Millisekunde später schien alles Leben aus ihrem Körper zu weichen. Sie sackte zusammen wie ein einfallendes Kartenhaus. Grant fing ihren leblosen Körper auf. Heiß rann Noras Blut über seine Finger.

»Scheiße«, fluchte er. »Oh mein Gott.« Alles war so urplötzlich geschehen.

Der Mann trat vor und packte Grant grob am Arm.

»Da rüber, los«, befahl er und zerrte ihn fort.

Grant war benommen. Er fühlte sich wie betäubt.

Nur wie in einem Nebel bemerkte er, wie der Mann ihn mit dem Rücken gegen einen Baumstamm drückte und seine Handgelenke hinter dem Baum zusammen band.

Er konnte seinen Blick nicht von Noras totem Körper abwenden.

Ihr Angreifer war plötzlich ganz Geschäftigkeit. Nachdem er Grant an den Baumstamm gefesselt hatte, zog er einen kleinen Plastikbeutel aus seiner Tasche und riss einige der Pflanzen samt Wurzel aus dem Boden. Anschließend stopfte er sie in den Beutel hinein. Grant beobachtete wie in Trance das Schauspiel.

Als der Mann fertig war, trat er wieder vor ihn.

»Denken Sie nicht, ich hätte Ihnen einen Gefallen getan oder würde Sie verschonen. Dafür, dass Sie mich in Lima an der Nase herumgeführt haben, werden Sie langsam sterben mein Freund.«

Er grinste widerlich.

»Ob Sie jetzt hier verdursten oder bald irgendwelche Tiere kommen und Sie fressen ist mir im Prinzip egal. Aber glauben Sie mir, keine der beiden Möglichkeiten wird angenehm sein.«

Dann drehte er sich um.

»Leben Sie wohl mein Freund und ach ja, vielleicht besuche ich Ihre Leiche noch einmal, wenn ich zurückkomme und mir etwas von dem Gold hole. Hier draußen liegt es ja doch nur herum.«

Er lachte und ging davon.

Grant überlegte sich, noch etwas zu sagen, ließ es aber bleiben. Immer noch war seine Aufmerksamkeit ganz von dem toten Körper Noras gefesselt.

Der Mann entfernte sich und war bald in dem Tunnel verschwunden. Grant blieb zurück. Die Fesseln schnitten ihm schmerzhaft in die Handgelenke.

Er sah nach oben zum verblassenden Tageslicht. Dann wieder auf den toten Körper von Nora, der im Gras lag.

Ecuador

Bingham durchquerte den Wohntrakt und hielt vor der Tür zu Noras Quartier an. Er schloss auf und fand sich in einem hellen Raum mit einer breiten Fensterfront auf der linken Seite wieder.

Alle ihn umgebenden Möbel waren in Weiß gehalten. Der Raum war groß. An den Wänden hingen einige bunte Bilder. Er blieb einen Moment unschlüssig stehen und betrachtete durch die großen Fenster das Blätterdach des Dschungels. Dann ließ er seine Blicke durch den Raum schweifen.

Verschiedenes lag vor ihm, was er alles nicht brauchte. Ein niedriger Tisch und Stühle, ein Laptop, mehrere Kleidungsstücke, ohne eine erkennbare Ordnung im Raum verteilt. Aber auch etwas, das er suchte. Mehrere Schränke und eine große Reisetasche boten genug Möglichkeiten, um die Akte, die ihm entwendet worden war, zu verstecken. Und tatsächlich. Ein paar Minuten später hatte er das Dokument in seinen Besitz gebracht. Es war mit Klebeband an der Unterseite einer Schublade befestigt gewesen.

Nachdenklich blätterte er durch die Seiten. Es war alles noch da. Soweit er es erkennen konnte, fehlte kein einziges Blatt. Er trat an die große Fensterfront heran, hinter der sich ein schmaler Balkon anschloss. Über den Wipfeln der Bäume und über dem nahen Hügel versank die Sonne und war kaum noch zu sehen. Seine Augen wanderten weiter nach unten über die Rasenfläche. Plötzlich stutzte er. Dann zog er die Balkontür aus Glas auf und trat hinaus in die Abendluft.

Sie war deutlich mit Feuchtigkeit aufgeladen. Bingham bildete sich ein, dass sich bereits jetzt Schweiß auf seiner Haut sammelte.

Er trat an das Geländer heran und spähte nach unten. Dort waren sie, keine zehn Meter unter ihm. Noras Zimmer lag im zweiten Stock des Wohntraktes. An der nordwestlichen Ecke. Direkt an der Gebäudeflanke verlief einer der Pfade, die das gesamte Grundstück wie ein Spinnennetz durchzogen.

Und direkt unter ihm kamen nun zwei Gestalten den Weg herauf. Die eine erkannte er sofort. Es war die Silhouette von Wadford. Bei der anderen musste er zweimal hinsehen, bevor er bemerkte, dass es sich um Francis handelte.

Eigenartig, er hatte gar nicht gewusst, dass sich die beiden kannten. Er sah Wadford in aufgeregter Weise gestikulieren und auf Francis einreden. Was er sagte, konnte er allerdings nicht verstehen. Zu laut war das Zirpen der Zikaden ringsum. Nicht zum ersten Mal verfluchte Bingham sein Geschick, dass es ihn ausgerechnet in eine Anlage mitten im Dschungel verschlagen hatte.

Jetzt sah er, dass Francis Wadford irgendetwas antwortete. Sie waren jetzt fast direkt unter ihm.

Aber obwohl er sie nur von schräg oben sehen konnte, meinte er doch, in Francis Bewegungen eine deutlich wahrnehmbare Nervosität zu entdecken.

Wadford hob plötzlich im Laufen den Blick und sah nach oben. Bingham schrak zurück und entfernte sich vom Geländer. Hatte der Geologe ihn gesehen? Unwahrscheinlich.

Dennoch eigenartig, dass er in genau diesem Moment zu ihm herauf geschaut hatte.

Bingham spürte seinen schnellen Puls. Er wartete ein paar Sekunden. Dann spähte er vorsichtig über den Rand des Geländers. Die beiden Gestalten waren verschwunden. Er beugte sich weiter nach vorne.

Dort waren sie. Schnellen Schrittes hasteten sie auf den nahen Dschungel zu. Dann verschwanden sie unter dem Blätterdach. Weiter hinten im Wald sah Bingham die Zäune der Außengehege aufragen.

Peru

Es wurde immer dunkler.

Grant lehnte sich gegen den Stamm des Baumes. Schmerzhaft stach ihm die unregelmäßige und scharfzackige Borke in den Rücken. Der Stamm wurde nach unten dicker und der Mistkerl hatte ihn so fest angebunden, dass er sich nicht einmal hinsetzen konnte. Bereits jetzt fühlte sich sein Mund trocken an.

Und noch immer konnte er seinen Blick kaum von Noras Leichnam abwenden. Mehr als die Brutalität der Tat war ihm immer noch die Plötzlichkeit im Gedächtnis. Der Mann mit dem finsteren Gesicht hatte keinen Augenblick gezögert.

Und er selbst und Nora hatten versagt. Er schüttelte den Kopf. Aber es gab noch mehr Dinge, die seinen Geist beschäftigten, von den möglichen Konsequenzen ihres Scheiterns einmal ganz abgesehen.

Seit gut einer Stunde versuchte er nun, die Fesseln an der scharfen Borke durchzureiben.

Ob es klappte, wusste er nicht. Er konnte nicht nach hinten sehen. Was er jedoch wusste war, dass seine Handgelenke mittlerweile blutig gescheuert waren. Klebrig lief das Blut über seine Hände und die Fesseln. Aber er musste es zumindest versuchen.

Eine Viertelstunde später war es schließlich komplett dunkel.

Das stetige Geräusch des Wasserfalls beruhigte ihn ein wenig. Auch wenn es ihm nicht half, so spendete es doch zumindest etwas Trost.

Er erinnerte sich an Noras Worte.

Die Welt geht vor die Hunde, ob wir eingreifen oder nicht. Er dachte lange über diese Ansicht nach. Einige Minuten und es wäre bestimmt auch noch eine Zeit lang so weitergegangen, wenn er nicht mit einem Mal etwas in seinem Augenwinkel bemerkt hätte.

Es war mittlerweile komplett finster. Hatte er sich getäuscht? Nein, da war es wieder. Ein schwaches Leuchten, nur wenige Meter entfernt. Dann erkannte er plötzlich, was es war. Ein Glühwürmchen. Ein einsames Licht in der Dunkelheit. Wie ein Schemen in der Schwärze.

In seiner Kindheit hatte er jeden Sommer Hunderte davon in den Wäldern gesehen. Auch wenn sie ein wenig anders ausgesehen hatten als dieses hier im Dschungel. Die Glühwürmchen, die er kannte, biolumineszierten leuchtend grün. Das hier war eher blass lila, fast schon rosa.

Seltsam. Womöglich eine andere Rasse. Er wollte den Blick schon wieder abwenden, als ihm ein zweites Licht auffiel. Noch ein Glühwürmchen. Einige Meter weiter hinten. Nach ein paar Augenblicken kam ein drittes dazu. Er erinnerte sich, dass es eine Nacht gegeben hatte, es musste damals Frühsommer gewesen sein, als er im nächtlichen Wald auf einen ganzen Teppich von Glühwürmchen gestoßen war. Seitdem hatte er so etwas nie wieder gesehen. Er musste damals 15 oder 16 Jahre alt gewesen sein. Der gesamte Waldboden schien in dieser Nacht unter den leuchtenden Körpern der Tiere verschwunden zu sein. Auf einer Strecke von einigen hundert Metern hatten Lichter um ihn herum gesurrt, hatte sich ein leuchtender Teppich rechts und links des Weges ausgebreitet.

Aber diese Lichter hier im Dschungel bewegten sich nicht. Es kamen weitere hinzu. Nun fast sekündlich neue Lichter. Und plötzlich fiel Grant noch ein weiterer Unterschied auf. Die Lichter waren nicht wie die von Glühwürmchen punktförmig und scharf konturiert, sondern eher diffus. Mittlerweile leuchtete fast das halbe Tal.

Ein leichter Wind fuhr in die Äste und Grashalme um ihn herum und versetzte auch die Lichter in leichte Bewegung. Und mit einem Mal dämmerte Grant, was das war.

Es war die Pflanze selbst. Sie biolumineszierte in der Dunkelheit. Das Leuchten wurde immer intensiver, bis es so hell war, dass Grant das Gras ringsum und sogar die Bauten aus Gold sehen konnte. Es war ein atemberaubender Anblick.

Madeira, Portugal, zwei Tage später

Die Blumeninsel hielt das, was die Reiseführer am Flughafen von ihr versprochen hatten. Fast überall sah man saftiges Grün und leuchtende Farben.

Die Sonne war bereits zu dieser Tageszeit kräftig und warm. Und der Geruch des Meeres wehte in einer leichten Brise durch die Straßen.

Ransom schob den Ärmel seines Hemdes zurück und sah auf die Uhr. Es war 32 Minuten nach Neun. Aber die Stadt schien erst jetzt langsam zu erwachen.

Lässig schlenderte er die alte Hauptstraße entlang, die parallel zum Meer verlief. Er war eine Querstraße von der Uferpromenade entfernt. Da das Gelände leicht abschüssig war, konnte er, während er weiterging, einen Blick auf das Meer und die Uferstraße werfen.

Auch hier im Stadtzentrum schien es an allen Ecken grün und farbig zu schimmern. Er kam mittlerweile schon an dem dritten Park vorbei und die hellen Häuser, manche im Kolonialstil, rundeten das stimmige Bild ab.

Es war ein fantastischer Ort.

Ransom war noch nie hier gewesen. In Gedanken nahm er sich vor, dass es auch nicht das letzte Mal sein würde. Vielleicht würde er, nachdem das Geschäftliche erledigt war, auch einfach noch ein paar Tage auf der Insel bleiben. Es gab schließlich keinen Grund zur Eile.

Er überquerte eine weitere Straße und registrierte im Hafen die hoch aufragenden Decks eines Kreuzfahrtschiffes. Der Rumpf war blau, die Aufbauten weiß und die Sonne glitzerte auf den verspiegelten Fenstern.

Weiter hinten lag ein weiteres, wenn auch bedeutend kleineres Schiff vor Anker.

Ransom sog genießerisch die frische Meeresluft in seine Lungen.

Aber so angenehm dieser Tag und die Umgebung auch war. Bevor er sie richtig genießen konnte, gab es noch Arbeit zu tun. Eine Kleinigkeit zwar, aber auch die wollte erledigt sein.

Die Adresse war noch gut einen Kilometer entfernt.

Spielerisch ließ er die Tasche mit dem wertvollen Inhalt von der einen in die andere Hand wandern. Sicher, er hätte den Taxifahrer auch anweisen können, ihn zu der Adresse zu bringen anstatt ihn in der Innenstadt von Funchal abzusetzen. Aber dieser kleine Spaziergang in der morgendlichen Sonne war etwas, das er genoss.

Und bald würde er vielleicht ohnehin einige Monate lang nichts tun. Das Geld, das er für diesen Auftrag bekam, würde sogar noch viel länger reichen. Er schüttelte den Kopf, um nicht zu sehr in Träumereien zu verfallen.

Mit gemütlichem Schritt bog er nach gut 200 Metern in eine Straße ab, die den Hang hinaufführte. Die Insel war sehr bergig und erhob sich an vielen Stellen steil aus dem Meer. Von daher war der Hang, an dem die Hauptstadt lag, noch vergleichsweise flach. Er warf einen Blick zur Oberstadt hinauf, wo es teilweise prächtige Villen gab.

Irgendwo dort musste sein Ziel liegen.

Für einige Zeit trottete er kreuz und quer durch verschlungene Gassen, bis er an einem Privatweg ankam. Er war noch steiler als das bisherige Gelände.

Über etliche Stufen erklomm Ransom ein verwildertes Gartengrundstück. Er sah halb verfallene Gewächshäuser und hier und da wild blühende Orchideen. Alles in einem Zustand, der den Eindruck erweckte, als kümmere sich seit Jahren niemand mehr um das Grundstück.

Schließlich kam er auf einer Art natürlicher Terrasse an. Der Weg wurde breiter und endete vor einem weißen Haus, das von einem breiten Baum überdacht war.

Auch hier herrschte die Atmosphäre von Verfall. Das Haus sah heruntergekommen aus. Die Fassade bröckelte und das Weiß war mit den Jahren fast in ein Beige übergegangen. An der verwitterten Eingangstür hing ein Zettel.

»Gehen Sie durch das Gewächshaus in den Garten.«

Ransom zog genervt eine Augenbraue nach oben. Er hasste solche Spielchen. Sie waren keine Kinder mehr, die auf einer Schnitzeljagd waren. Aber nun gut. Für die Menge Geld war er bereit auch darüber hinweg zu sehen.

Er sah sich um. Das Gewächshaus oder vielmehr die Gewächshausruine schloss sich links an das Gebäude an.

Direkt vor ihm stand ein ausrangierter und verrosteter alter Traktor herum und überall hing ein leichter Geruch nach Fäulnis in der Luft. Kaum zu glauben, dass es auf dieser wunderschönen Insel auch solche Orte gab.

Er suchte sich einen Weg durch die Gewächshäuser. Im Grunde genommen gab es nur einen, der durch diese ganze Ansammlung von Moder hindurchführte.

Er stieg ein paar Stufen nach oben und nachdem er ein weiteres Gewächshaus passiert hatte, kam er endlich in dem Garten an.

Ein völlig anders Bild erwartete ihn. Hier waren die Rasenflächen fein gestutzt, die Blumenbeete gepflegt und der hintere Teil des Hauses sah frisch renoviert aus.

Er fragte sich, was das sollte. Eine Oase inmitten von Verfall? Er mochte es nicht. Auf der linken Seite erblickte er einen kleinen Springbrunnen und direkt vor ihm im Schatten eines weiteren großen Baumes waren ein Tisch und ein paar Gartenstühle darum gruppiert.

Genau dort saß sein Auftraggeber.

Er wandte ihm den Rücken zu.

Vor dem Mann breitete sich ein mit sämtlichen Köstlichkeiten gedeckter Frühstückstisch aus. Ransom sah Eier, Lachs, Kaviar, zwei Karaffen aus Glas, die eine mit Wasser, die andere mit Orangensaft gefüllt, verschiedene Früchteplatten und noch einiges mehr.

Aus einer schnörkeligen Tasse nippte der Mann an seinem Kaffee. Ransom nahm eine Bewegung wahr und sah einen jungen Mann aus dem

Haus kommen. Offenbar der Butler oder sonst irgendein Hausangestellter. Er rümpfte die Nase. Dieser versnobte Bastard.

»Darf ich Ihnen einen Kaffee oder sonst etwas bringen?«, fragte der junge Kerl. Noch bevor Ransom antworten konnte, hob der Mann am Tisch den Arm ohne sich umzudrehen.

»Sind Sie das Ransom? Kommen Sie rüber.« Er winkte ihn herbei wie eine Promenadenmischung.

Ransom sagte zu dem jungen Angestellten: »Einen Kaffee bitte.« Dann schluckte er seinen aufkommenden Zorn hinunter und ging hinüber zum Tisch.

»Hey, da sind Sie ja endlich, ich warte seit einer halben Stunde auf Sie«, sagte sein Auftraggeber und kaute dann geräuschvoll auf einem Stück Croissant herum.

»Ja, ist wirklich brutal, wie Sie leiden«, sagte Ransom und setzte sich.

»Hey, Herablassung ist etwas, das Sie sich erst ab einer gewissen Stellung erlauben dürfen. Haben Sie das, was ich will?«

Ransom verdrehte die Augen.

»Natürlich.« Er hob die Tasche und klopfte darauf.

»Fantastisch«, sagte sein Gegenüber und trank einen Schluck Orangensaft. »Und unsere zwei Problemfälle?«

»Ebenfalls erledigt«, antwortete Ransom.

»Mein Geld?«

»Im Haus«, sagte der Mann und deutete auf den renovierten Bau. »Ich lasse es gleich holen. Ich muss sagen, ich bin sehr zufrieden mit Ihnen.« Er klopfte anerkennend auf den Tisch. Das Geschirr klirrte leise.

»Bis auf die Tatsache, dass Sie meine halbe Einrichtung und noch einiges mehr zerschossen haben, ausgezeichnete Arbeit.« Er dachte kurz nach.

»Aber dadurch habe ich schließlich ein perfektes Alibi, also auch danke dafür.«

Ransom erwiderte nichts.

Der junge Angestellte kam aus dem Haus und stellte eine Tasse Kaffee vor Ransom hin.

Die Flüssigkeit dampfte. Ransom fielen die Hände des Butlers auf. Sie wirkten irgendwie viel zu alt für den jungen Mann.

Auch die Farbe schien plötzlich eine andere zu sein. Der Angestellte war eher bleich gewesen. Diese Hände waren grob und von der Sonne gebräunt. Besonders waren die Handgelenke. Die Handflächen an sich waren unversehrt. Aber um die Handgelenke zogen sich deutliche Wunden. Wie rote Ringe, die sich ins Fleisch gegraben hatten.

Er sah auf. In dem Augenblick traf ihn die Faust des Mannes mit der Wucht eines Presslufthammers ins Gesicht.

Er spürte, wie seine Nase laut knackend brach. Fast im selben Moment nahm er den metallischen Geschmack seines eigenen Blutes wahr.

»He, was…«, hörte er die Stimme seines Auftraggebers. Aber sie verstummte jäh. Wie durch einen Blutnebel sah Ransom, wie der Neuankömmling den Kopf seines Auftraggebers packte und auf die Tischplatte knallte. Geschirr zerbarst. Sein Auftraggeber heulte vor Schmerzen auf.

Ransom erholte sich nur langsam von dem Schlag. Er sah, wie der Neuankömmling nun gelassen den ihnen gegenüberliegenden Stuhl besetzte. Mit ruhigen Bewegungen richtete er einen schweren Revolver mit Schalldämpfer auf sie.

»Hallo Gentlemen«, sagte er. Er war so ruhig, als setzte er sich gerade auf eine Partie Bridge zu ihnen an den Tisch.

Ransom erkannte das Gesicht sofort wieder. Das war unmöglich. Es war Zielperson Nummer zwei. Eigentlich musste der Mann mittlerweile irgendwo tot im Dschungel liegen. Und dann fiel ihm noch etwas viel Wichtigeres ein. Aber er konnte den Gedanken nicht zu Ende denken, denn sein Auftraggeber fuhr den Mann wütend an:

»Grant«, zischte er. »Was zur Hölle…« Schmerzerfüllt verzog er das Gesicht. Keramiksplitter steckten darin.

Und dann sah er Ransom an.

»Wollen Sie mich verarschen? Soll das etwa erledigt sein? Sie inkompetentes Arschloch.«

Unter normalen Umständen hätte Ransom jetzt überlegt, ob er dem Mann für diese Äußerung den Kiefer brechen sollte oder nicht. Aber so war er einfach nur fassungslos. Er starrte ihr Gegenüber an, als hätte er einen Geist gesehen. Vergeblich versuchte er, Teile des Puzzles zusammen zu setzen.

»Warum haben Sie das getan?«, fragte Grant seinen Auftraggeber. Den Mann, dessen Namen Ransom eigentlich nicht kennen dürfte. Den er aber doch kannte.

Medson antwortete: »Ich glaube, das wissen Sie.« Und nach einem kurzen Augenblick der Stille fuhr er fort. »Wir sind hier schließlich keine Klosterbrüder und können offen reden. Mir geht es ums Geld, Sie beide sind mir, mit Verlaub, scheißegal.«

Grant lehnte sich in seinem Stuhl zurück.

»Waren Sie nicht befreundet?«, fragte er. Und dann schob er hinterher: »Und besitzen Sie nicht genug Geld? In wie vielen Betten wollen Sie schlafen? Von wie vielen Tellern wollen Sie essen?«

Ransom sah zu wie der hoch gewachsene Medson trotz seiner Schmerzen laut auflachte.

»Man besitzt niemals genug Geld«, sagte er als müsse er einem ungebildeten Menschen eine allgemein anerkannte Lebensweisheit erklären.

»Ist das Ihre Entschuldigung für den Mord an einer Freundin?« Grant sah den Mann verächtlich an.

»Ziemlich armselig, wenn Sie mich fragen.«

»Ich frage Sie aber nicht.« Medson zupfte sich vorsichtig einen großen Keramiksplitter aus der Wange.

»Wieso haben Sie uns dann überhaupt geholfen?«, blieb Grant hartnäckig.

Medson fuhr fort an einem weiteren Splitter herum zu nesteln. Offenbar steckten einige tief im Fleisch.

»Hätte ziemlich verdächtig gewirkt, wenn ich meine Hilfe verweigert hätte, oder?«, sagte er zwischen zwei schmerzerfüllten Stöhnlauten.

»Selbst für jemanden wie Sie.«

Ransom fragte sich, ob sein Auftraggeber gut daran tat den Mistkerl mit der Waffe zu beleidigen, aber er fuhr ungerührt fort:

»Außerdem war es ohnehin egal, da Sie ja beide sowieso bald von der

Bildfläche verschwinden würden. Und wenn ich absichtlich falsche Informationen gestreut hätte, hätte Nora das mit Sicherheit bemerkt.«

Grant fixierte den Mann mit den Augen. Ihnen beiden erging es wahrscheinlich gerade ähnlich. Sie hatten sich wohl beide für tot gehalten. Bei dem Gedanken musste er unvermittelt innerlich schmunzeln. Zwei Gespenster, die sich gegenüber saßen.

Er war davon überzeugt gewesen, ihr Verfolger hätte Medson in seiner Villa am See getötet.

Der Butler war erschossen worden. Wieso hätte es Medson anders ergehen sollen? Er überlegte. Wieder einmal eine Lektion, dass man sich nie zu sicher sein sollte.

Er hatte seinen Augen kaum getraut, als er Medson in dem Garten hatte sitzen sehen. Kurz bevor er den jungen Angestellten niedergeschlagen und dessen weißes Hemd übergestreift hatte.

»Wie sind Sie entkommen?«, mischte sich Ransom in das Gespräch ein. Er schmeckte noch immer sein eigenes Blut.

Grant richtete seinen Blick auf ihn.

»Nächstes Mal, wenn Sie jemanden umbringen wollen, machen Sie es wieder wie bei Nora. Diese Bond-Bösewicht-Nummer mit dem langsam sterben lassen liegt Ihnen nicht.« Er sah Ransom grimmig an. »Zumindest sollten Sie das nächste Mal einen Baum aussuchen, dessen Rinde glatt genug ist, sodass man Fesseln nicht durchscheuern kann.«

Ransom kam sich noch immer wie in einem schlechten Film vor. Vielleicht passierte das Ganze ja gar nicht wirklich. Aber die Schmerzen in seinem Gesicht sagten etwas anderes.

Langsam, um Grant zu zeigen, dass er keine Dummheiten machen wollte, hob er die Hand zu der Brusttasche seiner Jacke und tastete nach seinem Taschentuch. Das Blut verklebte sein ganzes Gesicht. Er sah, dass Grant ihn beobachtete.

Ransoms Finger ertasteten den Stoff des Taschentuchs. Plötzlich jedoch hielt er inne. Seine Augen weiteten sich vor Überraschung. Gedanken durchzuckten wie Stromschläge sein Gehirn. Und dann dämmerte ihm, was geschehen war.

Er sah Grant mit geweiteten Augen an. Und als er die Hand wieder aus der Tasche herauszog, lag nicht das Taschentuch, sondern eine kleine schwarze Kugel, nicht größer als ein winziger Kieselstein darin. Eine Nummer war darauf eingeprägt.

Ransom betrachtete das Ding im Morgenlicht. Es war grotesk, aber er musste anfangen zu lachen. Dieser Mistkerl musste das Ding der toten Frau aus der Hand genommen haben und ihm, während er ihn an den Stamm gedrückt hatte, irgendwie in die Brusttasche geschmuggelt haben. Er schnaubte, musste aber immer noch lachen.

Ein simpler Taschenspielertrick, der ihm das Genick gebrochen hatte. Kein Wunder, dass der Mann hier aufgetaucht war. Mit dem Ortungschip hatte er ihm so leicht folgen können als würde man ein Navigationsgerät einschalten. Einfach, aber genial. Ohnehin lag die Genialität einiger der brillantesten Ideen der Geschichte schlicht in ihrer Einfachheit. Ransom konnte nicht anders, er musste dem Mann Respekt zollen.

»Sie haben recht«, sagte Grant wie zur Bestätigung. »Ist eine fantastische App dieses Spy-Tracker. Es war nur nicht ganz leicht, sich in der Kürze der Zeit die Seriennummer des Chips zu merken.«

Für einen Augenblick kehrte Ruhe zwischen ihnen ein. Ein paar Vögel zwitscherten im Baum über ihnen. Die Wärme des Tages kroch langsam auch unter den Schatten der Äste.

»Was ich gerne wissen möchte ist der Grund, warum Nora unbedingt sterben musste.« Er sah noch immer Ransom an. »Sie sagten, Sie könnten mit mir machen, was Sie wollten, aber dass Ihre Anweisungen bezüglich Nora sehr genau waren.«

Sein Blick wanderte zu Medson.

»Oder vielleicht sollte ich das besser Sie fragen, Chester.«

Ransom sah nun ebenfalls seinen Auftraggeber an. Medson grinste und hob lakonisch eine Hand.

»Der Grund ist so einfach wie mein Motiv.« Er legte leicht den Kopf schief.

»Sie wusste zuviel. Zuviel über mich, zuviel über die Pflanze. Sie hätte mit Sicherheit die richtigen Schlüsse gezogen. Außerdem wollte Sie genauso wie Bingham die Pflanze vernichten. Das konnte ich aus verständlichen Gründen nicht zulassen. Und zum Auffinden des Ortes brauchte ich Sie auch nicht. Wie Sie wissen, kamen Sie sogar zu mir, weil Sie Hilfe bei der Deutung der Zeichen brauchten.«

Er verstummte.

»Also haben Sie entschieden, sie umbringen zu lassen. Und mich auch, und wer weiß, wer sonst noch dran gewesen wäre. Alles nur, damit Sie ein paar armselige Dollar mehr verdienen können. Menschen wie Sie sind es, die unsere Welt zugrunde richten.«

»Oh, mir kommen gleich die Tränen«, blaffte Medson zurück.

Die beiden Männer starrten sich an. Ransom kam sich vor, als schaue er zwei Pokerspielern zu. Schließlich brach Grant wieder das Schweigen.

»Und wie haben Sie Ihr Faktotum hier kennen gelernt?« Er deutete mit der Mündung der Waffe auf Ransom.

Medson warf ihm einen Seitenblick zu.

»Ich wüsste nicht, was Sie das angeht.«

»Ich nehme an, für Leute in Ihren Kreisen ist so ein Handlanger ziemlich nützlich«, sagte Grant und musterte Ransom einmal von Kopf bis Fuß.

»Aber vielleicht haben Sie recht, schließlich spielt es keine Rolle.« Und nach einem Moment fügte er hinzu: »Vielleicht ist es auch besser, wenn ich nicht erfahre, was Sie in der Vergangenheit schon so alles getrieben haben.«

»Wen interessiert schon die Vergangenheit«, sagte Medson. Er wirkte fast so selbstsicher und arrogant wie in dem Moment als er Ransom begrüßt hatte. Ransom war sich nicht sicher, ob der Mann mitbekommen hatte, dass die Mündung einer großkalibrigen Waffe auf ihn gerichtet war.

»Bringen wir die Sache also hinter uns. Was wollen Sie? Geld?« Nachdenklich sah Grant den Mann an. Er richtete seinen Blick an ihm vorbei und ließ ihn über den Gartenhain schweifen. Ransom fragte sich, was er dort sah. Sein Gesichtsausdruck wirkte abwesend. Kurz schloss Grant die Augen und hatte sofort wieder das Bild von Nora vor Augen, wie Sie tot im Gras der goldenen Dschungelstadt lag. Dann öffnete er sie wieder und fixierte Medson ungerührt.

»Nein«, sagte er, »ich will kein Geld.«

Die Waffe in seiner Hand ruckte zwei Mal. Es war kaum ein Laut zu hören. Die Kugeln drangen in Medsons Brust ein und schleuderten ihn nach hinten. Er war tot, noch bevor er den Boden erreichte.

Ransom konnte nicht einmal den Blick von seinem Auftraggeber abwenden und etwas sagen, da spürte er schon, wie auch in seinen Körper zwei Geschosse eindrangen. Er kippte nach hinten um. Sein Körper blieb reglos neben dem von Medson liegen.

Grant saß da wie der Herr einer Teegesellschaft, dessen beide Gäste sich entschieden hatten zu gehen. Er blieb noch ein paar Minuten sitzen, betrachtete den Garten und die beiden toten Männer zu seinen Füßen. Dann nahm er eine der Servietten und wischte seinen Stuhl damit ab, um keine Fingerabdrücke zu hinterlassen. Anschließend sammelte er den Ortungschip auf und ging in das renovierte Haus.

Der Angestellte lag mit einer Platzwunde am Kopf in der hellen Küche. Ein bisschen Blut war auf den ebenfalls hellen Holzboden getropft. Vielleicht noch eine halbe Stunde, bis er wieder zu Bewusstsein kommen würde. Bis dahin würde Grant schon weit weg sein.

Er nahm die Tasche mit dem Geld, die für den Killer bestimmt gewesen war. Er hatte gehört, wie Medson den Mann Ransom genannt hatte. Ob das sein richtiger Name gewesen war? Anschließend ging er in den Garten und nahm ebenfalls die Tasche mit den Pflanzen an sich. Er überprüfte kurz den Inhalt. Zufrieden atmete er aus.

Dann verließ er das Grundstück.

Stille kehrte wieder im Garten ein. Es war wie ein Stillleben von wundervoller Natur, gepaart mit menschlicher Gewalt. Der friedliche Springbrunnen plätscherte fröhlich vor sich hin. Eine Ansammlung der Gegensätze.

Epilog, Ecuador ein paar Tage später

»Was sollen wir jetzt tun?«, fragte Bingham und warf einen Stein in den kleinen See vor einem der Labors. Sie saßen auf einer der Holzbänke.

Es war früher Morgen.

Überall lag eine kühle Frische in der Luft und auf der Rasenfläche glitzerten die Tautropfen in der Sonne.

Der Stein versank im Wasser und die Wellen breiteten sich ringförmig aus. Ja, was sollten sie tun?

Dutzende Male hatten sie sich diese Frage in den vergangenen Stunden gestellt. Sie saßen hier seit die Sonne am Horizont aufgegangen war. Sogar noch ein wenig vorher.

»Warum hat dich die Polizei überhaupt noch einmal kontaktiert?«, fragte Grant, der über die Ereignisse nachdachte, die Bingham ihm geschildert hatte.

»Ich kann mir nicht vorstellen, dass sie daran interessiert sind, Zivilisten in so einem Fall über Ermittlungsergebnisse zu informieren.«

Bingham schwieg. Schließlich sagte er: »Ich habe meine Verbindungen.«

»Darauf wette ich.«

Es war das Gleiche wie immer.

Wo auch immer Bingham auftauchte. Irgendwann hatte er immer ein Netz von Informanten um sich. Oft dachte Grant, dass sein Freund auch einen hervorragenden Ermittler abgegeben hätte.

Bingham wurde von der Polizei informiert, dass man den Mann, der ihn auf dem Parkplatz angegriffen hatte, nicht identifizieren könne. Aber Bingham war mittlerweile im Zweifel.

Hatte der Mann ihn nun wirklich angegriffen? Oder hatte er es nur so interpretiert. War er in Panik verfallen und hatte deswegen überreagiert? Mit ein wenig Abstand sah, wie so oft, vieles anders aus. Er war sich nicht mehr sicher.

Wie auch immer, jegliche Spekulation darüber war ohnehin müßig, da der Mann tot war, ob er ihn nun angegriffen hatte oder nicht. Aber dieser zweite Aspekt war eigenartig. Wie konnte in der heutigen Zeit jemand nicht identifiziert werden?

Vielleicht in Gegenden oder Ländern, wo keine Daten darüber erhoben werden konnten. Aber das war hier nicht der Fall. Woher also kam der Mann, und was hatte er hier gewollt?

»Ich bin mir mittlerweile sicher, dass er in den Lüftungsschacht geklettert ist, weil er im Gebäude nach etwas gesucht hat«, hatte Bingham erklärt.

»Und was er gesucht hat, liegt auf der Hand. Er hat nach den Pflanzen gesucht, die wir bei dem Stein im Dschungel gefunden haben. Was sollte er sonst im Gebäude wollen? Gut, ich gebe zu, der Versuch war etwas dilettantisch. Das muss er selbst gemerkt haben, als er im Keller fest gesessen ist. Schließlich kommt man nicht nach oben, wenn man die Codes für die Türen nicht kennt. Aber ich arbeite seit Ewigkeiten hier. Nichts dergleichen ist jemals passiert.«

Er hatte eine Pause gemacht. »Bis wir die Pflanze hierher gebracht haben.«

Grant hatte ihn skeptisch angesehen und schließlich gefragt:

»Und was ist deine Schlussfolgerung?«

Die anschließende Stille war lang gewesen. Grant hatte schon gedacht, Bingham hätte gar nicht die Absicht, die Frage noch zu beantworten und hatte den Geräuschen des Dschungels gelauscht als sein alter Freund doch wieder anfing zu reden:

»Ich weiß nicht so recht. Vielleicht keine Schlussfolgerung, sondern eher eine Vermutung.«

»Und die wäre?«

»Weißt du noch, was er zu mir gesagt hat, bevor er gestorben ist. Ich habe es dir erzählt.«

»Nicht mehr genau.«

»Er hat gesagt, ihr bringt eurem Volk den Tod. Schon allein wegen dieser Äußerung bin ich mir sicher, dass er wegen der Pflanze in der Anlage war. Auch der Fetzen, den er zurückgelassen hat, scheint mir dafür zu sprechen. Ich bin überzeugt, er wollte die Fasern zurückholen. Das Unheil, das mit der Wirkung verbunden ist, muss auch ihm klar gewesen sein. Aber damit stellt sich gleich eine weitere Frage.«

Grant hatte nichts darauf gesagt. Und Bingham erwartete auch gar keine Reaktion.

»Diese Frage lautet: Woher hat er von der Wirkung gewusst? So wie der Kerl aussah, glaube ich kaum, dass er ein Labor hier im Dschungel unterhalten hat. Es muss eine andere Quelle geben.«

Und nach kurzem Nachdenken hatte er hinzugefügt: »Vielleicht gibt es ja tatsächlich Gruppen, die schon seit Jahrhunderten über die Stadt und die Pflanze Bescheid wissen. Vielleicht wurde das Wissen von Generation zu Generation weitergegeben. Und möglicherweise war der Stein im Dschungel eine rituelle Stätte, die von diesen Leuten nicht bewacht, aber doch im Auge behalten wurde. Und wenn sie über all das Bescheid gewusst haben, dann muss ihnen auch klar gewesen sein, was es bedeutet hat, dass wir auf diesen Ort gestoßen sind. Die Büchse der Pandora, im wahrsten Sinne des Wortes.«

»Ein bisschen viel *Vielleicht* und *Möglicherweise*«, hatte Grant geantwortet. Aber vieles von dem, was Bingham gesagt hatte, klang zumindest plausibel.

»Aber auch hier ist die Spekulation mehr als müßig«, hatte selbst sein alter Freund eingestanden. Dann hatte er einen weiteren Stein in den See geworfen.

»Mir will nur nicht in den Kopf«, sinnierte Grant nun, »warum der Kerl, wer auch immer er nun war, den Gärtner getötet hat? Das passt nicht in das Bild, das du zeichnest.«

Bingham strich sich die Anzughose glatt, ehe er antwortete:

»Womöglich Zufall?, Notwehr?, wer weiß. Ich glaube nicht, dass es planvoll geschehen ist. Er kam bestimmt nicht hierher mit dem Vorsatz, einen der Angestellten zu töten. Was hätte er dadurch gewinnen können? Ich denke, er kam einfach aus dem Lüftungsrohr, so wie ich und wurde von dem Mann überrascht. Es gab einen Kampf und der Gärtner hat den Kürzeren gezogen. Punkt, Ende. Vielleicht war der Mann auch nicht gleich tot. Dafür würde sprechen, dass er an das Rohr an der Wand angebunden war. Vielleicht hat ihn unser Eindringling im Kampf verwundet, hat ihn gefesselt und ist dann in den Dschungel geflohen. Dorthin, wo er her kam.«

Bingham fuhr sich mit der Hand über sein Gesicht. Dann nahm er einen Schluck aus der Thermoskanne, die er dabei hatte.

»Was mich viel mehr beschäftig«, sagte er schließlich und schraubte die Kanne wieder zu, »ist, was uns Nora und Francis über die zusätzliche Wirkung der Pflanze erzählt haben. Das erklärt natürlich, was ich auf den Überwachungsbändern gesehen habe. Sie hat die Tiere mit den Fasern gefüttert und mit Francis die Wirkung so auch an größeren Organismen als Labormäusen getestet. Es ist unglaublich, wie lange der Effekt der Pflanze angehalten hat. Vermutlich haben sie das selbst nicht erwartet. In gewisser Weise haben sie damit natürlich den Tod des Wärters auf dem Gewissen.«

Irgendwo im Dschungel begann ein Papagei zu kreischen. Einige andere Vögel stimmten in das Konzert ein.

»Es lässt sich vermutlich nur schwer beweisen«, fuhr Bingham fort »aber ich werde Francis dafür zur Verantwortung ziehen.

Er ist ohnehin völlig mit den Nerven am Ende. Ich vermute eines Augenblicks ist ihm einfach die ganze Tragweite seiner Handlungen klar geworden. Das hat er mir mehr oder weniger bestätigt.«

Er lehnte sich nach vorne und stützte die Ellbogen auf die Knie. Es war die gleiche Haltung, die er eingenommen hatte, als Grant ihm von den Ereignissen in Peru und auf Madeira berichtet hatte.

»Arme Nora«, murmelte er. »Trotz allem hat sie das nicht verdient. Medson hat uns alle zum Narren gehalten.«

Grant lehnte sich ebenfalls nach vorne.

Er hatte Nora unter dem Wasserfall in einem Steingrab bestattet. Es war das Beste so. Alles andere würde nur Schwierigkeiten machen. Außerdem blieb sie so an dem sagenumwobenen Ort, den sie entdeckt hatte. Irgendwie erschien es passend.

»Vielleicht hätte ich es schon früher merken müssen«, sagte er. »Schließlich musste die Information irgendwie durchgesickert sein. Und als Nora erwähnte, Medsons Familie sei an irgendwelchen Firmen beteiligt, hätte ich vielleicht stutzig werden müssen.« Er presste die Lippen aufeinander.

»Aber zu diesem Zeitpunkt wussten schon zu viele Leute davon, als dass man die Möglichkeiten so weit eingrenzen konnte.«

Er überlegte kurz.

»Und das ist ein Punkt, den wir auch nicht unbeachtet lassen dürfen. Wir wissen schließlich nicht, wer mittlerweile sonst noch alles davon weiß. Das Sicherste wäre es ganz bestimmt, noch einmal zurückzukehren und die Pflanze zu vernichten.«

Sie hatten über diesen Punkt lange gesprochen.

Grant bekam die Worte von Nora nicht mehr aus dem Kopf. Die Welt geht vor die Hunde, ob wir eingreifen oder nicht. Die Menschheit wird sich selbst vernichten.

Das zeigt der Verlauf der Geschichte. Wir sind auf dem besten Weg dorthin. Und wenn das zutraf. Konnte man die Unausweichlichkeit dann nicht angenehmer gestalten? Nicht so, wie Nora es interpretiert hatte, damit viel Geld zu machen.

Sondern könnte man die Pflanze nicht nutzen, um Kranken Linderung zu verschaffen? Nicht als Mittel für gut Zahlende, um ihr Leben zu verlängern, sondern um wirklich Leid auf der Welt zu lindern. Wer wusste schon, welche positiven Veränderungen sich dann daraus ergeben würden.

Grant dachte an die Argumente, die sie in jede erdenkliche Richtung gewälzt hatten.

Aber konnte das gelingen? Und wie sollte man das anstellen? Oder würde das geschehen, was immer geschah?

Einige wenige würden sich bereichern, skrupellos mit dem Leid anderer Profit machen, ohne das diesen Menschen wirklich geholfen wurde. War die Menschheit einfach so krank gestrickt?

Und wenn ja, verdiente sie es dann überhaupt, dass man sich um ihren Fortbestand sorgte?

Wo lag die Wahrheit verborgen und was sollten sie tun? Ja, was sollten sie tun? Bingham hatte es treffend formuliert.

Nach einer weiteren Viertelstunde standen sie auf. Sie gingen in Richtung Hauptgebäude.

Sie würden sich in der Kantine eine kleine Stärkung gönnen und anschließend wieder in den morgendlichen Garten gehen, um weiter zu beratschlagen.

Der Tau auf dem Rasen unter ihren Füßen glitzerte. Grant hörte die Geräusche des Dschungels um sie herum. Er hörte das Rauschen der Baumwipfel. Die Luft war noch kühl, würde sich aber schnell erwärmen. Es würde ein schöner Tag werden.